猫付き平屋でひとやすみ

田舎で人生やり直します

黒田ちか

宝島社
文庫

目次

猫付き平屋でひとやすみ

田舎で人生やり直します

宝島社

6

しましま尻尾は故郷へ誘う

「はい、空っぽですね」

引っ越し業者のトラックに荷物が残っていないことを確認してから、作業完了の書類にサインした。

汗をぬぐっていた作業員達に、お疲れ様でしたと心付けのポチ袋とお茶のペットボトルを渡し、祖父母と暮らした懐かしい丘の上の一軒屋の門前で、丘を降りていくトラックをひとり見送る。

「もうそろそろ夏も終わりなんだなぁ」

東京《とうきょう》を出発した時はまだまだ夏の盛りだと思っていたが、丘の周囲に広がる田んぼには、色づきはじめた稲穂が風に揺れてちらちら光って見える。ひぐらしの鳴く声にも変わりゆく季節を感じて、しみじみと田舎に帰ってきたのだと実感した。

「さて、荷物を片づけるか」

やる気満々で家の中に戻ったものの、積み上げられた段ボール箱の量に気圧されて軽く眩暈《めまい》がした。東京で暮らした部屋を引き払う際に、かなりの家財を処分したつもりだったが、それでも十年弱で増えた荷物の量はハンパない。

「……その前に、ちょっとひとやすみするか」

大量の段ボール箱からそっと目を逸らした瞬間、ふと、積み上げられた箱の後ろから、ふっさふさのしましま尻尾《しっぽ》が見えたような気がした。

「大《だい》さん⁉」

慌てて駆け寄り、段ボール箱の後ろを覗き込む。

だが懐かしい猫は、そこにはいない。

「あー、だよな。……大さんがいくら変な猫だからっているわけないし」

大さんは、俺が高校生の時にいなくなった。

もういないと、ちゃんとわかっているはずなのに、がっかりしている俺がいる。

「ホント、俺ってしょうがない……」

もしかしたらと期待していた自分を自覚して、俺は自嘲気味に笑って頭を掻《か》いた。

俺が季節外れの引っ越しをして田舎に戻ってきたきっかけは、茶トラ猫だった。

大学卒業後、そこそこ大きな広告代理店のデザイン関係の部署に就職した俺は、試験的に作られた若手の有望株を集めたチームに配属された。そして、なぜかそのチームのリーダーに指名されて、ずっと中小レベルの展示会やイベントなどの仕事に携わってきた。社内での評価は上々で、クライアントからの評判も良かったと思う。

一年前、そこでの仕事ぶりが評価されたのか、会社でもトップの成績を誇る花形チームに欠員が出て、俺ひとりがそちらに引き抜かれることになった。

そこは、大きなイベントや、大手クライアントの新商品の宣伝広告などの告知を様々な媒体で発信するような、華やかな仕事をメインにしているチームだった。

チームリーダーの名前は、佐倉道重《さくらみちしげ》。

会社のトップデザイナーで稼ぎ頭。マスコミに取材されることも多く、これから業界のトップに食い込んでいける人材だと社内でも特別扱いされている人物だ。

そんな彼が率いる花形チームに引き抜かれることが決まって、もしかして俺、エリート街道に乗っちゃった？　と浮かれたのを今でも覚えている。

だが浮かれていられたのは最初のうちだけ。

張り切って作り上げた企画書は、そっくりそのまま佐倉の名前で取引先との企画会議に持ちだされ、俺がデザインしたキャラクターも佐倉の名前で発表された。佐倉に苦情を言ったが、チーム内で作ったものは、全てリーダーである自分の名前で発表するのが会社の方針なのだと言われた。

我慢できず営業部長に相談してみたら、大人になれと逆に説教された。

我が社では、佐倉を業界のトップに押し上げるべく全社を挙げて応援しているのだそうだ。俺がチームに引き抜かれたのも、部長曰《いわ》く、その才能で佐倉を応援するためらしい。だから俺はもっと大人になって、黙って佐倉に自分の作品を渡さなくてはならないらしい。それができないのなら、会社を辞めてもらわなければならなくなるぞと、暗に仄《ほの》めかされもした。

優柔不断で小心者だった俺は、悩みつつも仕方なく仕事を続けた。

だが鬱々とした気持ちが影響したのか、自然と作品のレベルは落ちた。そのせいで、やる気がないのかと佐倉からは叱責され、チームの先輩達からは、そういう抵抗の仕方は逆効果だとたしなめられた。

以前、作品を佐倉に搾取されることに抵抗して仕事の手を抜いた社員がいたらしい。その人は他人のミスを押しつけられて会社を追われたそうだ。その話の流れで、俺がチーム入りする直前にチームを抜けた人が、心を病んで退職したことも知った。

——このままだと、きっと俺もそうなる。

それは予感というより確信だった。

以前は時間を忘れて熱中していた仕事が、今は苦痛でしかない。パソコンの画面に向かっていると、不意に嘔吐《おうと》感や眩暈に襲われるようになったし、ペンを握る手も微《かす》かに震えるようになっていた。

クビになるのが先か、自分が壊れるのが先か。戦々恐々と仕事を続けていたが、俺を先に打ちのめしたのは懲戒処分だった。仕事にやる気が見られない俺に対する警告のつもりか、やってもいないミスを押しつけられて減給になったのだ。

自分のミスじゃないと訴え出ようにも、チームの先輩達はみんな佐倉に迎合している。孤立無援。俺のために証言してくれる者はひとりもいなかった。

――なんか、もう疲れた。

処分を受けた日、ひとり暮らしの部屋に帰る気になれず、俺は行きつけの珈琲《コーヒー》ショップで落ち込んでいた。

佐倉からは、真面目に仕事をすれば処分を撤回するよう会社側に口添えしてやると言われたが、それは無理な話だ。俺は仕事の手を抜いているわけじゃなく、仕事ができない精神状態にまで追い詰められていたのだから。

すっかり意気消沈した俺は、この事態を切り抜ける方法を考える気力すら湧かないまま、大きなウインドウ越しに会社帰りの人々が行き交う歩道をぼんやり眺めていた。

その時だ。茶トラ猫が視界に入ってきたのは。

目の前を通り過ぎる女性が肩から掛けたトートバッグに、可愛い丸顔の茶トラ猫のイラストがプリントされていた。

そのあまりの可愛らしさに、子供の頃に飼っていた茶トラ猫の大さんを思い出し、ほっこりして自然に笑みがこぼれた。

『なー』

同時に、耳元で懐かしい鳴き声が聞こえたような気がした。

にゃあん、と猫らしく可愛く鳴いてみなと何度言っても、『なー』としか鳴かなかった変な鳴き声の俺の猫。

懐かしいしましま尻尾が、記憶の中でふっさふさとご機嫌に揺れている。

「……あー、笑ったの、久しぶりかも」

ほんのちょっと口角を上げた程度だったが、それでも本当に久しぶりに笑えたような気がする。愛想笑いすらできなくなっていた自分を自覚した途端、あの理不尽な環境に身を置くことがもう耐えられなくなっていた。

翌日、俺は会社に辞表を提出した。

最初のうち、会社側は引き止めようとしてきたが、俺の決意が堅いと知ると一枚の書類を出してきた。

「退職金の支払いに必要な書類だ。この場で読んでサインしてくれ」

その書類には、在職中に俺が提出してきたデザインは、全て佐倉の原案と指導の下で作り上げられたものであることを認めると記されてあった。

だが、佐倉から原案を渡されたことなどないし、もちろん指導を受けたこともない。

「以前、退職した後にトラブルを起こした社員がいてね。それ以来、必ずこの誓約書にサインしてもらうことになったんだ」

人事部長のその言葉で、会社側の思惑がわかったような気がした。

きっと彼らは、俺が会社を辞めた後、自分のデザインを搾取されたと訴え出ることができないようにしたいのだ。全社を挙げて佐倉を応援しているんだから君も応援すべきだと言っておきながら、自分達のやっていることが世間的に見ればおかしなことだという自覚はあったらしい。だから、こんな口封じ的なことをするのだ。

なんだか馬鹿馬鹿しくなってきて、俺は手の平で口元を隠して小さく笑った。

ずっと変だと、こんなのおかしいと思っていた。それなのに周囲の環境に流され、唯々諾々と従ってしまった自分の弱さが、本当に滑稽で情けない。

「サインはしません」

これ以上流されたくなくて、俺は書類を突き返した。

入社してまだ十年未満、退職金だってそう多くはない。サインをすることでなくしてしまうだろうもののほうが俺には大事だった。

「……後悔することになるよ」

「後悔なんてしません。むしろ、サインをしたら一生後悔しそうだ」

『なー』

きっぱり断って立ち上がると、懐かしい声がまた聞こえた。

慌てて声のするほうに顔を向けると、ふっさふっさと揺れながら、しましま尻尾が視界の端を横切っていく。

「大さん！」

俺はしましま尻尾に手を伸ばし——そして、目が覚めた。

「……また、夢か」

ふたつに折りたたんだ座布団を枕に、ごろんと縁側で昼寝していた俺は、うっそりと起き上がった。

とっくの昔にいなくなってしまった唯一無二の猫、大さんは、どうした訳か珈琲ショップで鳴き声を聞いたあの日以来、たまに夢に出てきてくれるようになった。

とはいえ、夢で見られるのは、懐かしい大さんのふっさふさのしましま尻尾だけ。夢の中、視界の端にちらっと見えたしましま尻尾に慌てて振り返って手を伸ばしても大さんには決して届かない。

もしかしたら、かくれんぼか鬼ごっこでもしているつもりなんだろうか？

ケチらずに、夢の中でぐらい懐かしい姿を見せてくれればいいのに……。

「あー、いい風」

板敷きの縁側は硬いが、ひんやりとして気持ちいい。

田舎ならではの涼しく心地いい風が、縁側にぶら下がった風鈴をちりんと鳴らす。

一週間前まで暮らしていた東京のむわっとした熱風とは大違いだ。

「やっぱ田舎はいいよなぁ」

東京での暮らしの中で得た大切なものを、俺は全てなくした。

大学時代から同棲していた最愛の女性、ナッチは、仕事で海外に旅立っていったっきり音信不通になったまま。デザイナーとして再就職しようにも、辞めた会社からの妨害工作にあって断念した。

ふと気づくと、東京に留まる意味がなにもなくなっていた。

それに気づいた時、俺は衝動的にそれまで暮らしていたマンションを引き払っていた。そして、高校を卒業するまで暮らした懐かしい田舎の家に帰る道を選んだのだ。

だが戻っても出迎えてくれる家族はいないし、新しい仕事を探す目処もない。

空っぽになった運送会社のトラックを見送った後、なんだかガクッと気が抜けて、この地で暮らす友人達に挨拶に行く気力すらなくなった。

この一週間ほどは、片づけもしないまま、コンビニ飯を食ってはだらだら昼寝して、携帯ゲームに興じてばかりいる。

「どうせひとりなんだ。誰かに迷惑かけるわけでもなし、少しぐらいだらだらしたってバチは当たらないよな」

全て失って都落ちしてきた我が身を自嘲気味に哀れんで、縁側に寝転び目を閉じる。

そして、心地いい眠気に再び身を委ねた。

どれぐらい眠っただろうか。顔をくすぐる、ふっさふさの尻尾の懐かしい感触に意識が浮上した。

ああ、このふっさふさの尻尾、大さんだ。

ということは、これも夢か……。

それなら、ずっとこのまま、ふっさふさな尻尾の感触を楽しんでいたい。

子供の頃、大さんはよくこうして尻尾でくすぐって、俺を起こしてくれていた。尻尾くすぐり攻撃で起きない時は、腹の上にのしっと乗ってきて、さっさと起きないとこのまま潰しちゃうよと、じんわりプレス攻撃をしかけてきた。

この夢の中でも、やっぱり、のしっと乗っかってきてくれるんだろうか？

俺は、ちょっと浮き浮きした気分で大さんのプレス攻撃を待ちかまえた。

だがしかし、俺の腹にしかけられた攻撃は大さんの控えめなプレスではなく、ピシャッと容赦のない平手打ちだった。

「うおっ、な、なんだ⁉」

「なんだじゃないよ！　この馬鹿たれがっ‼」

この不意打ちに飛び起きた俺を怒鳴りつけたのは祖母だ。

祖母が俺のTシャツをわざわざまくり上げ、その小さな手の平で俺の腹に力一杯の平手打ちをお見舞いしたのだ。うっすら汗ばんでいたから、ヒリヒリして凄《すご》く痛い。

縁側で仁王立ちして怒り狂っている祖母は、再び俺を怒鳴りつける。

「なにやら落ち込んでるようだから黙って見ていたが、もう我慢ならん！　いい若い者が日がな一日、縁側でだらだらして恥ずかしくないのか！　いい加減、しゃきっとして引っ越し荷物を片づけな！　――ほら、さっさと立つ‼」

「はいっ！」

ダンと強く床を踏みならした祖母に追い立てられ、慌てて立ち上がる。

若い頃に教師だった祖母は、怒らせるとそりゃもう怖い。抵抗しても無駄だと子供の頃に嫌ってほど学習したから、逆らう気力なんてこれっぽっちも湧いてこない。

急いで段ボール箱を積み上げていた部屋に行き、表書きで中身を確認して、自室や台所へと段ボール箱を運び込む。さて、どの部屋の箱から開けるかと家の中を見渡した俺は、茶の間の一角にある仏壇に目を止め、はっと気づいた。

祖母はとっくの昔に、俺が高校三年の時に死んだはず。

「……寝ぼけたか。……ほんとに俺は馬鹿たれだな」

そもそも、祖母が生きていたら、一週間もだらだらすることを許すわけがない。

「あー、だよなぁ。こんな生活、やっぱ怒られるよなあ」

俺は仏壇を眺めて溜め息をついた。

仏壇には、祖父母と両親の写真が並べて飾ってある。

祖父は、祖母の一年ほど前に死んだ。

両親が同時に事故死してひとりになった俺を祖父母が引き取ってくれた時には、すでにふたりともかなりの高齢だった。だから、ちょっとした持病はあったものの寿命だったのだと俺は思っている。

ささっと仏壇の埃《ほこり》を払い、水をあげて線香に火を点す。

「祖父《じい》ちゃん、祖母《ばあ》ちゃん、父さん、母さん、ごめんな」

帰ってすぐに線香を上げただけで、あとはずっと放置したままだった。

なにもかも失って田舎に帰ってきたことがなんだか後ろめたくて、仏壇に向き合う気になれなかったのだ。

「明日からはちゃんとご飯を炊いて、みんなにもお初を上げるから勘弁な」

鐘を鳴らして手を合わせ、もう一度勢い込んで立ち上がる。

「まずは茶の間から片づけるか」

この一週間で散らかしまくった部屋を掃除し終えた頃には、すでにとっぷり日が暮れていた。とりあえず、今日の作業はここまでだ。

本当に今日だけだからと言い訳しつつ、買い置きしていたコンビニ飯で適当に夕飯を済ませてから風呂に入る。

「あー、生き返る」

祖父こだわりの檜《ひのき》風呂に温《ぬる》めのお湯を張り、肩まで浸かると自然に声が出た。

明日は朝から片づけだ。作業の手順を考えながら、何気なく湯に浸かった自分の身体を見下ろして、ふと腹が赤くなっているのに気づいた。

「どこかにぶつけたっけ？」

お湯越しにまじまじ見ると、赤くなった部分が手形に見えてきた。

夢の中で祖母が叩《たた》いた場所にくっきりと残るそれは、俺のものよりひとまわり以上小さい。ちょうど祖母の小さな手の平のサイズで……。

「嘘《うそ》だろ。あれ……夢じゃなかったのか……」

あまりの恐怖に、風呂に浸かっているにも拘《かか》わらず、ぞぞぞっと全身に怖気《おぞけ》が走る。

「こ、こえ〜」

俺は小心者だから、当然幽霊も怖い。

だがそれが祖母の幽霊ならば、身内だけに怖くない。むしろ大歓迎だ。

俺が恐怖を感じたのは、もう我慢できないと祖母が言ったこと。堪忍袋の緒が切れて化けて出るほどに、祖母が俺の自堕落な生活にお怒りだという事実だ。

「どうしよ……」

好物を大量に作って仏壇に供えようか。

いや、その前に引っ越し荷物を完璧に片づけないと、また寝込みを襲われそうだ。

常々祖母は、働かざる者食うべからずと言っていた。仕事探しもあまりのんびりとはしていられないかもしれない。

恐ろしすぎるお目付役が再び現れないよう、しっかりした生活を送らなければ。

これからは自堕落な生活は御法度《ごはっと》だと、俺は温かな風呂の中で冷や汗をかく。

「あー、でも、どこまでが夢だったんだろう」

もしかしたら、大さんも祖母のように俺の側にいたんだろうか?

そして、早く起きないと祖母ちゃんに叱られるよと教えてくれていたんだろうか?

子供の頃、俺が祖母に叱られている間、大さんはいつも励ますように俺の左側にぴったりくっついていてくれた。

きっと大さんも祖母が怖かったのだろう。いつも耳をぴたっと伏せた、いわゆるイカ耳状態だった。祖母の叱る声が響くたび、俺と一緒にビクッと大さんも震えるのがくっついた身体から伝わってきたものだ。

田舎の家に帰る選択をしたのには、夢の中で大さんのしましま尻尾を見かけるようになったことも影響している。

夢の中でチラチラ視界の端っこに見えるしましま尻尾が、どうしても俺をかくれんぼか鬼ごっこにでも誘っているように思えてしょうがなかったのだ。

もしも大さんを探すとしたら、やっぱり一緒に暮らした田舎の家だろう。

──今あの家に帰ったら、もしかしたら大さんが出迎えてくれるかもしれない。

自分でも馬鹿げた発想だと思う。それでも……。

「……見えてないだけで、いたのかもな」

祖母と違って、大さんは怒っていないだろう。

大さんは、おっとりと優しく、心配性な猫だった。

子供の頃にそうしてくれていたように、縁側で寝転ぶ俺にぴったり寄り添い、元気だしなよ、と顔や手をざりっと舐《な》めてくれていたのかもしれない。

そうだ。この家には今、俺を本気で叱ってくれる人と、優しく慰めてくれる猫がいる……のかもしれない。

そんな想像に、俺はいたく慰められた。

引っ越しはまだ終わらない

美大に入学してまだ一ヶ月、一般教養の講義中のこと。

教授の声だけが響いていた静かな教室で、なにやらガチャガチャと耳障りな物音を立てはじめた学生がいた。

うるさいなとついうっかり振り向いてしまった俺と視線が合った瞬間、その学生はいきなり立ち上がり、俺の隣の席に移動してきた。

「ねえ、名前教えて。あたしは夏美《なつみ》。崎谷《さきや》夏美よ」

「え？　いや、でも講義中だし……」

「その通り。講義中にナンパは止《よ》せ。単位やらんぞ」

「は～い」

教授に叱られて肩を竦《すく》めた崎谷夏美、通称、ナッチは、一歳年上の同級生で、規則だらけの高校に嫌気が差したと親兄弟の反対を押し切って中退し、高卒認定資格をとって大学進学を果たした自由人だった。

俺のなにが気に入ったのか、はじめて目が合った瞬間から、彼女はぐいぐいとパーソナルスペースに侵入してきた。

「まずは友達からね」

唐突にそう宣言して強引に握手。その三日後には、なぜか彼氏彼女になっていて、一週間経った時には俺のアパートに転がり込んできた。

後々聞いた話では、その時のナッチは、親から送られてきた半年分のアパート代で高額な専門書を大量に買い漁り、経済的にピンチだったらしい。

そして俺は、彼女が持ち込んだ大量の書籍類で部屋の床がミシッとヤバイ音を立てたせいで大家に睨《にら》まれ、しっかりした造りのマンションに引っ越しする羽目になった。

「妙にぐいぐい来るからおかしいと思ったんだ。金目当てかよ」

「違う違う。あたしの目当てはカッチだもん。目が合った瞬間、この人だってピンときたんだから。引っ越しが決まるまで、カッチが小金持ちだって知らなかったしね」

「ほんとかよ」

「信じて。あたしは小金目当てに芝居を打てるほどマメじゃないよ」

「確かに……。お前計画性ないし、衝動的だもんなぁ」

ナッチはいつでも即断即決即実行、人生急ブレーキ急ハンドルが当たり前だった。

俺はそんなナッチに振り回されてばかりいた。

デートの最中に駅で見かけた集客ポスターに興味を惹《ひ》かれたナッチから新幹線に押し込まれ、気がつくと人気の温泉地でちゃぽんと湯に浸かっていたこともある。

学園祭では、ナッチの作品展示の手伝いをするだけだったはずが、なぜか展示会場の片隅で喫茶コーナーまでやることになり、あちこちに許可を取ったりスイーツを大量に作らされたりもした。

「なんで俺が、お前の作品展示のためにここまで働かなきゃならないんだよ」

「だって、カッチのスイーツ、綺麗で美味しいんだもん。あたしの作品と一緒にこれも自慢したかったんだよ。スカウトされたんでしょ？」

「……ケーキ屋からな。俺はデザイン科だぞ。料理はあくまで趣味！」

「そっか。じゃ、カッチはあたし専属の料理人ね」

一生あたしに美味しいもの食べさせてね？　と笑うナッチはえらく可愛くて、怒る気力がしゅんと萎えた。

わかったよ。しょうがないなと苦笑しながら、俺はふと思う。

――ああ、これ、夢だ。

ずっと昔の、大学時代の夢。

夢ならば、きっと大さんもいるはずだ。

慌ててバッと振り向いて後ろを見たら、懐かしいしましま尻尾が視界の隅にちらっと見えて、すぐに消えた。

「……あー、また逃げられた」

目覚めてすぐ、俺は横たわったまま愚痴った。

大さんとの鬼ごっこは、またしても俺の負け。

夢で大さんとは会えなかったが、懐かしい大学時代のナッチの笑顔は見られた。

「未練だなぁ」

しょうがないなと夢と同じように苦笑しながら、よいしょと起き上がる。

祖母がまた化けて出てこないよう、今日も荷解き作業の続きだ。

適当に朝食を済ませた後、段ボール箱をひとつずつ開けて中身を片づけていく。

「あー、これ、どうすっかなぁ」

以前の会社で作った作品類を詰め込んだ段ボール箱を前にして、ちょっと悩む。

手がけた作品に思い入れはあるが、どうしても佐倉のチームでの嫌な記憶までもが甦《よみがえ》ってしまって、今はまだそれらを視界に入れたい気分じゃない。

「気持ちの整理がつくまで、納戸で眠っててもらうか」

ずっしり重い段ボール箱を持ちあげ、納戸に運び入れる。そして疲れた腰をぽんぽんと叩きながら、納戸の中を見回した。

広い納戸には、祖父母が残した書画や骨董《こっとう》の類いだけじゃなく、俺や父親の子供時代の思い出の品が綺麗に整理整頓されて仕舞い込まれている。賞状や記念アルバム、通知表に健康カード、夏休みの課題で作った工作や美術の時間に書いた絵やポスター等々、チラシの裏の落書きまで綺麗にファイルされていた。

中学生の頃、小学生時代に描いた拙い絵まで保存されているのが嫌で、捨ててくれと祖母に訴えたことがあった。

『嫌だね。息子や孫の思い出の品を収集するのは祖母ちゃんの趣味だ。お前がいらないって言うんなら、祖母ちゃんが死んでから勝手に処分しな』

せめてチラシの裏の落書きだけでもと食い下がったが、けんもほろろに断られた。

祖母が死んだ今、俺はまだそれらを処分できずにいる。

というか、祖母が死んだからこそ、もう捨てられなくなった。

これら全てが、目に見える形で残された、大事な祖母からの愛情だからだ。

せっせと引っ越し作業を続けてちょうど昼になった時、来客があった。

「勝矢《かつや》、いる～？　引っ越しの手伝いにきてやったわよ。感謝しなさい」

ぐるっと庭を回り込み、縁側のほうから偉そうに声をかけてきたのは、ストレートの黒髪を首の後ろでひとつにくくった、キリッとした顔立ちの美女である真希《まき》だ。その後ろから顔を出したのは、イケメンマッチョの堅司《けんじ》で、真希の旦那だ。

目に眩《まぶ》しいこの美形夫婦は、二人とも俺の幼馴染《おさなな》《じ》みだった。

ちなみに俺の取り柄は背の高さだけ。どこか惚《とぼ》けた顔つきで印象が薄いとよく言われる。臆病だった子供の頃は、目立つ存在だった幼馴染みふたりの後ろにうまいこと隠れていられたので、随分と助かっていたものだ。

「よう」

「おう。——ってか、なんで俺が引っ越し作業中だって知ってるんだ？　俺、引っ越してきたこと、まだ連絡してないよな？」

「え？　……そ、それはあれよ。近所の噂《うわさ》ってやつよ」

「近所？」

この家は、一番近い家まで三百メートル以上離れている丘の上の一軒屋だ。

書道家だった祖父がこだわりまくった離れ屋つき平屋の和風建築で、強い季節風を避けるための防風林で背後を守られるように囲まれ、さらにわが家が立つ丘の周囲は田んぼや畑ばかり。一見して、陸の孤島風なのだ。

遠くから家の灯りを見ることはできるかもしれないが、一時的な帰省か、本格的な引っ越しかなんて、判断できないような気がするのだが……。

「あーもうっ！　そんなのどうだっていいでしょ。とにかく、片づけるわよ！」

「いや、その前に腹ごしらえだ」

必要なことしか口にしない寡黙な男、堅司が、風呂敷包みを縁側に置いた。その中には重箱と大きな水筒が入っていた。

「弁当作ってきてくれたのか」

「そうよ。感謝しなさい。片づけ中なら台所もまだ使えないんじゃないかと思って」

気が利くでしょ？　と偉そうに威張る真希に、はいはいと適当に頷《うなず》きつつ、そのまま縁側に腰掛けてありがたく三人で昼食をとる。

重箱の中身は鶏の唐揚げと卵焼き、インゲンのゴマ和えに浅漬けとおにぎりだ。

どれも味は悪くないが、あちこち焦げていたり、不揃《ふぞろ》いで形が悪かったり、ぎゅうっと力尽くで握られまくっていたりで、ちょっと微妙。乱暴者で大雑把な真希らしい仕上がりだった。

それでも、手作りの料理はコンビニ飯よりずっと美味しく感じられる。

「一石《いっこく》と鈴《りん》ちゃんは？」

「お義母さんに預けてきた。埃っぽいところに子供を連れてきたくないもの」

片づいたら会わせてあげると真希が言う。

幼稚園児の一石とは何度か会ったことがあるが、去年生まれたばかりの鈴ちゃんは写真でしか見たことがない。今から会うのが楽しみだ。

「夕方になったら、引っ越し蕎麦《そば》を持ってお祖父ちゃん達も来るって。それまでにできるだけ片づけを進めましょ」

「お祖父ちゃん達って、どっちの？」

「どっちも。四人で来るって」

「相変わらず仲いいな」

俺は昔から、真希の祖父母を作爺《さくじい》と美代《みよ》さん、堅司の祖父母を源爺《げんじい》と克江《かつえ》さんと呼んでいた。俺の祖父を師匠と呼んで慕っていたこの四人は、祖父の二十歳年下の友人だった。古くからの地元民で、幼馴染み同士で早々にくっついたらしい。その孫である真希と堅司も、やっぱり早々に幼馴染み同士でくっついたんだから面白いものだ。

ちなみに我が家は晩婚の家系で、祖父の代では二十歳もの年齢差があったのに、孫の俺の代では、とうとう追いつかれてしまった。俺にはまだ結婚相手すらいないから、追い越されて引き離される一方だ。

だからなんだという話だが、なんとなく悔しく感じてしまうのはひとり者の僻《ひが》みだろうか。

「で、なんで急に戻ってきたのよ。東京でのひとり暮らしが寂しくなっちゃった？　夏美ちゃん、まだ海外だもんねぇ」

硬いおにぎりと格闘していた俺は、嫌な質問を不意打ちでくらって思わずむせた。

「っ……あー、ナッチとは、もう別れたんだ」

渋々ながら本当のことを白状すると、真希が呆《あき》れた顔をする。

「遠距離恋愛が寂しくて、短気起こして喧嘩《けんか》しちゃった？」

「違う。遠距離になる前に別れたんだ」

「ってことは……二年前？　なんでその時に教えてくれなかったのよ」

「いや、だってさぁ……」

ナッチとは大学時代からずっと同棲を続けていた。長期休暇には旅行を兼ねて一緒に帰省していたから、当然真希達もナッチのことはよく知っている。

ナッチカッチと恥ずかしげもなく呼び合って、人目も気にせずいちゃいちゃしていた俺達は、よくバカップルと笑われたものだ。将来のこともふたりでちゃんと考えてるんだと自慢げに話していたのに、別れてしまっただなんて、みっともなくて言えるわけがない。

それに、ちょうど同じ頃、真希は鈴ちゃんを妊娠したばかりで、体調を崩して入院していた。母体と赤ちゃんを守るために、ちょっとの刺激も与えたくなかったのだ。

俺が気まずくボソボソと言い訳していると、真希はわざとらしく溜め息をついた。

「夏美ちゃん、SNSでは特に変化なかったから安心してたのに……」

「あいつ、向こうで元気にやってる？」

「そうね。……SNS見てないの？」

「なんかストーカーみたいで、気が引けて見られなくてさあ」

「相変わらずね」

美大時代から才能を認められていたナッチは、現在は彫刻家として活動している。何度か小さな個展を開き、作品も爆発的な人気はないものの、固定ファンがしっかりついていてそれなりに売れているようだ。

ナッチは、以前からSNSなどで情報を発信していたが、それはあくまでも彫刻家としての活動の一環だった。私生活や恋人である俺のことにはまったく触れていなかったから、俺が白状しなければ別れたこともばれないだろうと、今までずっと黙っていたのだ。ついでに言うと、ナッチのことを聞かれるのが怖くて、ここ二年は電話やメールのみで帰省もしていなかった。

「だったら、なんで急に帰ってきたの？　花形チームに引き抜かれて、エリートコースまっしぐらだったんでしょ？」

「あー、いや、それが逆にとんでもない地雷チームでさ。あのままじゃ奴隷コースまっしぐらになりそうだったから、こっちから会社辞めてやったんだよ」

「奴隷？　なにそれ。どういうこと？」

短気な真希が目をつり上げる。真希の隣の寡黙なマッチョも、さっさと説明しろと無言のまま俺を威嚇してきた。

周囲の環境に流されるまま、自分のデザインを佐倉に搾取され続けていたなんて、あまりにも情けなくてできれば知られたくない。だが、俺の顔色を読むのに長《た》けたこのふたりに、適当な誤魔化しが通用するとも思えない。

俺は諦めて、佐倉のチームに入ってからのあれこれを白状した。

「うわ、サイテー。あんたがチーム異動したのって一年ぐらい前よね？　追い詰められる前に、どっかに相談しなかったの？」

「したけど、逆に大人になれってたしなめられたよ」

営業部長とのやりとりも話したら、真希は眉間に皺《しわ》を寄せた。

「それで大人しく引き下がったわけ？」

「仕方ないだろ。会社ぐるみで佐倉の後押ししてんだぞ。平社員になにができるっていうんだ。役に立たなくなったら警告のつもりか、いきなり懲戒処分してくるしさ」

他人のミスを押しつけられた話もしたら、「ばっかじゃないの！」と、真希からバチンと太股を叩かれた。

俺の周り、乱暴な女ばっかりかよ。

「なんで戦わないのよ！」

「だから、戦いようがなかったんだって」

会社も同じチームの先輩達も、みんな佐倉側だ。孤立無援で手も足も出なかった。

「なぜ東京で再就職しなかった？」

堅司に痛いところを突かれて、俺は思わず首を竦めた。

「……あー、辞めた会社に妨害された」

無職になった俺は、再就職すべく複数のデザイン事務所に面接に行ったが、見事に全部落ちた。さすがに変だと思っていたら、業界内の友達から連絡があったのだ。

彼の話では、俺が進行中のプロジェクトを盗みだし、他社に持ち込もうとしてクビになったのだという情報が、まことしやかに業界内に流されているとのこと。

自分でも独自に調べてみたが、どうやらかつて佐倉に逆らってクビになった人が起こした昔の事件を、さも俺がやらかしたかのように言われているようだった。

「もう、馬鹿なんだから。自分は無実だって、裁判してでも訴えればいいじゃない」

「馬鹿って言うな」

夢の中の祖母に続いて、真希からまで馬鹿馬鹿言われるとさすがに凹む。

「裁判を起こしても、証言してくれる人がいないんだから負けるに決まってるだろ。それに、そんなことしたら、その逆らった人まで表に引きずり出すことになるじゃないか」

これは俺の想像だが、その人——吉田《よしだ》さんには、たぶん自分が悪いことをしているという認識はなかったのだと思う。佐倉に奪われた自分のデザインを、これは本当は自分の作品なのだと、退職した後に他の会社で見せただけのつもりだったのだ。だが、佐倉の元でそのデザインの商品化が進められていたことで、大事になってしまった。

事件は内々に収められたようで、報道されるようなことにはならなかったが、吉田さんのデザイナーとしての将来はそこで断ち切られてしまった。

佐倉の被害者である彼を、再び事件を蒸し返すことで表に引きずり出したくはない。

「それと佐倉の周囲を調べてわかったことだけど……。その……佐倉の奥さん、妊娠中でさ」

産婦人科に通う奥さんは、マタニティライフを楽しんでいるように見えた。訴訟問題が起きたら、きっとあの笑顔は消えてしまうだろうし、お腹の赤ちゃんにも悪影響を及ぼすかもしれない。

「旦那の悪行を知るのは、今じゃなくてもいいだろう？　俺が今訴えなくても、いずれどっかからボロが出るような気もするし……。妊娠出産って人生にそう何度もあることじゃないし、純粋に幸せな時間を体験させてあげたいじゃないか」

「ごめん。それ、私のせいね。私が妊娠中の話をしたり、産んだ時に感動して泣いちゃったとか言ったから、奥さんに同情しちゃったんでしょ」

「真希からだけじゃない。大学の同期とか、元同僚とかからも色々聞いてるしさ」

「勝矢は昔から家族関係の話には弱い」

「……そうね」

俺の事情をよく知っている幼馴染みふたりは、揃《そろ》って深々と溜め息をついた。

「ねえ。でも、本当にそれでいいの？　けっこう楽しそうに仕事してたじゃない？　こっちじゃろくな仕事ないわよ」

「う～ん、正直、デザイナーの仕事に未練はあるけど、もう一回東京でやり直す気にはなれないんだよなぁ」

仕事も恋人も、向こうで手に入れた大切なものは全て失った。

やり直すには戦う必要があるが、今の俺にはその気力がない。

「枯れるにはまだ早いぞ」

堅司が溜め息をつく。

「わかってる。だからここに帰ってきたんだ。ここでなら、もう一度やり直せるかなって……」

ここにはまだ一緒に育った幼馴染みや、俺を孫のように可愛がってくれた祖父母の友人達、俺を家族のように思ってくれる人達がいる。

　孤立無援の心細さを感じることもない。

「デザイン関係は無理だけど、他の仕事探すんなら手伝えるわよ」

「あー、とりあえず今はいいや。まず、なにがやりたいか自分で考えてから、改めて相談するから。次はヘマしないよう、のんびり頑張ってみるさ」

　俺はヘラヘラ笑いながら、食べ終えて空になった重箱を手に立ち上がった。


　姉御肌な真希と、寡黙な頼れるマッチョの堅司には、子供の頃からずっと世話になりっぱなしで、同い年だというのに頭が上がらない関係だ。

　両親を同時に亡くし、祖父母に引き取られた俺がこの田舎に引っ越してきたのは、小学一年の頃。

　今となっては思い出したくもない黒歴史だが、突然の環境の変化で極端にナーバスになっていた俺は、ちょっとした風の音にも怯《おび》えていたし、ぽんと肩を叩かれただけでビックリして腰を抜かし、その場にしゃがみ込んでシクシク泣いていたものだ。

　我ながら、あり得ないほどに臆病で、酷《ひど》い泣き虫だったと思う。その当時は、さすがに祖父母もそんな俺を扱いかねていたし、学校の教師達も同様だった。

　だが、真希だけは違ったのだ。

「私が校内を案内してあげる。放課後には子供でも安全に遊べる場所や、危ない場所も教えてあげる。あんたのためになることなんだから、ちゃんと覚えてね」

子供の頃から偉そうだった真希は、しゃがんで泣く俺の手を両手でつかんで、ずーるずーると引きずりながらあちこち連れ歩いた。

最初のうちは、ただ引きずられるばかりだったが、一週間経つ頃には泣きべそをかきながらもなんとか真希と一緒に歩けるようになり、半月ほど経つと普通に手を繋《つな》いでおしゃべりしながら歩けるようになっていた。

もうひとりの幼馴染みである堅司は、はじめて会った時、なぜか無表情で「やる」と、俺の手に無理矢理、石を握らせてきた。

なんで石？　なんのために？　新たなイジメ？　なにかのおまじない？

びびった俺が、うえっと泣き出すと、びっくりしたのか走って逃げていった。

臆病な俺は、握らされた石の硬い感触でさえ怖かったが、なぜ渡されたのかもわからない石を手放すことは、もっとずっと怖かった。

まあ、ぶっちゃけ、呪われるんじゃないかと思ったのだ。

根拠はない。臆病な子供の考えることなんてそんなもんだ。

シクシクと泣きながら家に帰って、祖父母にずっと石を握ったままだった手を見せて今日の出来事を報告すると、「大丈夫、呪われたりせんよ」と祖父が笑って請け合ってくれた。

「その子は、わしの友達の孫だ。お前のことを話して、よろしくしてやってくれと頼んでおいたんだよ。だからきっとその手の中の石は、これから仲良くしようって挨拶代わりの贈り物だろう」

大丈夫だからと祖父に促され、恐る恐る手を開くと、そこには真っ黒で艶々した石があった。黒くて呪われそうでちょっと怖かったが（もちろん根拠はない）、それでも子供心に綺麗な石だと思った。

――あの子は自分の宝物を僕にくれたのかもしれない。

そう考えた俺は、翌日、堅司に恐る恐るお礼を言った。

「あれは持ってると元気になる石だ」

だからずっと持っていろと言われて、真剣に頷いた。

良くも悪くも、俺はおまじないの類いに弱い子供だったのだ。

堅司の言葉を素直に信じた俺は、祖父に頼んでその石をキーホルダーにしてもらった。やがて、そのキーホルダーには祖母の手作りのお守りも加わり、家の鍵を取りつけて今でも大切に持ち歩いている。

経年劣化でそのキーホルダーが壊れ、ナッチに修理してもらったことがある。その時、『この石、ブラックオニキスっていうのよ』と彼女から教えられた。いわゆるパワーストーンの一種で、魔除けと、持ち主の意志を強くする効果があるらしい。

堅司は本当のことを言ってたんだなと、昔を思い出してしみじみ感謝したものだ。

どうしようもなく臆病で気弱で泣き虫だった俺だが、真希と堅司のおかげでなんとか地元の子供達にも受け入れられ、普通に楽しい子供時代を過ごすことができた。

大学進学で俺が上京した後もふたりは地元に残り、ごく自然につき合うようになったとかで、二十二歳で授かり婚をして、今では二児の子持ちだ。

東京で得たもの全てなくし、ひとり戻ってきた我が身となんと違うことか……。


昼食の後、三人で片づけに取りかかった。

「堅司、ちょっと手を貸してくれ」

どうせならこの機会に大きめの家具の移動もしてしまおうと、ひとりじゃ難しい書斎の飾り棚と机、それとキッチンのテーブルを移動することにした。

「まかせろ」

堅司は拳を握ってむっきむきの上腕二頭筋を見せびらかすと、二人でやるつもりだった作業を、さっさとひとりでやってしまう。さすが石屋の若旦那。デスクワークだった俺とでは、身体の厚みからしてまったく違う。

「ここでいいか？」

「うん。ばっちり」

書斎の家具移動を終えた後、堅司は不意にすんすんと鼻を鳴らした。

「なんか匂うか？」

「いや、匂わないんだ。勝矢、石どこやった？」

「石？　ブラックオニキスのキーホルダーなら、この家の鍵つけて、茶の間のテレビ台の上に置いてあるけど」

石って匂うっけ？　奇妙に思いつつ答えると、そっちじゃないと言われた。

「お前が上京する時に渡したほうだ。あれの匂いがしない」

「ああ、あれか……。あれなら、ナッチにやった」

進学で地元を離れる時にお守りだと堅司から貰《もら》ったのは、子供の拳ほどの大きさのトルコ石の原石だ。ちょうどいい大きさだったから、開いたノートや本が閉じないよう文鎮代わりに使っていたのだが、ナッチからそれもパワーストーンだと教えられた。

『トルコ石は、ターコイズとも呼ばれてるんだよ。邪悪なエネルギーや危険から、持ち主を守る魔除けにもなるの。持ち主の身代わりになって、変色したり欠けたりするって言い伝えがあるらしいよ。別名、旅人の石とも言うね』

かつてトルコの隊商が旅に出る時にお守りとして持っていたそうで、今でも旅先の安全を守る石と言われているのだそうだ。

実際、この石に関しては不思議なことが何度かあった。

俺が自転車で派手に転んだり、チンピラに絡まれて殴られたりした時、石がなぜか知らぬ間にほんの少し欠けていたのだ。どっちの時も痛みのわりに怪我が軽かったから、もしかしたら石が俺の身代わりになってくれたのかもしれないと思っている。

とはいえ、ただ俺の管理が悪かっただけの可能性も捨てきれない。確信が持てずに誰にも言わずにいたが、ナッチが俺の元から去って海外に行くことが決まった時、ふとそれを思い出し、考えたのだ。

旅人の石だというのなら、俺が持っているより、もうじき生まれた国を離れることになるナッチが持っていたほうがいいのではないか。もう側にいてやれない俺の代わりに、あの石がナッチを守ってくれるんじゃないかと。

そんな期待を抱いた俺は、餞別《せんべつ》代わりに石をナッチに贈ってしまった。

「……貰ったものを横流しって、まずかったか？」

「いや、いい。夏美ちゃんに直接手渡したんだろう？」

「ああ。お守り代わりに持ってけって」

「それなら大丈夫だ。あの石はお前と相性がいいからな。きっとお前の願いを叶えてくれる」

「そういうもんか？」

「そういうもんだ」

まるで石に人格があるようなことを言う堅司に、俺は首を傾げた。

そもそも石って、種類によって匂いが違うものなんだっけ？

少なくとも俺は、ブラックオニキスにもトルコ石にも匂いを感じたことなんてないのだが……。

久しぶりに会う幼馴染みは、いつの間にか不思議人間に進化していたようだ。

「タイムリミットね」

　太陽が傾き影が長くなった頃、丘を登ってくる車の音が聞こえて、真希が残念そうに言った。

「お祖父ちゃん達が来たみたい」

「充分だ。あとは俺ひとりでやるさ。ふたりとも、手伝ってくれてありがとな」

どういたしましてと、真希が威張る。そうこうしているうちに、玄関を素通りした来客達が、大荷物を手に賑やかに庭から姿を現した。

「おう、いたいた。勝矢、元気そうだな」

「とっときの酒持ってきてやったぞ！」

「あらあら、もうすっかり綺麗に片づいてるんじゃない」

「そうね。真希ちゃんもお疲れ様」

「作爺、源爺、美代さんに、克江さんも。みんな久しぶり。元気だった？」

もちろんと頷いて、真希と堅司の祖父母四人組は縁側から家の中に入ってきた。

「お台所借りるわね」

「コップどこだ？　日本酒用のやつ」

「飲めりゃなんでもいいだろうが」

「もう、自分達のことばっかり。先にお仏壇でしょ。源二《げんじ》さん、花瓶がそこの棚にあるからお花を活けてちょうだい。祠《ほこら》の分とふたつね」

「おう。わかった」

「あら、綺麗なお皿」

「勝矢くんが持ってきたの？　趣味がいいわねえ」

勝手知ったる他人の家とばかりに、美代さんと克江さんが台所の棚や引き戸を開けて皿や塗り箸を取り出し、持ってきた重箱から皿に料理を盛りつけていく。

「さ、できた。まずはみんなで手を合わせましょう。——真希達は、引っ越し蕎麦を茹《ゆ》でて宴会の準備をしててちょうだい」

「はーい」

真希と堅司を台所に残し、美代さんの先導で花を飾り供え物をして蝋燭《ろうそく》に火を点した仏壇の前に座り、ひとりひとり順番に線香をつけ鐘を鳴らして手を合わせていく。

「じゃあ、次は祠ね」

またしても美代さんの先導で、料理の載った皿と花瓶、水入りの湯飲みをそれぞれ手に持って、みんな縁側からぞろぞろと庭に出た。

「なんでみんな縁側から出入りするんだよ。玄関の立場がないだろ？」

「あら、だって玄関には鍵が掛かってるでしょ？」

「呼び鈴鳴らせば、俺が出るよ」

「そんな面倒くせぇことやってられっかよ」

「昔っから師匠の家に遊びに来た時は、まず真っ先に祠にお参りしてたからなぁ」

「縁側から出入りする癖がついちゃったのよね」

「あーもう、わかったよ。好きにしてくれ」

昔っからと言われてしまうと、もうお手上げだ。子供の頃からこの家に出入りして、すでに七十歳に手が届いている彼らの昔は、十年や二十年どころの話じゃない。今さら矯正は無理だ。

「あら、お花飾ってくれてたの？」

「ああ、庭に咲いてるやつを適当に」

「ありがとうね。きっと喜んでるわ」

「ありがとうは、こっちの台詞だよ。俺がいない間、みんながここを守ってくれてたんだしさ」

「うふふ。どういたしまして」

「この祠、土地神様なんだよな？　俺さ、ご神体っていうの？　この祠の中を見たことないんだけど。このでっかい南京錠の鍵って誰が持ってるんだ？」

この中も掃除しないとまずいんじゃないかと、庭の奥にある小さな祠の前に立ち質問すると、ピタッと四人揃って動きを止めた。

やがてお互いの顔を見合わせて、なにやら目で合図し合っている。

「なんだよ。もしかして、鍵なくしたのか？」

「いや、なくしちゃいねぇよ」

「そうそう。最初からないだけで」

「この祠を作った時に、確か南京錠の鍵は川に捨てたのよね」

「今ごろは錆《さ》びて、ボロッボロに崩れてるだろうなあ」

「え？　なんで？　それ、まずくない？」

「まずくないの。最初からそういう約束だったのよ」

「……え？　約束って、土地神様と？　宮司って神様と話せるの？」

俺が質問すると、微笑《ほほえ》んだ顔のまま、美代さんがピタッと固まった。

真希の実家は、代々この近所の神社の宮司をやっていて、美代さんは先代の宮司だったのだ。

「細けぇことはいいんだよ。とにかく、そういう約束なんだ」

「そうよ。外側だけ手入れしておけば、ちゃんとこの土地を守ってくれるんだから」

「つべこべ言わずに、さっさと手を合わせて拝んどけ」

「あーもう、わかったよ」

美代さんを庇《かば》うように、源爺達が畳みかけてくる。この四人組に勝てたことがない俺は、大人しく言うことを聞いて一歩前に出ると、パンパンと手を合わせた。

「さあ、それじゃあ引越祝いをしましょうね」

茶の間のテーブルの上には、真希が茹でた蕎麦と、美代さんと克江さんが家から持ってきた重箱が並べられている。重箱の中身は、二人の心づくしのご馳走の数々だ。

まずはビールで乾杯だ。

その後、あれを食べろこれを飲んでみろとやいのやいの言う六人に流されるまま、箸を動かし、コップを空にする。

久しぶりの賑やかな食卓だった。

懐かしい味に舌鼓を打ち、なんとも、ほっとした気持ちになる。

「百合庵《ゆりあん》の蕎麦も久しぶりだなぁ」

百合庵は、商店街の中ほどにある蕎麦屋だ。店主は父の後輩で、祖父の代からつき合いのある家でもある。俺にとっても子供の頃からの馴染みの店だった。

「あら？　百合庵の天ぷら盛りにちくわの天ぷらなんて入ってたかしら」

「ああ、それ俺の好物なんだ。きっと、わざわざ作ってくれたんだよ」

たぶん祖父母が店主に俺の好物の話をしていたんだろう。祖母の死後、ひとり暮らしの食卓が淋《さび》しくて百合庵に蕎麦を食べに行くたびに、黙っていてもメニューにはないちくわの天ぷらが出てくるようになった。ありがたい話である。

「そう。落ち着いたら、百合庵にも顔を出しなさいね」

美代さんがおっとりと微笑む。

「うん。あそこの鴨南蛮も食べたいし、近いうちに行くよ」

「最近あそこ、カレー蕎麦も出してるのよ。けっこう評判いいみたい」

「へえ、邪道だって絶対作ろうとしなかったのに。これも時代の流れかなぁ」

店主がこだわりを捨てざるを得なかったとしたら気の毒だが、売り上げが上がったのならその甲斐《かい》もあったというものだろう。

「勝矢、夏美ちゃんはいつこっちに来るんだ？」

作爺に突然聞かれて、俺はぴきっと固まった。

「お祖父ちゃん、勝矢ったら、夏美ちゃんとは二年も前に別れたんだって」

「マジか」「まあ」「そんな……」「あんなに仲が良かったのに」

年老いた四対の目が、哀れむように俺を見ている。

「ここ最近、勝矢くんが帰ってこなくなったのはそのせいだったのね」

「かー、ったく。俺らにやいのやいの言われたくなかったってか？　相変わらずの意気地なしだな」

その通り、意気地なしです。ほっといてくれ。

「どうして別れたのか、聞いてもいい？」

克江さんが遠慮がちに聞いてくる。

「ナッチから、三日後に海外に行くって宣言があって、それで終了」

「あら。それって別れてないんじゃない？」

美代さんの突っ込みに、「別れたよ」と俺は答えた。

「その日はちょうどナッチの誕生日で、いい機会だから、これからもずっと一緒に誕生日を祝おうなってプロポーズしたら、さっくり断られた。『無理』だってさ」

「プロポーズの返事が、『無理』？」

「三日後に海外に行くから、ずっと一緒にはいられないってさ」

俺の答えに、真希と堅司は怪訝《けげん》そうに顔を見合わせている。

「……じゃあさ。ずっと一緒じゃなくてもいいなら、無理じゃなかった可能性もあるんじゃないの？」

「え？」

「え？　じゃなくて。あなたとは結婚できない、って、はっきり言われたわけじゃないんでしょ？」

「え、あ、いや……。それは、言われた」

『ずっとふたり一緒に誕生日は祝えないよ。あたし、三日後にはオーストリアなの。向こうで何年か仕事する予定だし……。結婚はできないよ。ごめんね、カッチ』

二年前の記憶を引っ張り出してナッチの言葉を再現すると、みんなは酸っぱいものを食べたような変な顔になった。

「なんでそこで、毎年じゃなくてもいいからって言わなかったのよ」

「言ったところで、引き止められなかったし」

「引き止めなくてもいいでしょ？　戻ってくるまで待ってればいいじゃない」

「待つのか？　……その発想はなかったな」

ずっと一緒にいることしか考えていなかった。

もしも、年単位で海外に行く仕事話があるんだけどとナッチに相談されていたら、きっと俺は反対していた。置いていかれて、ひとりになりたくなかったから……。

次々と家族を失ってひとりになった俺は、なによりも孤独を恐れていたのだ。

「あー、もう！　喧嘩したわけじゃないんなら、まだ間に合うかもしれないわよ？　ねえ、今からでも夏美ちゃんと連絡取ってみなさいよ。向こうに新しい彼氏ができたら手遅れになっちゃうから」

「手遅れもなにも、もう別れてるんだよ」

いつでも即断即決即実行、人生急ブレーキ急ハンドルが当たり前だったナッチの心は、あの時すでに俺より海外の仕事に向いていた。

『ごめんね、カッチ。あたし、どうしても向こうで仕事したいの。あたしみたいな自己中な女は忘れて、もっと優しい人と幸せになってね。……絶対だよ』

別れ際、トルコ石を渡した俺の手を握りしめて、ナッチはそう言った。

俺の手を握るその手が、小刻みに震えていたのを覚えている。

最初のうち、まっすぐ俺と視線を合わせていたナッチの目は、しゃべっている間に徐々に伏せられていき、最後には完全に俯《うつむ》いてしまっていた。そのまま髪で顔を隠すようにしてタクシーに乗り込んでしまったから、あの日の彼女がどんな表情をしていたのか俺にはわからない。

それでも俺との別れを心から惜しんでくれていたようだったし、学生時代からずっとべったり一緒だったんだから、別れても連絡ぐらいあるだろうと思っていたのだ。

だがあれ以来、ナッチからのメールもトークアプリもぷっつり途切れたままだ。

まさに、立つ鳥跡を濁さず。新しい世界で頑張っているナッチにみっともなく縋《すが》って、足を引っ張るような真似はしたくない。

「……別れ際に、幸せになってねって言われたし、ナッチ以外の幸せを探すさ」

「探すさって……。勝矢くんみたいに臆病な人間が、そう簡単に心を開けるような相手を見つけられるとは思えないわ」

美代さんの溜め息交じりの声に、みんなも黙ったまま頷いて同意した。酷い。

「別れてから夏美ちゃんとは全然連絡取ってないの？」

「ああ。向こうからも連絡ないし。……真希がネットで繋がってるから、あいつの近況はそっちで聞いといて」

ナッチと特に気が合っていた美代さんは、わかったわと静かに頷いた。

なんとなく気まずくなって場が静かになる。

雰囲気を変えようと、俺は新しい話題をふることにした。

「そういや、堅司に聞きたいことがあるんだけど」

「なんだ？」

「さっき、石の匂いがわかるようなこと言ってただろ？　石屋ってそういう訓練もするのか？」

先ほどの疑問をなにげなくふったつもりだったのだが、どうやら失敗したらしい。

俺の質問に、みんな揃ってピタッと固まった。

固まる老人達に、堅司が申し訳なさそうに頭を下げる。

「悪い。どうしても気になることがあって俺から話した」

老人達は気にするなと堅司に言ってから、目線だけで何事か合図し合っていた。

「……勝矢くん、もう大丈夫なの？」

「なにが？」

「だから、その、おめぇ……怖くねぇのか？」

「堅司が？　幼馴染みだよ。怖いわけないじゃないか」

なんでそんな当たり前のことを聞くんだと不思議がると、みんなそれぞれホッとしたような仕草を見せる。

「堅司くんの鼻のことを知らせると、臆病な勝矢くんが、堅司くんを妖怪扱いして怯えるんじゃないかと思ってたのよ。せっかく仲良しになったのに、そんなことで気まずくなったら悲しいでしょ」

「だから、みんなで相談して、内緒にすることにしたの。堅司や真希ちゃんにもずっと口止めしてたのよね？」

「ああ。黙ってて悪かった」

「俺が怯えると思ったたってことは、堅司の鼻って、やっぱり特殊なんだ」

「そうだな」

「少なくとも、俺にゃ匂いなんざわからねぇよ」

　堅司が頷き、祖父の源爺が苦笑する。

「ただ、身体が弱くて早死にした俺の兄貴が似たようなことを言ってたなあ。兄貴は石に関しちゃたいした目利きでよ。よく大人達に将来はいい石屋になるって誉《ほ》められてたもんだ。そのたびに兄貴は、俺は目じゃなく鼻が利くんだって言ってた。たぶん、ありゃあ、そういう意味だったんだろう」

「特殊能力が隔世遺伝してるのか」

「特殊能力なんてたいそうなもんじゃねぇよ。ただの才能だ。長いこと石を見てりゃ、こりゃ好かれる石だ、こりゃ嫌がられる石だってのは、なんとなくだがわかるようになる。堅司は、それが最初からわかる才能を持って産まれたんだ」

「才能で片づけるには、ちょっと特殊すぎるだろ。どっちかといえば、超能力とか、神様の贈り物とか、その手の科学じゃ説明できない不思議な力っぽいしさ」

「あら、神様の贈り物っていう言い方は素敵ね」

「そう？」

「ええ。神様から特別に祝福されて産まれてきたってことですもの」

「そうね。才能って言うよりも、ありがたくて優しい感じがするわ」

美代さんと克江さんが揃って嬉しそうな顔になる。

「なあ、堅司。石って、どんな風に匂うんだ？」

「石の力によってそれぞれ違う。良い石は良い匂いで、悪い石は嫌な匂いがする」

「う〜ん、ざっくりしてるなあ」

「変な石が仕入れに混ざってると、こいつ、露骨に嫌な顔をするんだ。便利だぞ」

「へえ。なあ源爺、そういう時って、その石どうすんの？　返品？」

「孫が臭いって言ってるから返すとは言えんだろ。神社に置かせてもらっとる」

「堅司が言うには、神社にしばらく置いておくと、臭くなくなるんですって」

我が孫ながら不思議だわと、克江さんが言う。

「……臭くなくなるのも不思議なんだけど」

「あら、小さいとはいえ、うちだってちゃんとした神社なのよ。きちんと神様を祭ってるから、敷地内は清浄に保たれてるわ。……とはいえ、ごく稀《まれ》にどうにもならない石もあるのよねえ」

「どうにもならないって、ずっと臭いまま？」

「そうだ。たまにだが、どうにもできない悪い石もある」

「こわっ」

俺は、堅司がくれた『良い石』が、ずっと俺を守ってくれていたと信じている。

その堅司が言うところの『悪い石』ならば、俺にとっては絶対に近づきたくない危険物だ。しかも神社に置いてあっても匂いが取れないだなんて、恐ろしすぎる。

もう神社に行くのはやめよう。ひっそり誓っていると、そんな考えがばれたのか美代さんに睨まれた。

「そういう石はいつまでも置いておかないで、ちゃんと堅司くんが処分してくれるから大丈夫よ。怖がらずに、ちゃんとお参りにきてね」

「あー……うん」

「小心者め」

「悪かったね。で、処分って、どうやってんの？」

「軽トラに積んで山奥に捨ててくる」

「山奥に……」

山菜採りには誘われないようにしよう。やっぱりひっそり誓っていると、またしても美代さんにばれた。

「もう、いやあね。障りのある石を、そこらの山に捨てたりしないわ。ちゃんと許可を取って、知り合いの土地に運び込ませてもらってるの。霊山というか、禁足地と言ったほうがいいのかしら。本格的に修行する人達しか踏み込まないようなところよ」

そこならば自然の浄化力で長い時をかけて綺麗になるのだとか。そこで修行する人達が鍛錬《たんれん》の一環として浄化したり、破壊して悪いものを散らしたりすることもあるらしい。なんにせよ、この手のオカルト的な話は初耳だ。

「それなら安心か。美代さんが宮司さんだったってのは知ってたけど、そういう本格的な話は、はじめて聞いたな」

「そりゃそうだ。臆病なお前さんの耳には入れないようにしてたんだ。知ったら神社に近寄らなくなるか、神社の敷地から出なくなるかの、どっちかだっただろう？」

はっはっは、と作爺が笑う。

図星なので、俺は笑えない。

「でも、少し安心したわ」

「そうねえ。もう、怖い怖いって、しゃがみ込んで泣くばかりの子供じゃないのね」

「ちゃんと話を聞く余裕もあるみてぇだしな」

「そりゃそうだよ。俺だってもういい大人だぞ」

「なるほど、大人か……。それなら、本当にもう大丈夫だな」

「ええ、そうね」

「今なら、受け入れられるでしょう」

「だな」

四人ともなんだか急に神妙な雰囲気になって、しみじみと頷き合っている。

いつも賑やかな真希は、空気を読んだのか、堅司と一緒に黙々と口に料理を詰め込んで黙っていた。

俺は、ちょっと怖くなった。

「なに？　なになに？　なに四人だけでわかり合ってんの？」

びびってきょどる俺を見て、「本当に大丈夫かしら」と美代さんが苦笑した。

「まあ、大丈夫だろう」

「そうそう、今のこの機会を逃せば、きっともう無理でしょうし」

「だな。――ってなわけで、そろそろどうだ？　勝矢」

「いやいや、なにが『そろそろ』なのかが、さっぱりわからないんだけど？」

「ああ、そりゃそうだな。うん、……つまりだな。――猫を、飼わないか？」

「猫？　猫は飼わない。この家じゃ無理だし」

なんだ、猫かよ。

散々勿体《もったい》ぶるから、なんの話かと思ったのに拍子抜けだ。

「なんで無理なんだよ。昔は飼ってたじゃねぇか」

「昔はね。でも今の時代じゃ、ちょっと難しいって」

猫なんて昔は平気で外飼いできていたが、今の時代は室内飼いが主流だ。

大学時代からの後輩に愛猫家がいて、黙っていても色々話すもんだから、俺もすっかり猫には詳しくなってしまったのだ。

猫は外飼いすると猫エイズや猫白血病、猫風邪や寄生虫など、生死に関わる病気を貰う確率が高いらしい。長生きさせたいのならば外に出さないのが一番なのだ。

だが、この家の場合は二方向に長い縁側を有している。日中は網戸も開け放っているので猫が出入りし放題の環境だ。猫のために一日中網戸を閉め切るつもりはないから、猫にはケージに入ってもらうか、首輪にリードをつけて縛っておくしかない。そんなのはやっぱり可哀想だろう。

俺がそう言うと、なんだそんなことかと作爺がほっとしたように呟《つぶや》いた。

「それなら大丈夫だ。頭のいい猫だから、勝手に外に出ていったりはせんよ」

「いやいや、いくら賢くても猫なんて好奇心の塊だろ? 外国の諺《ことわざ》だけどさ、『好奇心は猫を殺す』って言われてんだぞ。大人しく家にいるなんて無理だって」

「大さんはいつも大人しく日がな一日昼寝してただろう。賢かったしな。言いきかせれば、勝手に出ていったりはせんよ」

「大さんを普通の猫と同じに考えちゃ駄目だって。……あんな不思議な猫、探したって他にはいないんだからさ」

俺は、いまだかつて大さんほど不思議な猫に出会ったことがない。

外見も中身も、とにかく変わっていて、本当に猫らしくない猫だった。

だから子供の頃の俺は、寝ている大さんの尻尾をよくこっそり確認していた。

大さんの気が緩んでいる時なら、尻尾が二本に分かれているところを、ついうっかり見られてしまうんじゃないかと思って……。

もちろん、大さんの尻尾が二本に分かれているところを見たかったわけじゃない。

見てしまったら、怖くてもう一緒にいられなくなる。

臆病で小心者な俺は、大さんのふっさふさのしましま尻尾が一本しかないことをどうしても確認せずにはいられなかったのだ。そして確認するたび、ちゃんと一本しかないしましま尻尾にほっとした。

そして温かな大さんに寄り添って、安心して眠りについたものだ。


大さんと出会った頃の俺は、両親を失った直後で人生最悪の状態だった。

あの頃の俺は、両親をいきなり奪われて嘆き悲しんでいたし、それ以上に両親をいきなり奪った、『死』という正体不明の恐ろしい魔物に怯えていた。

田舎の祖父母の家に引き取られても、恐怖は去らなかった。

祖父母の家は歴史を感じさせる和風建築で、それまで暮らしていた真新しい綺麗なマンションとはまったく違っていた。薄暗い部屋の隅に、なにか恐ろしいものがいるような気がして怖くて仕方なかったのだ。

これからこの家でずっと暮らさなくてはならなくなったのだと悟った俺は、もう怖くて怖くてどうにかなりそうだった。

(いやだ。こわい)

怖いものはもう見たくない。

俺は目を閉じ耳を塞ぎ、頭を抱えてうずくまって、ひたすら泣きじゃくった。

祖父母は泣きじゃくる俺をなんとか宥《なだ》めようとしたが、俺は何をしても泣き止まなかった。泣き続けて二時間も過ぎると、さすがの祖父母も心配になったのだろう。頭をがっちりと抱えて丸くなったまま動こうとしない俺を、そのままの状態でふたりがかりで抱きかかえ、医者に連れていった。

両親の死後、ろくに睡眠や食事がとれない状態だったから、体力的にも限界だったのだと思う。病院で打たれた点滴に鎮静剤でも入っていたのか、そこで俺の記憶はいったん途切れる。

目覚めたら、祖父母の家に戻っていた。

薬の影響からか、俺はぼんやりしていた。もう夜になっていたようで、部屋の隅にある行灯《あんどん》風のルームライトの灯りが周囲を照らし出していた。

布団の上に寝かされていた俺は、ふと左腕になにかふわふわしたものが触れていることに気づいた。俺を宥めるために使っていたぬいぐるみだろうかと、そちらに顔を動かし目を向けて、そのまま固まった。

目の前に、普通の猫の五倍はあろうかという巨大な猫がいたのだ。

「ば、化け猫だ」

猫は、俺が目覚めたことに気づいて、のそっと起き上がって俺の顔を覗き込んだ。

「なー」

小さな声で鳴いて、べろっと大きな舌で俺の頰を舐める。

「ひっ‼」

（味見された！　食われる！）

俺は思った。バリバリと頭から囓《かじ》られて、そして死ぬんだろうと。

『死』は怖い。でも、もう逃げられない。死んだら、きっと両親に会える。それなら、まあいいか。

すさまじい恐怖の中、ほんの少し希望を感じながら、ふっと気を失った。

だが、しかし。

「……あれ？　僕、死んでない」

次に目覚めた時、俺は自分が生きていることに驚き、そして、ほっとした。

両親に会えなかったのは残念だったが、それでもやっぱり死ぬのは怖い。

『死』から逃れられて、よかったと思った。

そして、左腕にふわふわして温かなものが依然として触れていることに気づいた。

さっき見た化け猫は、まだここにいる。恐怖に固まったまま、恐る恐る視線を向けると、こちらを見ている化け猫と目が合った。

仄暗い部屋の中、真っ黒な瞳はくりっとまん丸。毛並みは茶トラで、鼻はピンク。

丸顔で、長毛種らしく頬の毛がふさふさしていて、可愛かった。

そう、化け猫は、物凄く可愛かった。

サイズさえ普通なら、なんの問題もない可愛い茶トラの猫だった。だが、とにかくでかい。太っているわけじゃなく、でかいのだ。頭の大きさなど頬の毛がふさふさしているせいもあって、当時の俺よりでかかった。いっそ、大きな猫のぬいぐるみだと思い込みたいぐらいだったが、左腕からじわっと伝わってくる温もりが、化け猫が生き物だと教えてくれていた。

「……お前、ただ、大きい猫なの？　そういう種類なの？　化け猫じゃないの？」

「なー」

恐る恐る聞いた俺に、猫は鳴いて答えた。

それを勝手に肯定と捉えて、俺はやっと心からほっとした。

「そっか。ただの猫なんだね。よかった」

恐る恐るふかふかの毛並みを撫《な》でてみる。

猫はじっとしたまま動かず、小首を傾げるようにして黒いまん丸な目で俺を見つめている。その毛は柔らかくて、凄く手触りがいい。

「おっきい猫ちゃん、僕が寝てる間、ずっとここにいてくれる？」

「なー」

「……ありがと」

勝手に猫の言葉を解釈して、寝返りを打って猫に寄りそうと、顔をその毛に埋めるようにして目を閉じる。

その日、俺は、両親の死後はじめて安心して穏やかに眠った。

その大きな猫こそが、大さんだ。

大さんはその後、ずっと俺の側にいてくれた。

祖父母が相次いで亡くなった時、まだ高校生だった俺がなんとか人前で取り乱すことなく葬儀を終えられたのは、大さんの存在があったからだ。

家に帰ってもひとりじゃない。俺には、まだ大さんがいてくれるという安心感があったからこそ、なんとか自分を保っていられた。

だが、その大さんも、祖母の死後一ヶ月ほどで姿を消した。

猫は死期が迫ると姿を消すという。その時すでに俺が祖父母の家に引き取られて十一年もの月日が過ぎていた。大さんはそれよりずっと前から飼われていたそうだから、さすがに寿命だったのだろう。

大さんの死には、後悔ばかり残っている。

大さんが姿を消した時、俺は半狂乱になって大さんの姿を求めて探しまくった。

通常サイズの猫じゃなかったから、張り紙やネットで情報を拡散しても騒ぎになるだけだ。だから俺は、ひとりで大さんを探した。

近所や街中、神社のある山にまで足を延ばし探し回った。だが、探しても探しても、どうしても見つからない。

精神的にも肉体的にも限界を迎えた時、このままじゃお前が病気になっちまう、そんなこと大さんは望んでねぇぞと源爺達に諫《いさ》められ、探すのを諦めた。

だが、その後しばらくして、あそこで諦めずにもっともっと探すべきだったんじゃないかと後悔するようになった。

あともう一日長く探していたら、大さんを見つけることができていたかもしれない。あともう一本先の道まで探しに行っていたら、なにかのトラブルで動けなくなっている大さんを見つけることができていたかもしれない。もしかしたら大さんは、どこかで俺の助けを待っていたのかもしれない、と……。

喪の儀式というやつは大事だと思う。

両親や祖父母の時はちゃんと葬式をしたから、その死を自分の中で納得させることができた。だが、大さんの時はそれがなかった。

だから俺は、ずっと大さんの死に踏ん切りをつけられずにいて、その死をただ悲しむこともできず後悔ばかりを抱いている。

大さんのことを思い出すと、重い後悔で苦しくなるから、最近まで極力思い出さないようにしていたぐらいだ。

あんなに世話になったのに、我ながら恩知らずな話だ。

――猫は俺より先に死ぬからもう飼わない。

なんてことを言うと、きっとみんなは悲しそうな顔をするだろう。

だから俺は、違う言い訳を考えた。

「猫はあちこち勝手に爪研ぎするだろ？　祖父ちゃんが残したこの家、今じゃもう手に入らない木材とか使われてるし、余計な傷はつけたくない。大事にしたいんだ。だから猫は飼わない」

さあこれでどうだと威張る俺に、源爺がほっとしたように言った。

「それなら大丈夫だな」

「ええ、してはいけない場所で爪研ぎなんてしないもの。これで決まりね」

「いやいや、決まってないから」

慌てて否定したが、老人達は聞き入れない。俺が拒否しているにも拘わらず、勝手に猫を飼う話が決まっていて、乾杯までされてしまった。

その後、みんなは来た時同様、賑やかに帰っていった。

門のところでみんなを見送り、玄関の扉を開けて家の中に戻る。来客の賑やかさが消え、急にシンと静かになった家の空気に、ふと溜め息が零《こぼ》れた。

「ずっとひとりなら、別に淋しいとか思わないんだけどなぁ」

俺だって大人になったのだ。防風林の間を抜けていく甲高い風の音や、灯りが届かない木造建築の天井の暗い四隅に怯えたりしない。

だが、急にひとりになった時の、このシンとした冷たい空気はこたえる。

「……猫かぁ」

猫が一匹でもいればこの淋しさも少しはマシになるだろうか?

そんなことを考えながら、茶の間に通じる障子を開けると、そこに、猫がいた。

ちょこんと前足を揃えて行儀よく座っている、あり得ないほどに大きな茶トラの猫が、大きなまん丸の目で俺を見ている。

あり得ない。大さんはもういないはずなのに……。

「……大さん?」

「なー」

恐る恐る名前を呼ぶと、大きな猫は嬉しそうにふっさふさのしましま尻尾をばっさばっさと振った。

犬みたいなその仕草も、大さんによく似ている。

さて、今の『なー』は、『そうだよ』と言っているのか、それとも『違うよ』と言っているのか。

どう解釈したらいいんだろう?

この難しい問題に、俺は頭を抱えた。

戻ってきた、しましま尻尾

大さんは変な猫だった。

まず、食事は普通にぺろっと一人前たいらげる。人間と同じものをだ。

俺が祖父母に引き取られる前から、大さんは家族の一員として同じ食卓を囲んでいたらしい。さすがに箸やスプーンは使えないから、食べやすいよう一口大に切ったものを大さん用の深めの平皿に盛りつけて食べさせていた。もしかしたら祖父母が躾《しつ》けたのかもしれないが、食べ散らかしたりはせず食事あとはとても綺麗だ。

後になって猫好きの後輩から、タマネギやイカ、チョコレートなどは猫には厳禁で、食べて死ぬこともあるのだと聞かされた時は、大さんが変わった猫でよかったと、心底ほっとしたものだ。

次いでトイレだが、これも普通にトイレでする。そう、人間用のトイレでだ。

家のトイレのドアには、猫用のドア（といっても、犬用のサイズだが）がついていて、そこから出入りしていた。中でどうやって用を足しているのか確認したことはないが、一度も粗相をしたことはないし、使用後はちゃんと水を流してトイレの蓋もきちんと閉めていた。なかなかに行儀良い猫なのだ。

普通の猫なら風呂は大っ嫌いだろうが、大さんは風呂が大好きで、毎日のように祖父か俺と一緒に入っていた。猫用シャンプーで全身綺麗に洗ってから、一緒に湯船に浸かる。湯船に抜け毛がふよふよ浮かびそうだと思うかもしれないが、一本たりとも浮いていたことはない。長毛種だから、毛玉にならないようブラッシングもするのだが、それでも一本も抜けない。

毛根が異常に強いのかもしれない。羨ましい話だ。是非ともあやかりたい。

風呂上がり、濡れた身体を乾かすのも大さんがひとりでやっていた。普通だったら、タオルドライしてからドライヤーでせっせと乾かさなきゃならないはずなのに、大さんの場合は、犬のようにぶるぶるっと身体を震わせて水分を飛ばすと、あら不思議、ふわっと全身が乾いてしまっていた。あれはいまだに不思議だ。

生まれつき、撥水《はっすい》加工でもされていたんだろうか？

大さんの変なところを数え上げるときりがない。本当に変な猫なのだ。

猫好きの後輩に、こういう猫種を知らないかと、大さんの大きさだけはぼかして、あれこれ話したことがある。後輩曰く、「それ、猫じゃないっすよ」だそうだ。「背中にチャックついてなかったっすか？」とも聞かれた。人間が入れる大きさじゃないぞと答えたら、「小型の宇宙人かもしれないっす」と真顔で言われた。猫だけじゃなく、宇宙人グレイも彼の大好物だったようだ。

正直言って、大さんと暮らしはじめたばかりの頃は、ただの珍しい大きい猫だと思っていた。猫と暮らすのははじめてで、普通の猫がどういう生き物なのかよくわかっていなかったのだ。だが、成長して世間の常識がわかるようになってくると、大さんの変わりっぷりに思い至るようになった。

不安になって祖母に何度か聞いてみたが、「家は家、余所《よそ》は余所。大さんは大さんだよ」と、よくわからない言葉で丸め込まれた。


さて、突然現れた謎の猫だが、やることなすこと大さんとそっくりだった。

昨夜は止める間もなく風呂に乱入してきたし、寝る時も大きな身体で俺の布団の左側を半分占拠した。当たり前のように俺と一緒に食卓を囲むし、トイレも人間用のを普通に使っていた。香箱座りがちょっと下手で、前足が片方中途半端にはみ出してしまうのも大さんと一緒だ。

ここまで同じだと、もう認めるしかない。

この猫は、大さんだ。

いなくなったと思っていた大さんが帰ってきたのだ。

大さんの帰還は喜ばしいが、なにがどうなってるのかさっぱりわからない。

大さんが自分で答えてくれるわけもなく、考えたところで答えも出ない。早々に理解することを諦めた俺は、朝一番で国道沿いにある大きなショッピングモールに行って、ペットショップでシャンプーやブラシなど、猫用グッズを大量に購入してきた。

「おーい、大さん。こっちこい」

「なー」

縁側に座って呼ぶと、大さんが嬉しそうに軽やかな足取りで近づいてきて、前足をきちんと揃えて座った。

「ペットショップで色々買ってきたんだ。まずはこれ。万が一の時のために……」

俺は犬用の水色の首輪と、それにつけるリードをガサガサと袋から出した。

「大地震とかの天災で、この家から避難しなきゃならなくなった時に必要かと思って……。これにリードをつければ、俺と一緒なら自由に外を歩けるからさ」

大さんは大きすぎて、猫用キャリーで運ぶのは無理だ。犬のように自分の足で移動してもらうしかない。大さんはわかっているのかいないのか、髭《ひげ》をピクピクさせながら興味津々にふんふんと首輪の匂いを嗅いでいる。

「普段からつけなくていいんだ。犬猫用のブラシも色々買ってきたから、試してみて好きなの選ぼう。じゃあ、さっそくそこに寝そべってくれ。ブラッシングするから」

「なー」

毛玉を解きほぐすために、手で撫でて気になったところを粗めの櫛《くし》で梳《す》いていく。大さんは長毛種なのにあまり毛が絡まないたちで、抜け毛もない。我が家は白髪家系でたぶんハゲないとは思うが、俺もうアラサーだけに本気であやかりたい。

「よしよし、上等な毛皮だな」

つるつるでふかふかで手触りが最高だ。ブラッシングを終えたら、このふかふかした毛に顔を埋めてやろうと考えていると、表のほうから車のエンジン音が聞こえてきた。

来客が親しい人達だったら、呼び鈴を押さずに直接縁側に来るだろう。その場で待っていると、案の定、「勝矢、いる～？」と真希の声が聞こえてきた。

「いるぞ」

「あ、大さんもいるのね。大さん、久しぶり～」

なぜか驚きもせず気安く挨拶する真希に、大さんが「なー」と嬉しそうにしましま尻尾を振る。

俺は真希の不自然な言動に引っかかりを覚えたものの、今は真希が抱っこしている子供のほうが気になって仕方なかった。

「その子が鈴ちゃんか。目がくりっとしてて可愛いなぁ」

一歳とちょっとぐらいか。ぷくぷくして健康そうだ。

「でしょー。お祖父ちゃん達が言うには、実家のお祖母ちゃんに似てるって」

「美代さん似か。だったら将来は美人さんだ。よかったなー」

俺は庭に降りて、真希の腕の中の赤ちゃんの頬を指先で軽く撫でた。

「一石は？」

「いま来るわ。お手伝いしたいっていうから、荷物持ちさせてるの」

言っているうちに、大人用のリュックを重そうに抱えた男の子がよろよろと歩いてきた。

「おー、一石は大きくなったなぁ。俺のこと、覚えてるか？」

聞いてはみたが、たぶん覚えていないだろう。以前会ったのはちょうど二歳ぐらい、イヤイヤ期の真っ最中だった。もう一度自己紹介しなおすつもりで一石に手を振ったのに、一石の視線は縁側にいる大さんに釘付《くぎづ》けになっていた。

「ト、トラだ！」

一石は真っ青になって、持っていた荷物を取り落とした。慌てて駆け寄ってきて真希達の前に立つと、守るように小さな両手を広げる。

「ダメだぞ！　食べさせないぞ！　──母ちゃん、鈴といっしょにはやく逃げろ！」

猫にしてはあまりにも大きすぎる大さんを、トラの子とでも見間違えたのか。母と妹を守ろうとするとは見上げた心意気だ。

「あらやだ、一石ったら」

息子に庇われた真希は、嬉しそうに笑み崩れた。

「一石、よく見て。ちょっと大きいけど、大さんは猫よ」

「これで、猫？」

「そうよ。大きな猫だから、大さん。優しい猫さんだから仲良くしてあげてね」

ほんとかな？　と疑ってる顔つきで、一石は縁側に寝そべっている大さんにそろそろと近づいていく。頭を撫でようとして伸ばした一石の手に、大さんは大きな頭を自分から動かしてすり寄った。

「こいつ、なつっこいな」

「こいつじゃなくて、大さん」

「大さんか。おれは一石だ。よろしくな」

「なー」

一石はあっという間に大さんに懐いて、わしゃわしゃと大さんの頭を撫でまくった。俺とも仲良くしてくれないかなと眺めていたら、ぐるっとこっちに振り向いた。

「大さんはカッチの猫なのか？」

一石はちゃんと俺を覚えていたらしい。二年前、ナッチカッチと、ナッチとふたりセットでしつこく自己紹介したせいで深く記憶に刻まれてしまったのか。それとも、両親である堅司と真希が、ことあるごとに俺達を話題に出して忘れないようにしてくれていたのか。

「ああ、そうだ」

「あそんでやってもいいか？」

「いいよ。でもその前にブラッシングしてやってくれないか。まだ途中だったんだ」

「わかった。とくべつだぞ」

「優しくブラッシングしてくれよ」

こうやるんだと、簡単にお手本を見せてからブラシを手渡す。

一石は嬉しそうな顔で、スニーカーをポイッと脱ぎ捨てて縁側によじ登った。

「大さん、一石を頼むな」

「なー」

大さんはのっそり立ち上がり、縁側から茶の間へと移動して、再びそこで寝そべった。もしかして、一石がうっかり縁側から庭に落ちないようにとの気遣いか？　もしそうなら、どんだけ賢いんだ。びっくりだよ。

「にーに。にゃーにゃ」

真希の腕の中の鈴ちゃんが、家の中に入っていったお兄ちゃんを指差してじたばたしている。

「お兄ちゃんと一緒に遊びたいの？　――一石、鈴も一緒に大さんと遊びたいって」

「わかったー」

真希が縁側に鈴ちゃんを降ろした。よたよたと歩み寄っていく鈴ちゃんを、一石が手を伸ばして迎えている。

「ちゃんと面倒を見てやるんだな。いいお兄ちゃんだ」

「まあね。私の子だもの、当然よ」

我が子を愛おしそうに見つめていた真希が、そのままの視線を俺に向けた。

「あんたも、ちょっとは大人になったのねぇ」

「ああ？」

「大さんのことよ。今度はちゃんと認めてあげられたみたいじゃない。よかったわ」

「……俺だってもうアラサーだぞ。さすがに昔とは違うさ」

中学時代、俺と真希は大喧嘩したことがある。

『お祖母ちゃんが言ってたんだけど、大さんって、あんたのお祖父ちゃんが独身だった頃からあの家にいるんだって』

喧嘩のきっかけは、真希のそんな発言だった。

『そんなの嘘だっ！』

俺は、どうしても真希の言うことを認めることができなかった。

大さんが、祖父の独身時代から飼われている猫だとするのなら、その時点でもう五十年以上飼われていることになる。

そんなこと普通じゃあり得ない。

その当時の俺にとって、大さんは、ちょっと大きいだけの普通の猫だった。

おかしなことは沢山あったが、俺はそれら全てに目をつぶっていた。

おかしいと認めてしまったら、臆病な俺は大さんと一緒にはいられなくなる。

それだけはどうしても嫌だったのだ。

だから俺は、この時ばかりは白旗を揚げず、真希に徹底抗戦した。

一週間ほど仲違いを続けた後で、精神的に俺より大人だった真希が折れてくれた。

『勘違いだったみたい。ごめんなさい』

ふん、とそっぽを向きながらも、偉そうに停戦交渉に踏み切ってくれた真希に、俺も折れた。

真希と話ができないのは淋しかったし、喧嘩したふたりの間に挟まれた堅司が、どちらにもつけず、おろおろしているのが可哀想だったからだ。

「それでも、納得はしてないけどな」

「なによ、それ」

「俺は大さんが死んだと思ってた。だから、俺の前からいなくなったんだって……ずっと、そう思ってたんだ」

臆病だった子供の頃の俺は、大さんが普通の猫じゃなく、五十年以上生きているような得体の知れない存在だとは、どうしても認めることができなかった。

でも、俺にとって一番恐ろしい魔物である『死』に大さんを奪われたことで、少しだけ考えが変わった。

『死』によって、俺の手が届かないところに連れ去られた大さんを取り戻せるならなんだってする。もう一度、あのふかふかの毛並みを撫でることができるなら、どんなことにだって耐えられるのに、と……。

そのせいだろうか、『死』に奪われた祖母が幽霊として戻ったことを怖いと思わなかったように、大さんが戻ってきてくれたことを素直に嬉しいと思えている。

ただ、心の中に小さなシコリがひとつだけ残っていた。

「でも死んでなかったんなら、なんであの時、大さんは俺の前から姿を消したんだ？」

それがどうしても気にかかる。

『死』によって奪われたのではなかったのなら、大さん自身が自らの意志で俺から離れていったってことになる。

あの日まで俺達は、ずっと仲良く暮らしていた。祖母が死んでからは特にだ。

それなのに、なぜ大さんは俺を置いて姿を消してしまったのか？

その理由が俺にはどうしても思いつかない。

真希は深く溜め息をついて、悲しそうな顔で俺を見た。

「私からはなにも言えない。想像はできるけど、確信はないから。……大さんのことはお祖母ちゃんに聞いて」

「どっちの？」

「実家の」

「わかった。……真希は、大さんがなんなのか知ってるのか？」

「私も知らない。お祖母ちゃんはなにか知ってるみたいだけど教えてくれないし」

「そっか」

俺は家の中の大さんに視線を向けた。

大さんは、ふっさふさのしましま尻尾をばっさばっさと動かして、鈴ちゃんをじゃれつかせている。小さな手の平でパタパタ叩かれても、尻尾をぎゅっと強くつかまれても、絶対に怒らない。

明るい所では鼈甲《べっこう》色に見えるまん丸な目も、ふっかふかの毛並みも、子供に優しいところも昔と同じ。まったく変わってない。

「大さん、子守りありがとな」

「なー」

家の中に入って大きな頭を撫でると、大さんは、目を細めてぐるるると喉を鳴らした。ごろごろじゃなく、ぐるるなのも昔のままだ。

大さん、見た目は猫なのに、中身は微妙に犬が混ざってるんだよなぁ。

よしよしと撫で続けていると、「カッチ」と一石に声をかけられた。

「あの石、くれ」

一石は、テレビ台の上のキーホルダーについた石を見つめていた。

「あー、その石はダメだ。お前の父ちゃんから貰った大事なお守りだからな」

「そっか。これ、父ちゃんが見つけた石か。だからこんなにキラキラしてるんだな」

「キラキラ？」

「家の血と混ざったのか、一石は見えるほうに特化しちゃったみたいなのよね」

「……家の血？」

またなにか変な話が出てきたぞ。

どういうことだ？　と真希を見ると、真希はあからさまに狼狽《うろた》えて口を押さえた。

「家の血って、実家の神社の家系か？　見えるって……」

「えーっと、あのね、勝矢……。――あ」

珍しくオロオロしている真希が、急にはっとして、大さんのしましま尻尾にじゃれている鈴ちゃんのほうに視線を向ける。

「きゃあ。……あーう」

と、同時に、鈴ちゃんがなぜか急になにもない空間に手を振ってはしゃぎ出した。

「あーちゃ、どーも」

まるでそこに見えない誰かがいるかのように、にこにこ笑顔の鈴ちゃんがぺこりと頭を下げる。

大さんと真希も、鈴ちゃんが見ているなにもない空間を見ていた。

どうやら、見えていないのは、俺と一石だけみたいだと悟った瞬間、ざわっと鳥肌が立った。

「……一石、お前が見えるのは、石のキラキラだけか？」

「うん。母ちゃんや鈴とは、見えるものがちがうんだ」

「……真希？」

「ああ、もう！　えーっと……勝矢、怖い？」

恐る恐る真希に聞かれた。

「……お前らのことは怖くない。ただ、その……そこに、なにが見えてるんだ？」

「あんたのお祖母ちゃんよ。……怖い？」

「祖母ちゃん、怒ってる？」

「怒ってないわ。むしろ珍しくニコニコしてるわね」

「なら、怖くない」

祖母がお怒りでないなら、幽霊でも平気だ。

「そう。それならよかった」

ほっとしたように真希は微笑むが、俺はけっこう複雑な心境だった。

幽霊らしきものが見えることが、この親子が生まれ持った『神様の贈り物』なのだろう。

ちなみに真希は、いったいいつから、俺には見えないものが見えていたんだろう？

そして、なにを、どれぐらい見ることができているんだろう？

「見えることに関しても、お祖母ちゃんに聞いて」

俺のもの問いたげな視線に気づいた真希に先を越された。

「わかった。そうする」

俺の幼馴染みは、ふたりともちょっと変わっているらしい。

飼い猫も変わってるし、まあ、いいか。

神社からの眺めと優しい瞳

真夏の神社の参道を、ナッチとふたり競い合うように息を切らせて走って登り、汗だくのまま展望台へ向かった。

「高層ビルがないからかな。空がすっごく広く感じる」

濃い緑の参道を抜けて展望台に出ると同時に、一気に広がる青空を見上げたナッチが嬉しそうに笑った。

大学二年目の夏、俺達は長い夏休みを使って、俺の田舎に帰省していた。

都会生まれ都会育ちのナッチは、この田舎町を新鮮に感じるようで、ここに来てからずっとはしゃいでいる。幼馴染み達とも、すぐに打ち解けて仲良くなってくれた。

「カッチ、山の上って、風が涼しくて気持ちいーね」

「そうだな」

ナッチは転落防止用の柵に凭《もた》れて、ゆっくりと景色を眺めた。

俺もその隣に立ち、同じ景色を眺める。

眼下に広がるのは我が故郷。遠くに見える駅前商店街を中心とした住宅地の周辺には田んぼや畑が広がり、神社のある山まで続いている。なんとものどかな風景だ。

「カッチは、いつかこっちに戻る気ある？」

「あー、うん。定年退職した後にでも戻って、こっちでのんびり暮らしたいかな」

「だったらさ。カッチの家のあの離れ、あたしのアトリエにしてもいい？」

何十年も先のことを、ナッチが聞いてくる。

俺達がこの先もずっと一緒にいるのが当たり前だと思ってくれているのだ。

俺はそれがたまらなく嬉しかった。

「もちろんいいよ。あー、でもナッチのアトリエにするんなら、床を補強しなきゃな。ってか、その頃になっても使えるように、まめに家の手入れもしとかないと」

「なー」

そうだね、と、俺の左側で大さんが鳴いた。

「え？」

びっくりして声のしたほうを見ると、柵に前足を掛けて伸び上がり、俺達と一緒に景色を眺めていた大さんが、まん丸の可愛らしい目で俺を見上げてくる。

だが、これは変だ。

ナッチと大さんは会ったことがないはずなのに。

「……ああ、なんだ、夢か」

そう言った自分の声で、目が覚めた。

「なー」

俺の左側で寝ていた大さんが、ざりっと俺の鼻をひと舐めして朝の挨拶をする。

「大さん、おはよ。鬼ごっこは、もうやめたんだな」

現実の大さんと再会できたからか、夢の中の大さんも鬼ごっこはやめたようだ。

俺はなんだか嬉しくなって、大さんの大きな頭をわしわしと撫でた。

もう二度と会えないと思っていた大さんはこうして戻ってきてくれたが、ずっと一緒にいてくれると思っていたナッチはもう俺の側にはいない。

叶うことのない未来の予定は、俺の心に苦甘い余韻を残した。


『勝矢くん、話を聞く覚悟ができたら神社にいらっしゃい。待ってるわ』

どうやら真希から話がいったようで、美代さんからはそんな連絡が入っていた。

俺は少し悩んだ。

正直に言ってしまえば、俺は今の状況に満足しているのだ。

大さんが、超長生きで抜け毛知らずの謎の巨大猫だってことは認めるが、わざわざその正体を知りたいとは思わない。

それに、なぜ大さんが俺の側から消えたのか、その理由を知るのが少し怖かった。

真希と鈴ちゃんの『神様の贈り物』に関しても同じことだ。

真希達の『神様の贈り物』は、仕事にも便利に使える堅司の力とは違って、まっすぐオカルトに直結してそうで怖い。わざわざ具体的なことは知りたくない。

もちろん真希達本人は怖くないし、祖母の幽霊だって怖くない。だがオカルトは今でも苦手だし、他人の幽霊は本気で怖い。

どうせ小心者だよと開き直り、神社に行くのを一週間ほど先延ばししていたのだが、ナッチの夢を見たことで久しぶりに神社の展望台に行きたくなってしまった。

美代さんに連絡を取ると、三時過ぎなら空いていると言われた。

「これから神社に行くから。留守番頼むな」

大さんに一声かけてから玄関に向かう。

俺がスニーカーを履いていると、大さんは器用に下駄箱の引き戸を開けて、いきなり顔を突っ込んだ。下駄箱に入ってるのは俺の靴ばかりなのだが、見てるだけで臭そうで、なんだか酷く申し訳ない気分になる。

「大さん、なにしてるんだ？」

振り返った大さんの口には、先日購入した水色の首輪とリードが咥《くわ》えられていた。

もしかして、リードをつければ一緒に外に行けると言ったのを覚えていたんだろうか？　賢いなぁ。

「神社に一緒に行きたいのか？」

大さんは首輪を咥えたまま、ふっさふさのしましま尻尾をばっさばっさと振る。

「わかった。一緒に行こう。でも今日はリードはなくていいよ。人混みを歩くわけじゃないから首輪だけでいい」

大さんは賢いからリードなんてなくても迷子になったりしないだろう。

「じゃ、行こっか」

「なー」

爽やかな水色の首輪は、もっふもふの毛に埋もれてちょこっとしか見えてないけど、大さんの優しい茶トラ模様によく似合っていた。

車のキーを手に家を出た俺は、人とすれ違う時だけなるべく隠れてくれと大さんに頼んで、大さんを後部座席に乗せ出発した。話がどこまで通じているのか不安だったが、賢い大さんは対向車とすれ違うたびに座席に伏せてくれた。さすがだ。

ここは県庁所在地から遠く離れた、かなりの田舎町だ。

数年前に開発された新興住宅地のおかげで減少するばかりだった人口が増え、その近くの国道沿いには大きなショッピングモールもできて、人の出入りも以前より増えたらしい。とはいえ、ショッピングモール以外に遊びに行ける場所はほとんどない。

以前からこの地で暮らす人々は、昔ながらの穏やかな暮らしを続けているようだ。

真希の実家である神社は山の中腹にあり、この地域にとって数少ない観光地になっている。地元の人達しか行かない観光地だけどな。

最寄り駅から続く大通り（大通りとは名ばかりで、一車線の普通の道路だ）を、ずっと山のほうに向かって大人の足で一時間ほど歩くと、神社へと続く参道の入り口となる鳥居に辿《たど》り着く。そこから上り坂の参道が五百メートルほど、さらに三百段以上ある石段が続く。それを延々登ると、やっと神社のある開けた広場に出る。

整備されているとはいえ、けっこうな山道なので、地域の人達の森林浴、もしくは足腰を鍛えるための散歩コースになっているらしい。

今日は大さんもいるし、参道を行かずに、脇の車道を使って直接神社の駐車場まで登っていった。

「ついたぞー。大さん、この神社に来たことあったっけ？」

「なー」

ドアを開けて車から出してあげると、大さんはブルルッと犬のように身震いしてから、ふっさふさのしましま尻尾をばっさばっさと振った。

さて、この「なー」はイエスかノーか。よくわからなかったが、とりあえず大さんが楽しそうなので、どうでもいいことにした。

駐車場から境内に抜けると、数人の参拝客がいた。遠目なら大型犬に見えるかもしれないが、近くで見てしまったらでかすぎる大さんに驚かれるかもしれない。その時は珍しい外国の猫だとでも言って誤魔化そう。

「さて、まずは展望台まで行こうか」

大さんに声をかけて、夢の中でナッチと駆け抜けた神社脇の緑に覆われた細い参道を、奥へ奥へと進む。やがて、夢と同じように町が一望できる開けた場所に出た。

「おー、やっぱり夢とはけっこう変わってるな」

転落防止用の柵に凭れて景色を眺める。

商店街とその周囲を取り巻く古い住宅街はさほど変わっていないが、大通りを横切るように走っている国道に近い田畑が潰され、新しい住宅やアパートらしき建物が増えている。巨大な駐車場を併設したショッピングモールも存在感を主張していた。

「大さん、ほら、あそこが家だぞ。わかるか？」

「なー」

大さんは夢の中と同じように、柵に前足を掛け、伸び上がって景色を眺めている。

神社から見ると古い住宅地の左側、国道からも離れた小高い丘の上にぽつんと立つ我が家を指差すと、嬉しそうにしましま尻尾をばっさばっさと振った。

うちの家がある丘の周囲は、田んぼと畑ばかりで近くに他の民家はない。

こうして上から眺めると随分と淋しい場所にあるのが一目瞭然だった。

元々、祖父の住居は商店街のちょうど中央辺りにあり、そこで書道具を売りつつ書道教室を開いていたのだそうだ。祖母との結婚を機に、わざわざ仕事場から離れたあんな場所に家を建てて移り住んだと聞いている。

風流だとか趣味人だとか色々言われていたようだが、人目のない環境は大さんにとってはよかったのだろう。

弱虫だった子供の頃の俺にとっては、ちょっと怖い環境だったけどな。

「大さんが戻ってきてくれてよかったよ」

ナッチとの想い出を懐かしむ余裕があるのは、大さんがこうして側にいてくれるからだ。もしひとりだったら、この展望台に近寄ることすらできなかったに違いない。

ありがとな、と大きな頭をわしわし撫でると、大さんは気持ちよさげに目を細めた。

「そろそろ境内に戻るか」

心ゆくまでのどかな我が郷土を眺めた後で、山道をさっきとは逆に辿る。

境内に出たところで時計を確認したが、約束した時間までまだ十五分ほどあった。

早めに社務所に顔を出すと、祈祷《きとう》を受けた人達と顔を合わせかねない。もう少し時間を潰すべく、ひと気のない境内をぶらぶらすることにした。

「そういや、前に源爺が石灯籠を修復するって言ってたっけか」

二年前に帰ってきた時、息子に身代を渡して暇になったし、これからは神社の古い石灯籠を少しずつ修復するつもりだと源爺が話していた。どんな風に手を入れたのか見てみたくなって、特に古い石灯籠が点在している神社裏の庭に向かった。

だが、途中まで歩いたところで大さんに体当たりされて足を止められる。

「大さん、どうした？」

「うなー」

大さんはいつもより若干低い声で唸《うな》って、通せんぼするように俺の前に立った。

「寄り道しないで社務所に行けって言ってるのか？　まだちょっと早いんだけどな」

困っていると、「あら、勝矢くん？」と、背後から美代さんに呼び止められた。和服姿の美代さんは、社務所に常備している大きめのウォータージャグを両手で持っている。それがあまりに重そうで、急いで駆け寄った。

「それ、持つよ」

「ありがとう。こんな所でどうしたの？」

「ちょっと早く来て展望台に登った帰りなんだ。時間余ったんで、裏手の石灯籠も見に行こうとしたら、大さんに通せんぼされてさ」

「まあ、通せんぼ……。大さん。もしかして勝矢くんをあれに近づけたくないの？」

「なー」

美代さんの問いに、大さんが、そうだよとふっさふさのしましま尻尾を振る。

「そう。大さんが嫌がるくらいなら、ここではどうしようもないのね。堅司くんに頼んで、早めに持っていってもらいましょう」

「……えー、美代さん。もしかしてそれって、前に言ってた例の臭い石？」

「ええ。一昨日からここにあるんだけど、私もちょっと嫌な感じだと思ってたのよ」

夏物の涼しげな和服姿で、頬に手を当て上品に首を傾げる美代さんの言葉に、ぞわぞわっと背筋が涼しくなった。

「あー、俺、帰っていい？　その石がなくなった後で、また日を改めて来るからさ」

「あら、嫌だ。相変わらず臆病ね」

「いやいや、普通の人だってこの話聞いたら怖がるって」

「そう？　勝矢くんには大さんがいるんだから怖がることなんてないでしょうに。安心して社務所にいらっしゃい」

美味しいお茶を用意してあるのよと言って、美代さんは社務所へと戻っていく。

「大さん、変なものが近づいてきたらすぐ教えてくれよな」

「なー」

立ち止まったまま頼むと、大さんはまかせてと言うようにすりっとすり寄ってきた。

社務所では、氷でじっくり淹《い》れたという冷茶を振る舞われた。まろやかで甘みもあってとても美味しい。そういう淹れ方があるのは知っていたが、飲むのははじめてだ。

「俺もやってみようかな」

「普通の茶葉でも美味しくできるからお勧めよ」

大さんも深めの平皿にお茶を貰っていたが、お茶より、同時に出された水羊羹《ようかん》のほうに夢中だ。少しずつ食べて、じっくり味わっている。

「大さん、作爺のあんこ大好きだもんな。よかったな」

「なー」

大さんは嬉しそうにふっさふさのしましま尻尾をばっさばっさと振った。

婿養子だった作爺は、昔から参道の入り口で和菓子屋を営んでいる。神社の収入だけでは、社や長い参道の維持費などを賄うだけで精一杯らしく、和菓子屋の収入で家族を養っていたのだ。

そんな事情なので、作爺と美代さんの子供世代は神社を継がずに、みんな普通の勤め人をしている。孫である真希にしっかりした職業の婿養子を迎えた上で宮司を引き継がせたいと考えていたようだが、真希が授かり婚で堅司の家に強引に嫁に行ってしまったので（これは絶対に真希が狙ってやったに違いない）、急遽《きゅうきょ》真希の兄の信一《しんいち》さんが奥さんと一緒に実家に戻ってきたのだと聞いている。

同居はうまくいってるかと聞いたら、信一さん夫婦はもう家を出ていると美代さんが教えてくれた。

「え⁉　嫁姑バトル？」

「いやあね。違うわよ。舅《しゅうと》に姑《しゅうとめ》に大舅に大姑がいる家に同居じゃ、お嫁さんが可哀想でしょう？　だからね、麓の和菓子屋を建て替えて若夫婦の住居にしたの」

「じゃあ、作爺の和菓子屋は？」

「今は若夫婦の住居併設で和風喫茶になってるわ。喫茶のほうはお嫁さんがメインでやっててね。健作《けんさく》さんの和菓子も店頭で売ってるの。けっこう人気なのよ」

モダンな店内や作爺の餡子《あんこ》を使ったパフェや洋風にこしらえた和菓子も人気で、遠くから通ってくる常連客も多いのだとか。作爺は和菓子作りだけに専念できるようになったし、お嫁さんが和菓子作りを覚えようと手伝ってくれるしで、体力的にも楽になったと喜んでいるらしい。うまく世代交代が進んでいるようで、ほっとした。

「信一達もね、いずれ夫婦で喫茶店を開きたいって思っていたらしいの。だから、今ではむしろ帰ってこられてよかったって言ってるみたいよ」

「うまい具合にいくもんだね」

「ええ。本当に……」

美代さんは穏やかに微笑んで、喉を湿らすようにお茶を飲む。

こうして見ると、微笑む口元やグラスを持つ指にも随分と皺が増えた。それでも背筋は凛《りん》と伸びていて、美人宮司として名高かった往年の面影がしっかり残っている。

「さて、そろそろ本題に入りましょうか」

「……あー、また今度でも構わないけど」

「もう、往生際の悪い。しょうがない子ね。でも、今日は逃がさないわよ。可愛い孫から頼まれていますからね」

「わかったよ。でもその前に、ひとつだけ。例の臭い石、堅司がどっかに捨てに行くんだよな。その道中とかで堅司に害はないのかな？」

「心配いらないわ。堅司くんは強いし、守り石も持っていますからね。年単位で側に置いたらさすがに悪影響があるかもしれないけれど、半日程度なら大丈夫」

「そっか。それなら安心だ」

「ええ。私もまず最初にひとつ質問があるの」

「なに？」

「真希達から、京子《きようこ》先生があの家にいることを知らされて、どう思ったのかしら。怖くはない？」

京子先生というのは、祖母のことだ。美代さん達四人組は、小学生の頃に祖母の教え子だったらしく、ずっとそう呼んでいた。

「……怖くないよ。祖母ちゃん以外の誰かだったら怖いけどさ。――それに、あれが二度目だったし」

「二度目？」

「こっちに戻って気が抜けて、一週間ぐらいだらだら過ごしてた時にさ。この馬鹿たれ！　って、祖母ちゃんに腹を叩かれたんだよ。最初は夢かと思ったんだけど、動かぬ証拠とばかりに腹に手形が残ってた」

「あら、京子先生ったら、よっぽど腹に据えかねたのね。……そう、そうなの」

京子先生らしいわ、と美代さんが微笑む。

「美代さんも、祖母ちゃんが見えてた？」

「ええ。我が家にはたまにそういう特別な目を持つ者が現れるの。見えるだけでたいしたことはできないのだけど。これも、勝矢くんが言ってた『神様の贈り物』ね」

「……やっぱり、祖母ちゃん成仏してないんだな」

幽霊であれ、もう一度会えたのは嬉しい。

だが、ちゃんと葬儀を終え供養もしているのに、この世に留まっている状態というのは、普通に考えてあまりよろしくないことのように思える。

心配をかけまくっている不肖の孫に言えることではないが、祖母には安らかに眠っていてほしいのだが。

「ああ、そうよね。そこから説明しなきゃいけないのね。——あのね、勝矢くん。京子先生はちゃんと成仏してらっしゃるわよ」

「じゃあ、俺の腹を叩いていったアレは？　一時的にこっちに戻ってきたとか？」

「そうじゃないの。あれは……そうね。残留思念と言う人もいるけど、それでは風情がないから、『心残り』とでも言えばいいのかしら」

「『心残り』？」

「そう。命を終える間際に強く心に思ったことが、気の塊となって残ってしまうことがあるのよ。魂の欠片のようなものね」

本体の魂が成仏した後も、その魂の欠片はこの世に残り、心残りのあるところに留まる。生前の人格をある程度は備えているものの、心残りなこと以外に興味を向けることはほとんどない。祖母の『心残り』が鈴ちゃんに自分から近寄っていったのは、かなり珍しいことなのだと美代さんは教えてくれた。

「勝矢くんの子だと勘違いしちゃったのかもね」

ほほほ、と美代さんが笑う。

「笑い事かなぁ。誤解解かなくていいのか？」

「いいのよ。意思疎通できる力が残っているとは思えないから。真希もなかなか意思が通じなくて苦労したって言ってたわ」

「真希は祖母ちゃんと話せたんだ」

「話したんじゃなく、眠っている時に一方的にイメージを送られたそうよ。引っ越し荷物の前で勝矢くんが途方に暮れてる姿を見せられたんですって」

「ああ、それでいきなり手伝いに来てくれたのか」

「真希が言うには、随分と姿がおぼろげになっていたみたいね。そろそろ消える頃合なんでしょう」

「本体に戻して成仏させられないのか？」

「そういうことはできないの。そうねぇ。本体が石けんだとして、心残りはその泡の固まりのようなものよ。一度泡立ててしまったら、その泡を本体には戻せないでしょう？　その泡の固まりはね、本来月日と共に自然に小さくなっていくものなの。でも京子先生の『心残り』の場合、勝矢くんや真希に直接働きかけるような無茶をしたから、一気にぷちぷちぷちっと泡が弾《はじ》けてしまったのね」

「祖母ちゃん、俺のせいで消えるのか……」

「そうじゃないの。京子先生の欠片として存在する力がなくなるだけ」

『心残り』は、個として存在する力をなくすと、強く引かれる対象に吸収されることがあるのだと美代さんが言う。

祖母の場合、心残りの対象である俺の元に還《かえ》るのだと……。

「臆病なあなたが誤解してはいけないから言うけど、取り憑《つ》くとか、そういうのとは違いますからね。外から見守っていたのが、内からに変わるだけ。あなたの魂に溶け込むの。もちろん、そんなことができるのはお互いが想い合っているから。一方的な想いでは弾かれてしまって、溶け込むことなんてできないわ」

弾いたりはしないでしょう？　と聞かれて、頷いた。

「……祖母ちゃんの欠片は、俺の中に溶け込んで心の支えになってくれるんだな」

「あら、素敵な言い方。勝矢くんは案外ロマンチストね。――死に別れた大切な人は自分の心の中で生きていると言う人がいるけど、あれは、ある意味では真実なのよ」

『死』に奪われても、残るものがあるのなら、それはほんの少しの慰めになる。

とはいえ、それは常人にはわからない次元の話だ。教えてくれる人がいるだけ、俺は運がいいのかもしれない。

なんとなく、すぐ側にいる大さんの頭を撫でると、大さんがお返しとばかりに指先を舐めてくれた。

「……俺の両親の時はどうだった？」

「こちらに来て半年ぐらいは、ご両親の『心残り』があなたの側にいたわね。あなたがこちらの生活に溶け込んで安心したのか、やっぱりあなたの元に還ったわ」

「……そっか」

「誰かさんがめそめそ泣いてばかりだったからずっと心配そうにしてて、見ていることしかできないのは本当に辛かったわ。私だって子も孫もいる身だから、親御さんの気持ちは痛いほどわかるもの」

「あー、それはどうもスミマセン」

「どういたしまして。真希なんて黙っていられなくて、自分からあなたにちょっかいをかけにいったぐらいなのよ」

「へ？」

「心配そうなご両親が可哀想で、なんとかしなきゃって使命感に駆られたみたい。あの子なりに、あなたが泣かなくなるように鍛えてやってるつもりだったらしいわ」

「そっか。いきなり話しかけられて、連れ回されたのはそのせいだったのか……」

強引に連れ回されて、最初は怖い子が来たとびびっていたものだ。

だが、そのおかげで俺の行動範囲は広がったし、友達も増えて楽しい小学校生活を送れた。今となっては感謝しかない。

でも、両親はどう思っただろう？

最初のうちは、真希に子分扱いされている俺が、苛《いじ》められてると勘違いしてハラハラオロオロしていたんじゃないだろうか？

かなり過保護だった両親の『心残り』の反応を思うと、ちょっと笑えてくる。

消える頃には、真希達と笑って遊ぶ俺を見て、安心してくれたと信じたいが……。

「その表情から見るに、ショックは受けていないわね」

「ショックって、なにに？」

「真希が心配していたのよ。見えてることがばれたせいで、ご両親の『心残り』のために友達をやってたんだって誤解されたらどうしようって。ちゃんと弟分として可愛がってやってたのにって」

「同い年なのに弟分って……」

あー、やっぱりそう思ってたかー。俺だって、強気で姉御肌の真希に完全降伏してたから否定はしないけどさ。

「あら、そっちがショックだった？」

「今さらだからもういいよ。……友達になったきっかけもどうでもいい。そもそも堅司だって、祖父ちゃんが源爺経由で頼んでくれたから友達になれたようなもんだし」

ちょっとしたことでしゃがみ込んでシクシク泣いていたあの頃の俺は、子供達にとっては友達になりたくない面倒な相手だったに違いない。大人の介入がなければ、誰からも相手にされなかった可能性だってある。この件に関しては、両親と祖父に感謝するしかないのだ。……情けないけどな。

ところで、祖母や両親の『心残り』がいたのならば、祖父はどうだったんだろう？

気になった俺が聞くと、美代さんはきっぱり答えた。

「師匠はなにひとつ『心残り』を残さなかったわ」

「まじで？」

我が生涯に一片の悔いなし、か？

それはそれで凄いな。

「もちろん、勝矢くんのことを心配してなかったわけじゃないのよ。ただ師匠は、想いを残すことを自分に許してあげられなかったのね」

なにか含みのある言い方だ。祖父との長いつき合いの中で、美代さんには祖父の信念のようなものを知る機会でもあったのかもしれない。

「まあ、確かに……。自分には厳しい人だったし」

己に厳しく人にはとても優しかった祖父を思い出しながら、俺はそれ以上深く聞かずに頷いた。

「心配なら、生前の祖父ちゃんに散々してもらったよ。俺への『心残り』がなかったから拗《す》ねたりしないさ」

本当に、生前の祖父には散々心配をかけまくった。俺が些細《ささい》なことで泣いて怯えるたびに、祖父は根気よく慰めて励ましてくれたものだ。

持病を持っていた祖父は、自分の死がそう遠くないことを知っていたのだろう。自分の死後、俺が困ることがないようにと相続税対策は完璧だったし、もしもの時は後ろ盾になってやってくれと源爺達に俺のことを頼んでくれていた。

俺を育てるためであっても、事故死だった両親の保険金をまったく使わずそっくりそのまま残してくれたし、生前の両親と俺が暮らしていたマンションは賃貸物件として貸し出され、その賃料もしっかり積み立ててあった。書道教室を開いていた商店街の土地は、今は百合庵に貸し出しているので、その賃料も月々入ってくる。

そのおかげで俺はひとりになっても無事に大学に進学できたし、無職になった今でも、病気や怪我《けが》で寝たきりになっても不自由なく生活できるぐらいの蓄えがある。

祖父は心残りが残るような余地がないぐらいに、俺の先々のことまで心配し、考え抜いていてくれたのだ。

「それに、祖父ちゃんが逝《い》った時は、まだ祖母ちゃんもいたからな」

「そうね。……でも、京子先生の時は違ったのよねぇ」

「ん？」

「ねえ、勝矢くん。師匠が亡くなった後で、京子先生と喧嘩したこと覚えてる？」

「もちろん。ってか、あれじゃ喧嘩にもなってないだろ」

祖父が死んだのは高校二年、そろそろ進路先を決定する時期だった。

当時からデザイン関係に興味があった俺は、どうせなら本格的にやってみようと東京の美大への進学準備を進めていたが、祖父が死んで考えが変わった。

俺には、祖母をあの家にひとりで置いていくことがどうしてもできなかったのだ。

幸いなことに、家からでもぎりぎり通える地元の大学にもデザイン科があった。そこでもある程度のことは学べる。だから地元に残るつもりだと祖母に話したのだが、その途端、『この馬鹿たれ！』と、祖母に怒鳴りつけられた。

『お前の将来がかかってるんだ。妥協してどうする！』

頭ごなしに叱りつけられ、気迫負けした俺はいったん退却。その後、源爺や美代さんに援軍を頼もうとしたが、すでに彼らは祖母の陣営に組み込まれていて、逆にみんなから説教された。

そして俺は敗北した。

その当時はまだ大さんがいたから、ひとり暮らしになっても祖母は淋しくないだろうと自分を納得させるしかなかった。

「みんなしてグルになって俺をやっつけようとしてさ。ホント酷かったよな」

「勝矢くんが地元に残るって言い出すことは予想できたから、相談済みだったのよ」

過ぎた日のことを愚痴ると、ほほほと美代さんが笑った。

そして、ふうっと息を吐くと真顔になって、俺を見る。

「あの騒動が一段落した後にね。京子先生が言ってたの」

『今回は大さんがいたからなんとかなった。でも、いま私が死んだら、あの子はどうなるだろうねぇ。……もしもの時は、大さん、頼んだよ』

美代さんが、そんな祖母の言葉を教えてくれた。

「……祖母ちゃんが死んだ後で、大さんも消えちまったけどな」

「そうね。それで私達も気づいたのよ。それこそが、京子先生が大さんに頼んだことだったんだって」

美代さんは、俺の隣できちんと両足を揃えて座る大さんに目を向けた。

「どういう意味？」

「最初はね。もしもの時は、勝矢くんを慰めてやってくれって言ってるんだと思ったの。でも、違ったのね。……京子先生は、勝矢くんがこの地に縛られないよう、大さんに姿を消してくれるように頼んでいたんだわ」

「縛られる？　なんだよ、それ」

「ねえ、勝矢くん、想像してみて……。あの時、大さんが姿を消さなかったら、どうしてたと思う？」

どうしてたって、そんなの考えるまでもない。

俺はきっと、ずっと大さんと一緒にいた。

祖父母を失った俺にとって、大さんはたったひとり残った家族だった。

ふっさふさのしましま尻尾、寄り添ってくれる柔らかな毛並みとほのかな温もり。

大さんと一緒にいられるなら、きっとどんなことだってやった。

そう、進路を変えることぐらい簡単にできた。

「……縛られるとかじゃなく、ただ一緒にいたかっただけだ。それって、悪いことなのか？」

「京子先生はそう思ったんでしょう。勝矢くんの将来のことを考えて、大さんに頼んでいったのよ」

「姿を消してくれって？　あの時……俺がどんなに……」

姿を消した大さんを、探して、探して……。

探し回っていた時の不安と焦り、探すのを諦めた時の悲しさと後悔が、一気に胸に押し寄せて言葉に詰まる。

「なー」

そこにいるのを確かめるために、手を伸ばして大さんの大きな丸い頭を撫でると、大さんはすりっと自分から頭を押しつけてきた。

「勝矢くんがどんなに悲しんだか、側で見ていたからよくわかるわ。きっとね、生前の京子先生も、勝矢くんがどんなに悲しんで苦しむか、ちゃんとわかってたんだと思うの。だから京子先生の『心残り』もまだ消えずにいるんだわ」

通常、『心残り』は数ヶ月、長くても一年程度で消えるものらしい。

魂そのものとは違うから長く存在することはできないのだ。

「京子先生の『心残り』が消えずにいるのは、きっとその『心残り』に大さんも関わっていたからでしょうね。勝矢くんを思う互いの気持ちが共鳴して力を増していたんだと思うわ。――勝矢くんから大さんを奪ってしまうことがいいことなのかどうか、きっと京子先生にも確信がなかったのよ。最後まで迷っていたんじゃないかしら。

……でも、もうそれも終わり、もうじき消えるわ。力を使い果たしたせいだけじゃなく、大人になってここに戻ってきた勝矢くんの側に、大さんが再び寄り添っているのを見てやっと安心してくれたみたいだから」

「そっか。……なんか、祖母ちゃんの『心残り』を無駄に悩ませて悪いことしたな」

「無駄？」

「だって、そうだろ。わざわざ大さんに消えてもらってまで上京したのに、俺は結局向こうで手に入れたもの全部なくして、こっちに戻ってきちゃったんだからさ」

愛した女性も、やり甲斐のある仕事も、俺は全て失った。これじゃあ、なんのために上京したのかわからない。ただ無駄に時間を使ったようなものだ。

俺はそう思ったのだが、美代さんは違ったようだ。

「いやあね、やさぐれちゃって……。楽しいことだって沢山あったでしょうに……」

「そりゃ、あったけどさ。でも、もうなんも残ってないし」

「馬鹿ね。ここに残ってるでしょう？」

あ、美代さんにまで馬鹿って言われた。

軽くショックを受けた俺を見つめながら、美代さんは自分の胸に手を当てた。

「形としてなにも残らなくても、楽しさや幸せを感じた瞬間の気持ちはちゃんとここに残ってる。それが積み重なって、あなたの魂を形作って深みを与えていくのよ。京子先生の『心残り』だって、生前の京子先生が積み重ねた想いの固まりのようなものなの。触れられないものだからといって、否定しないであげて。――向こうで過ごしたことを、……夏美ちゃんとのことを、後悔してるわけじゃないんでしょう？」

「……後悔はしてないよ」

うん、後悔はしてない。

『愛だね、カッチ！』

記憶の中のナッチが明るく笑う。

そうだな、ナッチ。これは、愛だ。

俺は、今もまだナッチを愛してる。

ナッチと出会ったこと、ナッチを愛したことは、今でも俺の一番の幸せだ。

だからこそ、ひとりになってしまったことが余計に辛いし、淋しい。

過去じゃないから、『心残り』があるから、まだまだ忘れるなんて無理だろう。

我ながらしつこいなぁ。

「ところで、大さんは消えてから今まで、どっちの家に世話になってたんだ？　ここ？　それとも源爺のところ？」

ナッチのことから話題を逸らしたくて違うことを質問してみたら、美代さんはちょっと困った顔になる。

「どっちにもいなかったわ」

「えっ？　じゃあ、戻ってくるまで、どこにいたんだ？」

「どこにも行ってないわ。あの丘の上の家にずっといたのよ」

「いや、いなかっただろ？」

いきなり姿を消した時から、いきなり姿を現した時まで、大さんはあの家にはいなかった。それは俺が一番よく知っている。

「いたのよ。ずっとあの家に……。さすがに私にも大さんの姿までは見えなかったけれど、気配だけは感じていたもの」

「気配って……」

大さんのふかふかの毛並みを撫でつつ、俺は首を傾げる。

気配はすれども姿は見えず。大さんは、透明人間ならぬ透明猫になってたのか？

凄い特技だな。

ははっと思わず笑った後で、ふうっと大きく息を吐いて冷静になった。

「大さんって、なんなのかな。美代さんは知ってるんだろ？」

普通の猫じゃないのはわかってる。それどころか、普通の生物でもないんだろう。

妖怪か、神獣か。とにかく、その手のオカルトっぽい存在の一種に違いない。どんな返事が返ってきてもびびったりしないと、覚悟を決めて美代さんに聞いたのだが。

「さあ。私も知らないわ」

あっさり肩すかしをくらって、ガクッとなった。

さっきの俺の覚悟を返してくれ。

「仕方ないでしょう。師匠は最後まで口を割らなかったんですもの。でもまあ、なんとなくならわかるわね」

「それでいいから教えて」

「あの家にある祠の土地神様の……眷属《けんぞく》？　いえ、守り神……かしら？」

「土地神様関係のなにか、なのか。じゃあさ、家の土地神様って、なんて名前の神様なんだ？」

何気なく聞いたら、美代さんはピタッと固まった。

ん？　この反応、少し前にも見たぞ。

「と、土地神様は土地神様よ」

なんとか復活した美代さんがぎこちなく答える。

このパターンは、祖母の『家は家、余所は余所。大さんは大さんだよ』と一緒だ。

間違いなく、力尽くで誤魔化そうとしてる。実にあやしい。

「……元宮司がそんな適当なこと言っていいわけ？」

「いいのよ。とにかく、あれは土地神様なの！　大さんはね、その土地神様をずっと守っていたのね。で、師匠が土地神様の祠を建て直してきちんと祭るようになったから、師匠の側にいるようになったのよ」

「でも大さんって、祖父ちゃんが独身時代から側にいたんだろ？　祖父ちゃんがあの家に引っ越したのって結婚後だったんじゃなかったっけ？」

「逆よ。正式に結婚したのは引っ越した後」

「ああ、そういう流れか。じゃあ大さんは祖父ちゃんと会うよりずっと前から、あの丘にいたんだ」

「そうね。……師匠と出会う前は、たぶん、こんなに可愛い形は持っていなかったはずだし……」

美代さんに視線を向けられた大さんは、明るい部屋の中、瞳孔が縮んで鼈甲色になったまん丸の目で美代さんを見上げて、なあに？　と言わんばかりに首を傾げた。

愛くるしいな。……でかいけど。

「それ以前はどんな形だったかわかる？」

「さあ？　はっきりとはわからないわ。……ただひとつ確かなことは、大さんは、勝矢くんが怖がる臭い石とは真逆の存在だってことよ。それなら、さすがのあなただって怖くないでしょ？」

よかったわねと微笑まれて、俺は苦笑した。

「真逆って言われても、そもそも俺は、あの臭い石がどういう謂《い》われの物なのか知らないんだけど」

わかっているのは、悪いものだっていうことだけだ。

美代さんは、凄く困った顔で首を傾げた。

「あの石の由来を知りたい？　たぶん、勝矢くんにとって、とっても怖い話になってしまうと思うのよ。それでもいい？」

よくないです。でも、知りたい。大さんや堅司とこれからも関わっていく上で、知らなきゃいけない話なんだろうとも思う。

だから俺は頷いた。

「そう。わかったわ。……堅司くんが持ち込んでくる石の中で、神社内に置いておくだけで浄化される石は、『心残り』が籠もっている石なの」

「『心残り』って、人につくものじゃないんだ」

「人の側にいられる『心残り』は、その人に受け入れられているものだけよ」

家族、友人、恋人など、生前から良い関係を築いていた者同士の場合は、お互いに通じ合うものがあるから自然に引き合い、寄り添い合う。だが、一方的な『心残り』の場合は、ほとんどが弾き飛ばされてしまうのだと美代さんが言う。

「ストーカーの一方的な恋心とか、恨みや憎しみみたいな負の感情の『心残り』は、生者に受け入れられることはないわ。しょせん『心残り』は魂の欠片だから、生者の魂の強さにはかなわないものなの」

弾かれただけで消滅してしまうものもある。本来『心残り』は、寄りつくものがなければ存在できないほど儚《はかな》い存在なのだ。

「全てそうやって消滅すればいいんだけど、たまにね。行き場をなくした『心残り』が、同じ波長の『心残り』と引き合うことがあるのよ」

同じような寄る辺のない『心残り』同士が融合しても、消滅する時期が少しばかり後ろにずれ込むだけでいずれは消える。

だが、『心残り』が形あるものに複数寄り集まってしまうと事情が変わる。

「生者の、憎い、悲しい、辛い、恨めしいといった強い負の感情が染みついた物を核として、共鳴する『心残り』達が集まって、より強固な集合体を形成してしまうの」

「……それが、いま神社にある臭い石？」

「あれとは違うわ。今言ったのは、境内に置いておけば自然に浄化するようなもののことだから……。この場合は、事故や災害現場にあった石や砂利が核になることが多いわね。遺族の悲しみや悔しさ、苦しみが核になるの。だから、浄化されるとこちらとしてもほっとするわ」

石以外にも、家や自動車、宝石や人形など、核になるものは様々らしい。

人形……呪いの人形か。普通に怖いぞ、おい。

「じゃあ、いま神社にある臭い石はどうやってできるんだ？」

「……あれは、核になっているのが人間の魂そのものなの。俗に言うところの、幽霊が取り憑いている状態ね」

「‼」

ぞわっと全身に鳥肌が立って絶句した。

大さんが、固まっている俺の手を舐めて、大丈夫？　と顔を見上げてくる。

「あ、ああ。大さん、ありがとな。うわっ、こわっ。いや、それ怖いって。じゃあ、いま神社の裏手には、本物の幽霊がいるのか」

「そうね。――自分の死に気づかず、痛いとか辛いとか、ただ死の瞬間の苦しみに囚《とら》われているだけの魂なら、ここでも浄化できるのよ。でもね、憎い、恨めしいと、生者に対する憎しみをこじらせてしまっている魂は難しいの。神域の慰撫《いぶ》にもなかなか癒やされてはくれないのよ。生きている人間でも、自分のことばかりで人の言葉に耳を貸さない人っているでしょう？　それと似たようなものね。ああいう魂って、生者としてのしがらみがない分、怖いものがないから余計に酷くなるの」

困ったものよねぇ、と美代さんがのんびりした口調で言う。

その肝の太さが羨ましい。そういう石に関わっていられる堅司も凄いな。心から尊敬するよ。

「憎い、恨めしいという負の感情を持った魂に、同じ負の感情を持った『心残り』が吸い寄せられて吸収されると、力を増してしまうの。そういう石が道路脇にあれば事故が増えるし、庭石になれば、その家の人達の精神状態は悪くなるし病気にもなりやすくなるわ。人形や宝石も同じね」

「あー、嫌だ。こわー」

怖い怖いと呟きつつ、俺は大さんをもふもふした。もふもふは最高の癒やしだ。

大さんはぐるると気持ちよさげに喉を鳴らしている。

「じゃあ、大さんは？　臭い石と真逆の存在だっていうんなら、大さんも元は人間の魂なのか？」

「違うと思うわ。大さんからは、人間の持つ欲とか煩悩みたいなものは感じないし……。そうねぇ、大切に使われた道具が百年を経て付喪神に至るというでしょう？　たぶん、それと似たような成り立ちなんじゃないのかしら……。勝矢くんが苦手な妖怪じゃなく、どちらかというと神仏寄りの」

「付喪神か……。だとしたら、大さんにも本体があるのかな」

なにげなく呟いたつもりだったのだが、美代さんがピタッと固まった。

なんとなくわかってきたぞ。俺に知られたくないことに触れられると固まるんだな。堅司や真希の『神様の贈り物』のことだけじゃなく、美代さん達はまだまだ俺に内緒にしていることがあるらしい。

経験上、聞いたところで教えてもらえないことはわかっている。知る必要がある時が来たら、必ず教えてくれるはずだと信じて、ここは流してしまおう。

「とにかく、大さんは神様寄りの優しい存在だってことでいいんだよな？」

大さんの全ては優しいものでできている。うん、いいじゃないか。

俺がざっくりとまとめると、美代さんはやっと動き出した。

「そうね。誰かの無事や守護を願うような、優しい祈りを捧げられた物を核として存在しているんだと思ってくれていいわ」

「……そっか。それなら安心だ」

「なー」

ふさふさした頬を両手でもふもふすると、大さんは気持ちよさそうに目を細めた。

それにしても、こんなにふさふさして温かいのに生物ですらないとは。

もしこの事実を、高校時代に聞いていたら、俺はこんなに静かな気持ちで受けとめることができていただろうか？

ちょっと考えて、すぐに無理だと答えが出た。

きっと正体がわからないことに戸惑って、大さんに触れることを躊躇《ためら》うようになっていたような気がする。かといって大さんと離れるのも嫌で、どうしたらいいかわからなくなって、頭を抱えて悩み続けていたんじゃないだろうか。

臆病な小心者なりに、東京での生活を経て、それなりに強くなっているのだ。

大さんの不思議さを受けとめられる余裕を持ててよかったとしみじみ思う。

「大さんは、ずっとあの家で俺を待っててくれたんだな」

「そうよ。ずっとあそこにいたの。あなたも戻ってきたことだし、きっかけさえあれば、また姿を現してくれるだろうと思って、わざわざ猫を飼わないかって話を持ちだしたのに、『猫は飼わない』なんて断言するんですもの。焦っちゃったわ」

「ああ、あれって、そういうことだったのか」

美代さん達は猫を飼わないかと俺に問いながら、もう一度その姿を現しておくれと大さんに誘いかけていたのだ。あやうくみんなの気遣いを台無しにするところだった。

「大さんを呼んでくれてありがとう」

「どういたしまして……。──ねえ、勝矢くん。今の大さんは、勝矢くんだけの守り神なのよ」

大切にしてあげてね、と美代さんが俺達に優しい眼差しを向けて微笑む。

「そっか。俺の守り神か……」

くりっと丸い目が愛らしい、もふもふの守り神。最高だな。

「大さん、これからもよろしくな」

「なー」

大さんは、嬉しそうに俺を見上げて、ふっさふさのしましま尻尾をばっさばっさと振った。

「最後まで泣かなかったわね。京子先生の『心残り』の話や、大さんが消えた理由を話したら泣くかと思っていたのに……」

帰り際に美代さんが言った。

石に幽霊が憑いている話をしても絶対に怖がって泣くと思っていたわ、と、ついでのようにからかわれる。

「子供の頃の泣いている姿ばかりが強く印象に残ってしまって、つい子供扱いしてしまうけど、あなたも、もう大人なのよねぇ」

「泣き虫の印象を変えてもらえるよう、これから頑張るよ」

「あら、そう？　じゃあ、楽しみにしてますからね」

「はいはい。……とりあえず仕事を探さないとなー」

「そうね。まずはここの商店街を見ていらっしゃい。先々のことを考えるにしても、これから暮らすことになるこの町の今の状況を知っておかないとね」

商店街の店主さん達も、俺が顔を出すのを待っていると美代さんが言う。

かつて祖父が商店街の中心で書道教室を開いていたこともあって、年かさの商店主達の多くは祖父の教え子なのだ。その縁で、俺も子供の頃、『先生のところの坊ちゃん』と呼ばれて随分と可愛がってもらっていた。

「百合庵にもまだ行ってないし。散歩がてら、商店街に遊びに行ってみるよ」

じゃあ、また、と挨拶して車に戻る。

バックミラーに映る美代さんは、その姿が見えなくなるまでずっと手を振って見送ってくれていた。

家に帰り、玄関の鍵を開けている時、ふと堅司がくれた石で作ったキーホルダーにつけていた祖母の手作りのお守りのボロさ加減が気になった。

「あー、角がほつれてるし、ヒモもヨレヨレだな」

祖父の四十九日が過ぎた頃に貰ったものだから、古くなって当然か。

『きっとお前を守ってくれるから、堅司くんの石と一緒にずっと身につけときな』

祖母の、あのぶっきらぼうな口調が懐かしい。

「これなら俺でも直せるかな。うっかり落とさないよう、ヒモを付け替えとくか」

「なー」

そうしなよ、と、大さんが鳴く。

家に入って裁縫箱を用意して、お守りの中身を取り出してから、ヒモを付け替え、ほつれたところを繕う。

「これでよしっと。……大さん、これになにが入ってるか、見てもいいと思う？」

ちょっとした好奇心に駆られた俺に、大さんはいつものように「なー」と答えた。

その鳴き声を、いいんじゃない、だと勝手に解釈して、さっそくお守りの中身である小さな紙包みを手に取ってみた。

「前から気になってたんだ」

祖母は決して信心深い人ではなかった。このお守りを貰った時も、らしくないことをするものだと不思議に思ったものだ。

そうっと小さな紙包みを開くと、中から出てきたのは数本の茶色の毛。

「……これって」

一本の毛をつまみ上げ、俺の手元を覗き込んでいた大さんに見せた。

「これ、大さんの毛だよな？」

「なー」

そうだよ、と、大さんが鳴く。

大さんは抜け毛のない不思議猫だから、これはけっこうなレアものだ。俺もはじめて見た。っていうか、自然に抜けない毛がここにあるっていうことは……。

「あー、もしかして……祖母ちゃんに、無理矢理引っこ抜かれた？」

「……なー」

イカ耳になった大さんが、悲しげな声で鳴く。

まるで、凄く痛かったよ、と言っているように聞こえた。

「祖母ちゃんがごめんなー。——でも、そっか。祖母ちゃんのお守りの中身は、大さんの毛だったのか」

美代さんの話では、大さんは俺の守り神らしい。

だから祖母は、持ち歩けない大さん本体の代わりに、毛を引っこ抜いてお守りにしてやろうと考えたのかもしれない。

俺をこの家から引き離すためとはいえ、大さんに消えてくれと頼んでおきながら、お守り扱いするなんて随分と勝手な話だ。

でも、そうせざるを得なかった祖母の気持ちもわかるような気がする。

自分の死後に俺が金銭的に困らないようにと祖父があれこれ考えてくれたように、

祖母もまた、俺がひとりでも無事に生きていけるようにと、なんとかして心の支えを作ってやろうと懸命に考えてくれていたんだろう。

なりふりかまっていられないほど、気弱で泣き虫な孫が心配だったのだ。

「祖母ちゃん、へたれな孫でごめんな」

俺は目に見えない祖母に謝りながら、大さんの毛をもう一度お守りの中に入れた。


その日の夕食は、お裾分けよと美代さんから貰った重箱で済ませた。

重箱の中身は、山菜おこわと鶏の竜田揚げ、インゲンのゴマ和えと赤かぶの漬け物と、俺と大さんの好物ばかり。覚えていてくれてるんだなと気持ちまで満腹になる。

夕食の後、網戸から入ってくる風を少し寒く感じて、縁側を閉めに行った。

玄関に近い縁側の建具を閉めてから、奥の庭に面した縁側に向かうと、見上げた空に丸い月がぽっかり浮いていた。

「そろそろ満月か……」

東京で暮らしていた時は、月の満ち欠けなんて気にもしていなかったが、ここでは自然と目に入る。昔、ここで暮らしていた頃はまだ夜が怖かったから、こんな風に落ち着いた気持ちで月を見上げることはなかった。

闇夜に浮かぶ月を見て、風流に感じられるなんて俺も大人になったもんだぜ。

「どうせなら、月光浴としゃれ込むか。——大さ〜ん、俺と縁側で月見酒しよーぜ」

「なぁぁぁ～ん」

茶の間にいる大さんに声をかけると、今まで聞いたことのない鳴き声で駆け寄ってきた。頭突きする勢いで俺の足に頭をこすりつけてくるから、ちょっとよろける。

「お、嬉しそうだな。そういや大さん、祖父ちゃんとよく縁側で酒飲んでたよなぁ」

ふたり（ひとりと一匹？）で縁側に座って、のんびり月を見上げていた姿を思い出す。大さんは、祖父とのあの静かな時間が大好きだったのかもしれない。

それならば、これからは俺が祖父の代わりを務めてやらなければ。

俺は、酒を用意すべく台所に向かった。

「大さん、酒はウイスキーでいいよな？」

「……うなー」

「え、いやなのか？　じゃあ、ビールは？」

「うなー」

大さんは珍しく鼻の頭に皺を寄せている。

「あー、じゃあ、源爺が残していった日本酒は？」

「なぁん」

「よしよし。大さんは日本酒党か。あとはつまみだな。なにがいい？」

冷蔵庫を開けて物色していると、後ろからすりっと大さんにすり寄られた。

振り返ると、大さんが美代さんから貰ってきた和菓子屋の袋を咥えている。

「大さん、それ、作爺の団子だぞ。あんこを塗ったやつ」

日本酒に甘いつまみはどうだろう？　と思ったのだが、大さんはふっさふさのしましま尻尾をばっさばっさと振っている。

「わかったよ。じゃ、大さんのつまみはそれな。——俺はウイスキーにしよっかな」

お盆にあれこれ載せて、念のためにカーディガンを羽織ってから縁側に向かう。

その前に家中の電気を消すのも忘れない。月見のために縁側の網戸を開けるにしても、虫が家の中に飛び込んでくるのは極力防止したい。

大さん用の餡子の団子は串から外して皿に盛り、大きめの盃《さかずき》に日本酒を注ぐ。俺の分は、小皿に載せたナッツと、氷をぎっしり詰めたグラスにウイスキーをたっぷり。

「よし、じゃあ、乾杯」

「なー」

大さんの盃にグラスを軽く当てて乾杯した。

一口飲んで、鼻から抜ける濃い酒精とスモーキーな香りを楽しむ。

大さんはぺろぺろっと美味しそうに日本酒を舐めてから、餡子がたっぷり載った団子を一個づつ口に含んで、そりゃもう美味そうに食べている。幸せそうでなによりだ。

「……大さん、俺さ。小さい頃は、夜はこっちの縁側が苦手だったんだ」

玄関に近いほうの縁側は、庭も明るい雰囲気だし、田んぼの向こうに町の灯りも見えるしでなんとか我慢できたが、こっち側の縁側は駄目だった。

防風林に囲まれた広い裏庭の奥のほうには、祖父が仕事に専念する時に使っていた離れがあるのだが、灯りがついていないとどうしても淋しげな雰囲気に見えるのだ。

それに、その手前には、例の土地神様の祠がある。きちんと祭っているとはいえ、祠なんて訳のわからないものは、子供の頃の俺にとって恐怖の対象でしかなかった。

「土地神様か……。けっきょく、正体はわからずじまいだったな。でも、大さん絡みの祠なら、これからは怖がらないからさ」

「なー」

大さんは嬉しそうに目を細めた。

たまに酒をつぎ足しながら、月を見上げて静かな夜を楽しむ。

周囲を田んぼと畑に囲まれたこの丘の上から見上げる夜空は、東京の明るい夜空とはまったく違う。闇が濃い分だけ、月や星が明るい。夜空に浮かぶ月は、冴え冴えと輝いていて、縁側にくっきりと影すら映るほどだ。

「な」

幻想的ですらある夜空に見とれていると、傍らの大さんが小さく鳴いた。

「ん？　どうした？」

大さんは目を細め、長い髭と耳をピクピク動かしている。

その姿は、まるで見えない誰かから、頭を撫でられているかのように見えた。

「……大さん、もしかして、そこに祖母ちゃんがいるのか？」

「なー」

「そっか。……いるのか」

残念ながら、目をこらしてもやっぱり俺には見えない。だから、大さんの視線を辿って、たぶんここにいるんだろうと思える場所に目を向けてみた。

「祖母ちゃん、いっぱい心配かけてごめんな。俺はもう大丈夫だ。大さんもこうして側に戻ってきたし、なんとかやっていけるよ。もう昔みたいな泣き虫でもないしさ」

誰もいない場所に、ひとりで語りかけるのは物凄く恥ずかしい。

それでも、声に出して話さなければ伝わらない気がした。

幽霊とか『心残り』とか、ちょっと変わった存在になっても、元は普通の人間なのだ。生きている人間の心の中を読むような力が備わっているとは思えない。

伝えようとしなければ、きっとこちらの気持ちは正確には伝わらないだろう。

「大さんがいなくなった時は悲しかったし、もっと探せばよかったとずっと後悔もしてた。でも、美代さんから色々聞いて、あの別れも俺には必要なことだったんだと思えるようになったよ。……俺さ、東京の大学で、なんと一目惚《ぼ》れされたんだぜ。凄いだろ？　けっこう美人だったんだ。しょっちゅう突拍子もないことをするびっくり箱みたいな人で、でも凄く情が深くて、俺みたいなへたれを本気で愛してくれてた。まあ、最終的に別れちゃったんだけどさ。……それでも、心から愛せる相手に出会えたことは、よかったと思ってるよ」

別れて辛いし、淋しい。

それでも、失うぐらいなら出会わなければよかっただなんて思えない。

人生に別れはつきものだ。

格好をつけているのでも見栄を張っているのでもない。子供の頃に両親を亡くし、成長途中で祖父母を亡くした俺は、誰よりもそのことをよく理解している。

失っても、別れても、残るものはある。

共に積み重ねた日々で得た記憶や感情は、確かな糧として俺の中にある。

降り積もった悲しみと積み重ねてきた日々が、今の俺を作ったのだ。

別れを恐れるなら、そもそも出会いすら拒絶しなきゃならなくなる。

そんなことを言っていたら、揺りかごから棺桶《かんおけ》まで誰とも関わらず、ひとりで生きていかなきゃならなくなるだろう。

それでは、あまりにも寂しすぎるし、きっと生きているとは言えない。

「だから、大さんに姿を消してくれって頼んだ祖母ちゃんの判断は、きっと間違ってなかったんだと思う。――祖母ちゃん、ありがとな」

俺は見えない祖母に頭を下げた。

「大さんも、ありがとな。こうして、祖母ちゃんにお礼を言う機会があって、本当によかったよ」

今だからこそ、大さんとの別れが必要だと判断した祖母の考えを認めることもできる。だが、これがもっと前だったら、祖母を恨んでいたかもしれない。

当然、それは祖母にもわかっていたんだろう。

俺に恨まれる覚悟をした上で、俺のために辛い決断をしてくれたのだ。

その想いの深さを全て理解できているとは言えないが、祖母が俺を想い、本気で案じてくれていたことだけはわかる。

だからこそ、もう充分だ。

美代さんの話では、ここに存在している祖母は祖母本人ではなく、祖母の魂の欠片らしい。それでも、『心残り』という悔いる気持ちのせいで祖母の欠片が残ってしまっているのならば、それは俺にとっては辛いことだ。

欠片といえども、やはり祖母なのだ。祖母には心安らかでいてほしい。

「なあ、祖母ちゃん。もういいよ。もう『心残り』を消して、これからはただ俺を見守っててくれないかな。祖母ちゃんの目から見たら、まだまだ危なっかしくて、心配かもしれないけどさ。俺も、もういい大人だ。痛い目にあっても、なんとか立ち直れるぐらいの力はあるんだよ。大さんだっているしさ」

「なー」

大さんが目を細めて、耳をぴくぴくっと動かす。

もしかしたら祖母が大さんの頭を撫でているのかもしれないなと、じっと見ていたら、うっすらとその頭を撫でる手が見えてきた。

その手を辿るようにして、大さんが見つめる先に視線を向けると、ぼんやりとだが、祖母の姿がじわりと浮き上がるように見えてくる。

もしかしたら、大さんが力を貸してくれているんだろうか。

祖母は口を動かし、なにか言っているようだが、残念ながら声は聞こえない。

「ごめん、祖母ちゃん。俺には聞こえない」

そう言うと、祖母は潔く口を閉じ、ただ黙って俺を見つめた。

俺を育てるに当たって、たぶん祖父母は、ふたりで飴《あめ》と鞭《むち》を使い分けていたんだろうと思う。祖父が優しい分だけ、祖母はそりゃもう厳しかった。

それでも俺は、ふたりとも同じぐらい大好きだった。

厳しいことばかり言っていても、祖母の俺を見る目はいつも優しかったから……。

『祖母ちゃんが教えてやれるうちに、なんでもひとりでできるようになりな』

俺が家事全般一通りできるのは、子供の頃から祖母に厳しく仕込まれたからだ。

俺がひとりになった時、生活に困らないようにと考えてくれていたのだ。なんで俺がこんなことをとふて腐れたこともあったが、今となっては感謝しかない。

泣き虫で弱虫でひ弱で、本当に手間の掛かる子供だっただろうに、祖父母は辛抱強く俺に寄り添って、愛情を注ぎ続けてくれた。

ひとり息子を不慮の事故で突然亡くし、祖父母だって辛かっただろうに、俺の前では悲しい顔を一切見せずにいてくれた。

「……本当にありがとう」

祖母の姿が徐々に薄れていく。

最後にもう一度お礼を言うと、生前の仕草そのままに、祖母は肩を竦め、にやりとふてぶてしい笑みを浮かべた。

完全にその姿が見えなくなると同時に、ふと額に触れられたような気がした。

額に触れるこの感覚を俺はよく知っている。

俺が熱を出していないかどうかを確かめる時の、祖母の小さな手の平の感触だ。

夜風が冷たくなってきたから心配してくれたのだろうか？

「大丈夫だよ。もう昔みたいに簡単に熱を出したりしないから」

——そうかい？　だが油断は禁物だ。

まるで幻聴のように、頭の中で祖母の声が微かに響いた。

きっと祖母の『心残り』は、いま俺の中に還ったのだ。

そんな考えを肯定するかのように、祖母を見ていたはずの大さんの視線も、いつの間にか俺に向いている。

「大さんもありがとな」

お礼を言うと、大さんはぐるるっと喉を鳴らして、俺の手をざりっと舐めた。

もしも今死んだら、俺もあんな風に『心残り』を残すんだろうか？

大さんを撫でながら月見酒を楽しみつつ、ふとそんなことを考えた。

答えは否だ。

今の俺には、両親や祖母のような、思う相手をただひたすら心配して守ろうとする優しい『心残り』は残せない。

今でも愛していると言いながら、拒絶されることが怖くて、海外で暮らすナッチが無事に過ごせているかどうかすら自分で確認できずにいる。そんな俺に残せるのは、自分勝手な『未練』ぐらいのものだろう。

我ながら、まったくしょうがない。ずっとこんな調子だと、俺の中に還った祖母が、もう我慢ならんとまた怒り出すかもしれない。

そうならないよう、少しずつでも変わっていかなければならないのだろうが……。

「すぐには無理だろうなぁ」

進学のために上京する際、親しい人達と別れるのが辛くて大決壊した俺の涙腺は、東京で暮らした日々の中であの頃よりは随分と強くなった。

涙腺が丈夫になるまで十年かかったのだ。自分勝手な『未練』を、『心残り』に昇華できるようになるまで、さて何年かかることか。考えるとちょっと気が遠くなる。

「焦ってどうにかなるもんでもないし、気長にやるさ」

自分に言いきかせるようにそう呟くと、大さんはまるで励ますように、ふっさふさのしましま尻尾で俺の背中を撫でてくれた。

大さんはお絵かきを楽しむ

翌日は昼近くになってから起きた。

月光浴は心身を浄化すると言われているが、その効果を打ち消すほどに飲みすぎていたようで目覚めはあまりよろしくない。

風呂にも入らずに寝てしまったので、大さんと一緒に朝風呂としゃれ込んだ。

「あー、気持ちいー」

「なぁん」

普段はふわっとまん丸い大さんの顔は、お湯に濡れてシュッと細くなっている。それでも充分可愛いけどな。

「大さん、今日は商店街のほうに散歩がてら行ってみるよ。蕎麦屋の百合庵にも顔出したいし、食材もそっちで買ってくる」

戻って以来、食料の買い出しは国道沿いのコンビニかショッピングモール内のスーパーで済ませていた。商店街のほうに顔を出せば、きっと賑やかに出迎えてもらえるはずだが、やさぐれて厭世《えんせい》観に浸っていたかった俺にとって、それはちょっと避けたい事態だったのだ。

だが、都落ちだとやさぐれる時期はもう終わりだ。これからの俺は、ここで大さんと一緒に土地神様の祠を守って生きていくのだから。

「百合庵でお土産買ってくるからさ。蕎麦よりお稲荷《いなり》さんのほうがいいよな？」

「なー」

よしよしと、大さんの頭を濡れた手で撫でる。

ぴぴぴっと震えた耳が水滴を弾き顔に当たって、俺は目を細めた。


食材を色々買い込むことを考えて、商店街へは車で行った。

駅近くにあるコインパーキングに車を停めて、ぶらぶらと商店街へと歩く。

この町で言うところの商店街は、駅前から続く大通りと平行して作られた、歩行者専用の二百メートルほどのアーケード商店街のことだ。

一昔前は近隣の町からも人出があるような賑やかな通りだったが、時代の流れと共に徐々に衰退していったようだ。以前帰省した時は、国道沿いに建築中だったショッピングモールに根こそぎ客を取られてしまうと店主達が戦々恐々としていた。

あれから二年、さてどうなっていることやら。

不安を感じながら、リリーベル商店街という看板が掲げられた入り口をくぐる。

まず真っ先に目に入ったのは、入ってすぐの店舗だ。以前は煙草屋だったそこは、今ではチェーンのクリーニング店になっていた。さらに進むと、履き物屋だった店舗がラーメン店へ、書店だったところが学習塾へと姿を変えている。それ以外にも面変わりしている店がかなりある。

「……けっこう変わってるなぁ」

店主達は、今どうしているのだろうか？

重い気持ちを抱えて、以前と変わらぬ店のひとつである百合庵の暖簾《のれん》をくぐった。

「いらっしゃいませ。――おお！　勝矢くんか。久しぶりだなぁ。元気だったか？」

「ども、お久しぶり。おかげ様でなんとか」

出迎えてくれたのは、店主の信《しん》さんだ。子供の頃からつき合いがある彼は、祖父の教え子であると同時に、死んだ父とも仲が良く兄弟のように育ったらしい。それもあって、父の忘れ形見である俺に対してとても親身になってくれるありがたい人だ。

混む時間帯を避けていたので店内の客はまばらだった。俺は「ここいい？」と、ちょうど空いている席に座ろうとしたのだが、信さんに止められた。

「どうせなら個室を使えよ。積もる話もあるしな」

こっちだと手招きされるまま、奥のほうにある十二人用の広い個室に通される。

「ここ？　隣の狭い個室でもいいのに」

「大は小を兼ねるってな。蕎麦食ってくんだろ？　なんにする？」

「鴨南蛮とちくわの天ぷら。あと帰りに包んでもらいたいものもあって……」

忘れる前にと、大さんのためにお土産も注文した。

「ちょっと待ってろ。特別に美味い鴨南蛮を作ってやるからな」

信さんは浮き浮きした様子で厨房《ちゅうぼう》に消えた。やがて、鴨南蛮とちくわの天ぷらを載せたトレイを手に戻ってくる。

「ありがとう。うん、いい香り。相変わらず美味そうだ」

百合庵の鴨南蛮は、鴨から出た脂の旨みをたっぷり含んだつゆと田舎蕎麦の風味がマッチして、実に美味いのだ。塩分は控えめで、より蕎麦の味を堪能できる。

信さんは、久しぶりの好物を上機嫌ですする俺の前に座って、最近の商店街の状況を教えてくれた。

「煙草屋夫婦はまだあそこにいるぞ。商売替えしてクリーニング店をやってるんだ。履き物屋は年も年だけに完全に廃業したな。店を売った金でサービス付き高齢者住宅ってのか？　のんびり老後を過ごせる場所に引っ越していったよ」

ネット通販やショッピングモールに客を取られて厳しい状況になった書店は、都会で塾講師をしていた息子に代替わりしたそうだ。同じく厳しい状況だった酒屋は、起死回生の策として、珍しい地酒や地ビールを取り扱いはじめ、セルフサービスで立ち飲み屋もはじめたのだとか。

「コップ酒やビールを店内で買うんだ。つまみは店で売ってる乾き物だけだが、この商店街で売っている商品ならレシートさえあれば持ち込みOKってことになってる」

ただし、コンビニやファストフード店で買ったものは禁止。客が減って経営が苦しくなっていた八百屋や肉屋、魚屋などが店頭で売り出すようになった惣菜《そうざい》類ならOKらしい。焼き鳥にメンチカツ、コロッケに焼き魚に煮魚、洋菓子にせんべい等々と、商店街の商品だけでもつまみはけっこう充実しているようだ。

「じゃあ、二年前に予想してたより状況はマシ？」

「ああ。むしろ、以前より客が増えたな」

ショッピングモールに客を取られると思っていたが、そうでもなかったらしい。

ショッピングモールは新興住宅地と同じ国道沿いに建設されたが、少し離れているので、車通勤ならともかく電車で通勤している人達が会社帰りに買い物をするには少々不便なのだ。もちろん休日にそこでまとめ買いする人達がほとんどだが、平日に帰宅する途中で足りないものを商店街でちょこちょこ買い込んでいってくれるらしい。

新興住宅地に住人が増えた分、飲食店も増えたし、学習塾だけじゃなく、花屋が運営するフラワーアレンジメント教室や料理教室など、カルチャースクール系も少しずつ増えているのだとか。

「石屋のせがれに聞いたが、勝矢くんは仕事辞めて帰ってきたんだって？」

「まあね」

「今なら、ここで書道教室を開いてもやっていけると思うぞ」

まだ競争相手もいないし、どうだ？　と信さんが言う。

「ここでって、ここ？」

「そうだ。お前のお祖父さんみたいに書道の先生をやるんだよ。資格はあるだろ？」

「そりゃ、一応持ってるけど……」

祖父の書は、俺にとってデザイン的な意味でとても魅力的だったから、勧められるままに喜んでその指導を受けた。資格を取ったのは、無駄にはならないからと祖母に尻を叩かれたからで、その道に進むつもりはこれっぽっちもない。

「この土地は祖父ちゃんが信さんに譲ったんだ。奪い取ったりしたら、俺が祖父ちゃんに叱られるって」

かつて若かった信さんは、脱サラして百合庵をはじめた。

当初の店舗は住宅街のほうにあり、客足が少なくてすぐに赤字経営に突入してしまったらしい。それを知った祖父が、この場所を信さんに譲り渡したのだ。持病が悪化して書道教室を続けられなくなった祖父にとって、この土地を無駄にせずに済むちょうどいいタイミングだったらしい。信さんにとってはまさに救いの神で、いまだに深い恩義を感じているようだから、唐突にこんなことを言い出したんだろう。

だが、俺にとってはありがた迷惑だ。

「せっかく帰ってきたのに、ここの蕎麦が食えなくなるのは困る」

「そ、そうか？」

「俺にとって、ここの蕎麦はふるさとの味だからさ。なくしたくないんだ」

「ふるさとの味か……。この店をはじめて、まだ二十年しか経ってないんだがな」

「俺にとっての二十年は長いよ。小学生の頃から食べてる味なんだから」

「そうか。……そうなるか……。だったら、もうちょっと頑張るか。お前さん達の子供の世代にも、ここの蕎麦の味を知ってほしいしな」

信さんはなにかふっきれたようで、すっきりした顔でくしゃっと笑った。

蕎麦を食べ終わり、玄米茶を飲みつつ信さんから最近の商店街の話の続きを聞いていると、急に店のほうから賑やかな声が聞こえてきた。

「おっ、先生のところの坊ちゃんはこっちだ。——坊ちゃん、久しぶりですな」

「おお、こりゃ、立派になって」

いきなり個室の戸が開かれ、初老の男達が五人ほど賑やかに入ってきて、テーブルの端に複数の惣菜のパックや野菜類などをどさどさと置いて、勝手に座りはじめる。

「坊ちゃん、これはちょっとした儂等《わしら》の気持ちです。帰りにお持ちください」

「あー、ありがとうございます。……でも、坊ちゃん呼びはやめてください。ほんと頼みます」

小学生の頃ならともかく、二十代後半で坊ちゃん呼びはキツい。誰かに聞かれたら恥ずかしくて死ねる。

「じゃあ、勝矢くん……いや、もう勝矢さんか。それでよろしいか？」

「はい」

男達は皆、この商店街の重鎮達だ。突然の襲来者に驚いた様子が見られないから、たぶん信さんが呼び寄せたんだろう。

「ずっと商店街にいらっしゃるのをお待ちしてたんですよ。なかなか姿を現さないので、先代宮司さんにも話を通したんですが、聞いとりますか？」

「商店街に顔を出せとは言われましたけど、それ以外はなにも」

なにが起こっているのかわからないが、美代さんが絡んでいる話なら、そう警戒することもないだろう。

「えーっと、俺になにか？」

「ええ、ちょっとお頼みしたいことがありまして……。――あ、今は儂がこの商店街の組合長をやっとります」

八百屋の店主、志藤《しどう》さんが、リリーベル商店街振興組合の組合長の名刺を出した。

「まずは、これを見ていただきたいんですが……」

「はあ」

次いで差し出された、ポスターらしき紙の筒を受け取る。

そのポスターをテーブルの上に広げた途端、この話の先の流れが読めた。と、同時に、室内に貼られたカレンダーに慌てて視線を向ける。

「祭りまでもう一ヶ月切ってますよ？　これ、去年のポスターですよね」

「そうなんですよ。色々あって、準備が遅れてしまいましてな。今は仕方なく毛筆で日時を書いたポスターを間に合わせで貼ってるんですわ」

目の前にあるのは、去年の秋祭りのポスターだ。

俺が子供の頃は、商店街主催で小中学生相手に秋祭りのポスターのコンクールを開き優秀な作品を使っていたが、昨今の子供達は、ろくな景品もないコンクールには見向きもしないらしい。ここ数年は、パソコン作業が得意な子にバイト扱いでポスター制作を依頼していたが、その子も進学で地元を出ていってしまったのだとか。

「基本になるデータがあるから、おじさん達でもなんとかなるよと気軽に言われたんですが……。これが、なかなか訳がわからず……」

組合長は、封筒の中から、物凄く嫌そうにUSBメモリーを指先でつまんで取り出した。帳簿付けなどで日々パソコンを使っていても、デザイン系のデータを使ったことはないのだろう。そもそも、ファイルを開こうにも、必要なソフトすらパソコンに入っていないのかもしれない。

いっそのことプロに頼むかと調べてみたら、その料金は予算を超えていて、この赤字分をどうやって補塡するかと頭を悩ませていたところに、ちょうど俺が帰ってきたという知らせが入ったのだと組合長が言う。

「勝矢さんも、昔何度か秋祭りのポスターを書いてくれたことがあったでしょう？学校の行事のパンフレットなども作っていたと聞くし。それに、東京ではデザイン系の仕事をやっていたとか。ちょちょいのちょいとお願いできませんかね？」

リアル揉《も》み手で頼まれて、思わず笑ってしまった。

同時に、小学生の頃、商店街主催のコンクールで秋祭りのポスターを描いて、はじめて受賞した時の嬉しい気持ちも思い出した。祖父母にも誉められて調子に乗った俺は、それ以来、あちこちの絵画展に出品したり、学校のちょっとした冊子のイラストを自ら進んで書くようになったのだ。

『好きこそものの上手なれとも言う。将来は絵の道に進むか？』

美大への進学を決めたのも、祖父のそんな言葉に背中を押されたからだ。それを思うと、秋祭りのポスター作成は、将来の道を決める最初の一歩だったってことになる。

会社を辞めて以来、嫌なことを思い出しそうで絵を描くことすら億劫《おっくう》になっていたが、この依頼はもう一度仕事をやり直すいいきっかけになりそうだ。

商店街の人達も困っているようだし、ここはひとつ引き受けてみるか。

「わかりました。今ちょうど暇だし、ちょちょいのちょいとやってみますよ」

「そうですか！　助かります！　ありがとうございます！　――それでですね。もうひとつ、お願いがあるんですわ」

組合長が再びリアル揉み手で頼んでくる。

この流れで断れるわけもなく、俺は苦笑しつつ頷いた。

この秋祭り、元々は青年団が神輿《みこし》を担いで近くの農村を巡った後で、手首や足首に鈴を付けた子供達が神社の境内で踊りを奉納するだけの、小さな神社にありがちな小規模な行事だったようだ。

その当時は、初穂料を手に集まった人達に酒や料理を振る舞う程度だったのが、商店街や役所が関わるようになって町ぐるみのお祭りになったのだと聞いている。

今では神輿行列は祭りの目玉として賑やかに町中を練り歩くようになったし、子供達の踊りも境内だけじゃなく、駅前広場やアーケード街の中でも披露している。

祭りの期間中、神社の参道や駅前にはテキ屋が並び、駅前の特設ステージでは近隣の学校の生徒達の合唱や吹奏楽、老人会の踊りや有志によるバンド演奏など、様々な催し物も企画されている。元々が人口の少ない地域なので、ステージ自体小さく、見るのは身内や近所の人達ばかりのアットホームな催しだ。その分、観客との距離も近く、演者へのかけ声も温かで、毎年これを楽しみにしている人達も多い。

地元民と新しく参入した新興住宅地の住人達との祭りに対する温度差が気になるところだが、そこら辺は商店街のほうでお祭り限定商品を売り出したり、スタンプラリーをしたりと、色々工夫しているようで、楽しいイベントとして定着するよう頑張っている最中だという。


家に帰り、さっそく秋祭りのポスターを作るべく、設置して以来放置していたパソコンの電源を入れた。USBメモリーも借りてきたが、一応デザイナーとしての見栄もあるので、それを使わずに一から自分で作ることにする。

これを使ってくださいと、いくつか去年の祭りの写真も預かってきたが、子供達の顔が写った写真はリスク管理的にもあまり使いたくない。使うのは神社の写真だけにして、その他は自分でイラストを描くことにした。

人気のアニメに似せた画風で奉納舞の衣装を着た子供達をちょちょいのちょいと描き、パソコンの画面上でポスターの中に組み入れていく。

「こういうのは得意なんだ」

尖《とが》った才能はないが、なんでもそれなりに上手にこなす、いわゆる器用貧乏だと美大の恩師にはよく言われていた。イラストレーターかパッケージデザイナーに向いているんじゃないかとも言われていて、この手の単純なポスター作成も得意中の得意だ。

サクサク作業は進み、ポスターの作業が一段落ついた後、組合長のもうひとつの頼みに取りかかる。

組合長の頼み、それは、ポスターやパンフレットなどに使う商店街のキャラクターをデザインすることだった。ブームはとっくに終わり、世間的にもすっかり定着している『ゆるキャラ』という存在に、どうやら憬《あこが》れがあるらしい。

我がリリーベル商店街のゆるキャラを、是非ともこの機会にデザインしてくださいとのことだったのだが。

「オリジナルデザインか……」

ふと東京での嫌な記憶が脳裏を過《よ》ぎった。

ポスターは雛形があったし、イラストも人気のアニメに似せたからなんとかなった。

だが、オリジナルのゆるキャラを一から考えるのは、少しばかり気が重い。

「……いや。ここでなら、大丈夫だ」

東京で仕事をしていた頃のように、俺のデザインを盗む嫌な奴はここにはいない。

もっと良いものを描けとしつこく強要する奴だっていない。

もう大丈夫だと言いきかせて仕事用のペンを握ったが、その手は微かに震えていた。

「くそっ」

真希達には言えなかったが、これも東京での再就職を諦めた理由のひとつだった。

ある程度の雛形があるような単純な仕事なら平気なのだが、一からオリジナルのデザインをしようと思うと、どうしても手が震えてしまうのだ。

フラッシュバックかPTSDか。へたれな自分が嫌になる。

「もう全部終わったのになんでだよ」

苛々《いらいら》して左手でペンを握る自分の手をぺしっと叩くと、その音を聞きつけた大さんが机に前足を乗せて伸び上がり、なにしてるの？　と俺の手元を覗き込んできた。

「あー、絵を描きたいんだけど、ちょっと思うようにいかなくてさ」

思うように動かない手をにぎにぎしていると、大さんは不思議そうに首を傾げてから、すいっと部屋から出ていった。しばらくして戻ってきた大さんの口には、なぜか玄関先に置いてあったはずのメモ帳が咥えられていた。

「あっ、そっか。あのさ、大さん。今は紙がなくてもパソコンで絵が描けるんだ」

子供の頃、俺がお絵かきしているのを大さんはいつも側で見ていた。きっと紙がないから絵が描けないのだと勘違いしたのだろう。

「でも、ありがとな」

ありがたくメモ帳を受け取ってから、大さんの頭をわしわし撫でる。

「そういや昔は、チラシの裏とかにも絵を描いてたよなぁ」

物心付いた時には、お絵かきが大好きだった。この家に引き取られ、まだ祖父母に懐いていなかった頃は、現実逃避するかのようにお絵かきに没頭していたものだ。

ふと昔が懐かしくなった俺は、納戸に向かった。

祖母が作った一番古いファイルを手に取り、その最初のページをめくる。

「うう、やっぱ恥ずかしい……」

そこにファイリングされているのは、この家に引き取られてはじめて描いた絵だ。

これだけは捨ててくれと祖母に頼み込んだのに、「嫌だね」と、けんもほろろに断られた懐かしい想い出の絵でもある。

「なー」

「ん？　大さんも見るか？」

仲良くなったばかりの頃の大さんを描いた懐かしい絵を見せると、大さんは嬉しそうにしましま尻尾を振った。

「いや、こんな下手な絵で喜ばれても……」

当時、祖父母もこの絵を見て、うまいうまいと喜んでくれた。ファイルをめくると、誉められて調子に乗った俺が次に描いた祖父母の似顔絵が出てくる。

正直言って、誰を描いたのかさえわからない酷い出来だ。

それでも祖父母は喜んで、わざわざ額縁を買ってきてしばらく飾っていてくれた。

「今なら、もっと上手に描けるんだけどなぁ」

「なー」

だったら描いてよ、と大さんが鳴く。

気楽に言ってくれるものだ。この手の震えがあるうちは、思うような絵は描けないってのに……。

だが、早く早くと、しましま尻尾を楽しげに振っている大さんを見ていると、期待に応えてやりたくなる。

たとえ震える手で描いたとしても、きっとあの古い絵よりはマシだろうし。

俺は部屋に戻ると、子供の頃のように畳の上に直接寝転がって、さっき大さんが持ってきてくれたメモ帳に可愛くデフォルメした大さんを描いてみた。

「……あれ？　震えない」

不思議なことに、さっきまでの手の震えはピタリと収まっていた。

この大さんのイラストだって、オリジナルのデザインの範疇《はんちゅう》だと思うのだが……。

次いで祖父母の顔をやっぱり可愛くデフォルメして描いてみたが、やっぱり手は震えない。思うように手が動き、好きなように絵が描ける。

「大さん、ほらこれ、祖父ちゃんと祖母ちゃんだぞ。似てるだろ？　特に、この祖母ちゃんの仏頂面とかさ」

「なぁん」

俺がお絵かきしている間、昔と同じようにぴったり寄り添って手元を覗き込んでいた大さんが、ほんとだ、と嬉しそうに髭をピクピクさせる。

「気に入った？」

「なー」

「そっか。……じゃあ、色もつけて、テレビ台の上にでも飾ろうな」

源爺達に見せたら、きっと喜んでくれるだろう。

そうだ。喜んでほしい人のために絵を描くこと。

それが俺の本当の原点だった。

うまい下手は関係ない。評価されたかったわけでもない。

ただ大好きな人達が、俺の絵を見て喜ぶ姿が見たかっただけだ。

「どうりで、あそこで描けなくなったわけだ」

大学時代から俺の作品を楽しそうに見てくれていたナッチを失い、佐倉のチームに引き抜かれて、入社以来ずっと一緒に頑張ってきたチームの仲間達とも離された。

俺を利用しようとする嫌な奴等しかいないチームの中で、徐々に絵が描けなくなっていったのは、しごく当然の成りゆきだったのだ。

それがわかってしまえば、また手が震えるかもしれないと過剰に意識して無駄に怯える必要もない。

ここには、俺が喜んでほしいと思う人達が沢山いる。

ここでなら俺は、いくらでも好きなように絵が描ける。

本当に、もう大丈夫だ。

「大さん。いまから、リリーベル商店街のゆるキャラをデザインするからさ。ちょっとそこで見ててくれな」

「なー」

パソコンに向かうと、デスクに前足を掛けて伸び上がった大さんが、髭をピクピクさせながら興味津々で俺の手元を覗き込んでくる。

「イラストは手元じゃなく、こっちの画面に表示されるんだよ。――ではさっそく。リリーベル、つまりは、すずらんだな」

かつて鈴蘭の形をした外灯が日本全国で流行った時期があったようで、その外灯の形を由来とした『すずらん商店街』も全国至るところにあるらしい。故に、すずらんを由来としたゆるキャラも、きっと全国至るところにわんさかいるんだろう。

「ついうっかり、どこかのゆるキャラと似たようなデザインをして、パクリだと疑われたらまずいかな」

だが、こんな小さな商店街のゆるキャラが、余所の地域の人達の目に触れることがあるだろうか？

「なー」

大丈夫だよ、と大さんが鳴くので、適当に思いつくままにデザインしてみる。

リリーベルという名の響きから、やっぱり女の子のゆるキャラにすべきだろう。

鈴蘭の葉の形をイメージした緑の髪のツインテールを、やはり鈴蘭の花をかたどった小さな髪飾りでくくる。緑色の立て襟のノースリーブブラウスに、鈴蘭の花をかたどったふんわりと丸く、そして裾をきゅっと絞った形の白いスカート。

このイメージを、だいたい三頭身ぐらいの、シンプルなラインで構成されたイラストに落としていく。着色もべた塗りで、色数も少なめに。小さな子供が簡単に真似して描いたり、塗り絵で遊べるようイメージして仕上げてみた。

「よし、こんな感じか」

自分の絵を、思うままに描けることが嬉しい。

なにを描いても佐倉に奪われるのだと悟ってからは、すっかり線が萎縮して硬くなっていたものだが、これはちゃんとのびのび描けている。

久しぶりの達成感に、俺は頬を緩めた。

「うん、なかなかいいんじゃないか。これなら、きっと組合長も喜んでくれる」

さすがは先生のところの坊ちゃんだと、嬉しそうに笑ってくれるに違いない。

秋祭りでゆるキャラをお披露目したら、近隣の子供達も喜んでくれるだろうか？

可愛いねと言ってくれる子供の声が聞けたら、それだけで充分に報われる。

「……あの会社を辞めてよかった」

楽しくもない仕事を強制され、なんの喜びもないままに惰性で手を動かしていた。

きっと、もう嫌だと叫ぶ心の悲鳴が、手に伝わって震えてしまっていたんだろう。

完全に自分が壊れてしまう前に、絵を描くことが楽しいと思える純粋な気持ちがまだ俺の中に残っているうちに、あそこから逃げ出したのは正解だった。

会社を辞めてしばらく経つが、今はじめてあの会社から本当の意味で解放されたような気がする。

「なー」

プリントアウトしたリリーベルちゃんのイラストをぼけっと眺めて考え事をしていると、足元で大さんの声がした。

集中して作業していたから、いつ大さんが足元に寝そべったのかさえ覚えていない。

「なー」

大さんは、壁の時計を見上げて、もう一度鳴いた。

「あっ、ごめん大さん。夕飯準備してなかったな」

時計の針は、八時を回っていた。いつもの夕食の時間はとっくに過ぎている。

時間を意識した途端、俺の胃が空腹を訴えてぐーっと鳴った。

「なー」

早くご飯にしようよ、と大さんがすりっとすり寄ってきた。


翌日、商店街の集会場所になっているという百合庵にまた顔を出して、ポスターとリリーベルちゃんの見本を見てもらった。

「おおっ、これはいい」

「可愛いですねぇ。こりゃ孫が喜びそうだ」

両方とも一発ＯＫの修正なし。

特にリリーベルちゃんは好評で、今後も商店街のあれこれに使いたいからと、表情やポーズを変えて何パターンか描いてほしいと頼まれた。

「ポスターのほうはバイト代程度ですが、こちらのリリーベルちゃんに関してはそれなりのお礼を考えていますので。いや、可愛いゆるキャラをありがとうございます」

お礼なんていらなかったのだが、この先も長く使えるものだからと押し切られた。

お礼の中身は次の商店街の会議で決めるそうだ。

「たぶん、店ごとに手書きの商品券になると思うぞ。うちの商店街、アーケードの補修をやったばっかりで貧乏だからな」

帰り際、百合庵の信さんがこっそり教えてくれた。

「いいね、それ」

金銭で貰うより気が楽だし、昔世話になったあちこちの店に挨拶がてら顔を出す理由にもなる。会議では是非その案を押してくれと、信さんに頼んでおいた。

その後、再び商店街に呼び出されて追加の仕事を頼まれた。秋祭りの一週間前から配布しはじめる、催し物のタイムスケジュールなどが記載されたチラシだ。

例年、ポップ書きが得意な商店主が手書きでちまちま作ってから大量にコピーしていたようだが、さすがに面倒になったのだろう。パソコンで作ったほうが絶対に楽だろうからと拝み倒されて引き受けることになったのだ。

実際、手書きでちまちま書くより、俺が作ったほうが早いし綺麗だ。どうせなら来年からも同じデータを使えるようにしようと、仕事部屋にした和室でパソコンに向かい、基本のスタイルから作りはじめた。

その作業に熱中していると、表のほうから車のエンジン音が聞こえてくる。

縁側に向かうと、大きな紙袋とバッグを両腕に引っかけた上で、鈴ちゃんを抱っこしている真希がいた。

その力強い姿に、母親って体力勝負だなと思わず感心する。

「勝矢、いま暇？」

「そういう質問にはまずスマホを使え。来てから聞いたって意味ないだろ？」

暇じゃないと言っても、自分の用事につき合わせる気満々のくせに。

「秋祭りのチラシを作ってたとこだ。今日中とかの仕事じゃない。で、なんの用？」

「ちょっと頼み事があってね。その前に……。――大さ～ん」

「……なー」

仕事部屋の俺の足元で昼寝をしていた大さんが、眠そうにちょっとよたよたしながら姿を現す。

「お願い。この子の相手してくれない？」

「なー」

大さんはふっさふさのしましま尻尾を振りながら、茶の間に寝そべった。

「ほぉら、鈴。おっきい猫の大さんよ。鈴と遊んでくれるって」

「……にゃーにゃ？」

真希の胸にべったり顔を付けたままじっとしていた鈴ちゃんが、揺さぶられてそっと顔を上げる。

どうやら長いこと泣いていたようだ。目と鼻が見事に赤くなっていて痛々しい。

「にゃーにゃ、にゃーにゃ」

そっと縁側に降ろされた鈴ちゃんは、よろよろと大さんの元に歩いていって、大さんのもふもふした毛皮に全身でダイブした。もっふもふの毛皮に顔を埋めて、居心地がいいようしばらくもぞもぞしてから、小さな手で大さんの毛をぎゅっと強く握る。

大さんは怒ることもなく、大人しく鈴ちゃんを受けとめて、ジッとしていた。

「か、可愛い……」

鈴ちゃんと大さん、セットで可愛いし、羨ましい。俺もあの小さなサイズになって全身で大さんをもふりたい。

思わずスマホで写真を撮ると、隣でほぼ同時に真希も写真を撮るべくスマホを構えていた。

「……その写真、SNSにアップするなよ」

「なんでよ。別にいいでしょ」

「よくない。大さんを全世界に配信するつもりか」

「あ」

それはまずいと、真希も納得してくれたようだ。

「鈴ちゃんはあのままでいいのか？　タオルケットでもかけとく？」

「そうね。お願い。……よかった。やっと寝てくれた」

俺が日々シャンプーしてブラッシングも欠かさない大さんの上等な毛皮に、鈴ちゃんは一瞬で落とされたようだ。大さんの毛をぎゅっと握っていた小さな手が、すっかり緩んでいる。

鈴ちゃんを起こさないよう、そっとタオルケットを掛けてやってから、台所で珈琲を淹れてカップを手に茶の間に戻る。

珈琲を飲んでまったりしつつ、大さんにもっふり埋もれた鈴ちゃんの寝姿をひとしきりふたりで眺めて愛でてから用件を聞いた。

「で、頼みってなに？」

「ああ、そうそう。これなんだけどね」

真希は紙袋を引き寄せ、中から白いTシャツと十二色セットのペンを取り出した。

「布用のペンよ。これでTシャツにリリーベルちゃん描いて。秋祭りで使うから」

秋祭りで真希は、実家の神社で参拝に来る人達の案内と、振る舞い酒やジュースを配る手伝いをする予定なのだそうだ。その時にスタッフのみんなが着るTシャツに、このたび、めでたくリリーベル商店街のゆるキャラとして発表されたリリーベルちゃんを描いて、スタッフの目印にするつもりなのだとか。

「……描いてって。……いくら出す？」

「あんた、この私から金を取ろうっていうの？」

俺の姉貴分を自認する真希に高圧的に威張られ一瞬びびったが、負けずに言い返す。

「労働には対価が必要だろ」

「それもそうね。だったら、実家のお祖父ちゃんの和菓子を月一で貢いでやるわ。どう？　ありがたいでしょ？」

「それ、作爺からただで貰うつもりだろ？」

「神社の仕事で使うんだから問題ないでしょ？　それに、商店街の仕事だって、手書きの商品券で引き受けたって聞いてるわよ。まさか、この私にだけ金を払えとは言わないわよね」

「わかったよ。描きます。描きゃいいんだろ。和菓子はあんこ系でよろしく。大さんの好物なんだ」

はい、負けました。下克上ならず。子供時代からの力関係はなかなか根深いものがあるな。

「何枚描けばいいんだ？」

「私と堅司とあんたと高校生がふたりで五枚ね。予備も二枚ほどあるからよろしく」

「……俺の分もあるのか」

「当然。手伝うでしょ？」

高圧的な口調に、俺は戦いを放棄した。

子供の頃から、ずっとこんな風に脅されて手伝わされてきたんだった。シクシク。

はじめて見る布用のペンとやらを手に取り、近くにあった手ぬぐいに試し書きしてから、さっそく予備のTシャツにリリーベルちゃんを描き込んでいく。

「布がよれないよう、そっち押さえてくれ」

「直接描いちゃうの？」

「この程度なら楽勝。組合長に頼まれて、リリーベルちゃん山ほど描いたばっかりだから慣れてるし」

黒のペンで、Tシャツの胸の辺りに十五センチぐらいのオーソドックスなパターンのリリーベルちゃんを描いてみる。思ったより描き心地は悪くない。

「いい感じだな。とりあえず主線だけ先に全部描いとくか」

「じゃあ、次はこれね」

真希が広げてくれたTシャツに、次々イラストを描き込んでいく。ちょっと拗ねた顔や悪戯っぽい笑顔、全部違う表情にしてみた。ちなみに真希用のTシャツには、ぷんぷん怒ったリリーベルちゃんを描いてやったぜ。

「相変わらず上手ね。なんで男のくせにこんなに可愛い絵が描けるのかしら」

「日本全国の男の絵描きに同じこと聞いてこい」

「はいはい。——そういえば、お祖母ちゃんに大さんのこと聞いたんでしょ？　正体わかった？」

俺の苦情をさらりと受け流した真希が身を乗り出して聞いてくる。

「正確な正体はわからないってさ。うちの祖父ちゃんが真実を隠したまま死んだらしい。……土地神様関係のなにからしいけど。付喪神がどうとかも言ってたな。最終的に、俺の守り神ってことで落ち着いた」

どや顔で宣言したら、呆れた顔をされた。

「馬鹿ね。それ、適当にはぐらかされたのよ。笑顔でのらりくらりと誤魔化すのが、うちのお祖母ちゃんの得意技なんだから」

「わかってるって。その上で納得してるんだ」

「そう？　……まあ、言えないことも色々あるか……」

「なにが？」

「なんでもないの。ほら、手が止まってるわよ」

　さくさく描きなさいと命令されて、はいはいと大人しく条件反射で従ってしまう我が身が悲しい。パブロフの犬状態だ。

　しばらく無言で作業を続けていると、「あーちゃ」と鈴ちゃんの小さな声がした。

「起きた？」

「ううん。寝言。お祖母ちゃんと遊んでる夢でも見てるんでしょ」

「そっか。……鈴ちゃん、目元真っ赤だったな。後で濡れタオル用意しようか？」

「ありがと。でも大丈夫よ。いつものことだし」

「鈴ちゃん、泣き虫さんなんだ」

「そうよ。昔のあんたと一緒。……お母さんに言わせると、昔の私にそっくりだって話だけどね」

「昔の？　真希が泣いてるところなんて見たことないぞ」

　記憶の中の真希は、大抵威張ってるか、怒ってるかのどっちかだ。

「あんたに会う前の話。しょっちゅう泣いて、お祖母ちゃんに慰められてたわ。たまに、あんな風に大さんにも慰めてもらったわね」

真希が懐かしそうに、鈴ちゃんと大さんを見つめた。

「意外だな。真希も泣き虫だったのか」

「そうよ。でも仕方ないでしょ。あのお祖母ちゃんだって、子供の頃はよく泣いてたって言ってたし」

「美代さんも？」

「ええ。これのせいで、見たくもないものが見えるんだもの。ある程度、成長して受け流せるようになるまではしょうがないことなの。――私達の力の話、お祖母ちゃんに聞いたんでしょ？」

真希が自分の目を指差す。

あ、これ怖い系の話だ。

条件反射的に、俺の背筋を、ぞぞぞっと怖気が這《は》い上がっていった。

「『心残り』が見えるんだよな？」

「本物の幽霊だって見えるわよ。あんたが怖がるから今まで言わなかったけど」

真希はあっさり怖いことを言う。

「『心残り』も幽霊も、見えて楽しいものじゃないけどね」

「……真希でも怖い？」

「当たり前でしょ。こっちが見えてるってわかると、寄ってきて脅かしてくる奴もいるし、しつこくつきまとわれたりもするし……。そもそも、この世に残ってる幽霊って、陰気だったり高圧的だったりすることが多いのよね。もううんざり」

陽気で賑やかな幽霊につきまとわれたら、それはそれで厄介だと思う。

今まで黙っていた反動からか、真希はべらべらと怖い体験談を語り出した。

授業中に机の中から顔がぬうっと出てきたとか、夜ふと目覚めたら添い寝されてて、にったりと微笑みかけられたとか、うっかり目が合った幽霊にずっと目の前をうろつかれて困ったとか。

「こんな風にあんたと向き合って話してる時に、幽霊が私達の間に挟まってたこともあったのよ」

「……俺の顔が見えないままで話してたってこと？」

「幽霊は透けて見えるからね。あんたとダブって見えてたわよ」

「うわあ」

正直、物凄く怖い。全身鳥肌ものだ。子供時代の俺だったら、もう勘弁してと、頭を抱えてうずくまりシクシク泣いてただろう。今だって、できれば耳を塞いで逃げ出したい。さすがにこの歳になってそんな真似は恥ずかしいから我慢するけどな。

「『心残り』は、怖くないんだろう？」

「……人についてる『心残り』はね。……でも、あれは悲しいものが多いから、やっぱりあまり見たいものじゃないわ」

残していく者に対する死の間際の強い感情こそが『心残り』だというのなら、やはり明るい感情であることは少ないんだろう。

ただ幸せになってほしいと願うようなものならともかく、残していく者を心配する気持ちが強く出てしまった場合の『心残り』達がどんな表情をしているか、想像するのは簡単だ。

「俺の両親なんて、生前過保護だったから特に酷かっただろう？」

「あんたが泣くたびにふたりともオロオロして悲しそうで、見てらんなかったわ」

「俺に手を差し伸べるきっかけは、俺の両親の『心残り』だったって聞いたけど」

「そうよ。ちゃんとあんたのご両親の『心残り』が安心して、あんたの中に消えていくところも見届けてあげたわよ。感謝しなさい」

ふふんと偉そうに、真希が威張る。

「そっか。……ありがとな」

今回ばかりは、威張って当然だと思えた。

両親の『心残り』が、最後に安らいだ状態だったと聞いてほっとした。

俺だけじゃなく、真希もほっとしたように見える。

真希は、ずっと両親の『心残り』の最後の瞬間のことを、俺に伝えたかったのかもしれない。俺が尋常じゃなく怖がりだったから、今までその機会がなかっただけで。

……すみませんね、小心者で。

「そうそう。私の泣き虫が治ったのって、あんたのおかげなのよ」

「俺、なんかしたっけ？」

「私が泣くより先にシクシク泣いてたじゃない？　目の前で先に泣かれちゃうと不思議と涙が引っ込んじゃうものなのよ。それに、後先考えずに泣いちゃうと、どんだけ周りが迷惑するのかも、あんたを見て学んだし。どうもありがとね」

「……どういたしまして」

お礼を言われても、これっぽっちも嬉しくない。

「あー、あのさ。幽霊に悪さとかされないのか？」

「よっぽどのことがない限りは大丈夫よ。生きてる人間のほうが強いものだし」

「美代さんもそんなこと言ってたな」

「でしょ？　たまに悪さする強い奴もいたけど、そういうのはお祖母ちゃんの伝手で、本職の人が来てくれたから平気だったし。それに、今はこれもあるからね」

真希は手首にはまった天然石のブレスレットを掲げてみせた。

「パワーストーン？」

「堅司が言うところの『良い石』よ」

「もしかして、堅司の手作り？」

「そ。私と特に相性の良い石を探して作ってくれたの。魔除けと精神力強化の効果があるんですって。これを身につけるようになってから、幽霊にすぐ近くまで寄ってこられることがなくなったのよ」

凄いでしょと、真希が得意そうに微笑む。

幼馴染みのふたりがつき合っていると知った時、少しの淋しさと、なんでこのふたりがそんな関係になったんだろうという疑問を抱いたものだ。田舎故に、他に相手がいなかったのかもしれないと、随分と失礼なことを考えたりもした。

今になって、やっとその理由の一端が見えたような気がする。

俺が知らされていなかった、ふたりの『神様の贈り物』。

俺の知らないところで、ふたりは特殊な力を持って産まれたせいで生じる苦しみや悩みを、ずっと共有し合って生きてきたのかもしれない。

「それ、鈴ちゃんにも？」

「もちろん身につけさせてるわ。でも、見えるのはどうしようもないから……。悪いのに出くわしちゃうと、どうしても怖がって泣いちゃうのよね」

「……可哀想だな」

避けようがない事態だけに、泣かされる本人も慰めることしかできない家族も、みんな可哀想だ。

「一石もね、鈴が可哀想だって言って、鈴のために『良い石』を探してるみたい。ほら、この前きた時、あんたのお守りの石を欲しがってたでしょ？」

「ああ、あれ、鈴ちゃんのためだったのか」

「そうよ。あ、でもだからって鈴にあげちゃ駄目よ。あれは、あんたと特に相性が良い石なんだから」

「わかった。――なあ、神社にいれば、そういうの寄ってこないんじゃないのか？」

「逆よ。むしろ癒やされたくて寄ってくるみたい」

「そうなのか？　なんかこう、結界？　みたいなので弾きそうなもんなのに……」

「弾かずに受け入れちゃうのよ。まあ、あそこで悪さはできないみたいだけど」

そういや、堅司が言うところの『悪い石』も境内に運び込めるんだったっけ。

日本の神様っていうか、あの神社の神様は随分と鷹揚《おうよう》な性分らしい。

「その点、この家は助かるのよね」

「なにが？」

「この家っていうか、ここの敷地って、悪いのが入ってこられないのよ。だから私みたいなのも安心していられるの」

「え？　マジか？」

そんなの初耳だ。

もし知ってたら、子供の頃、家の中の薄暗がりを怖がらずに済んだのに……。

「もしかして、あの土地神様の祠のおかげとか？」

「さあ？　お祖母ちゃんに聞いても、とぼけられて教えてもらえないのよ。私は、大さんが守ってくれてるんだと思ってたけど」

「大さん、凄いな！」

思わず興奮して大さんを見ると、大さんは鈴ちゃんを起こさないようにか、声を出さずに口だけ動かして返事をして、ふっさふさのしましま尻尾を小さく揺らした。

「大さんにくっついてると、不思議と気持ちが落ち着くから、なんらかの守護の力が働いてると思うのよね」

ああ、それはわかる。大さんにくっついてるとなんか安心するんだよな。

「それなのに、昔のあんたったら、天井の隅でなにか動いたとか、庭で黒い影が見えたとか言っちゃぁ、布団に潜り込んでシクシク泣いてばっかり。ここには悪いものも怖いものも、な～んにもいないし、大さんだってずっと側にいてくれたのにね。見えてる私からしたら、あんたの怖がる姿が、もうおっかしくておっかしくて。ホント笑いを堪えるのが大変だったわ」

真希が、けらけらと思い出し笑いをする。

「うわあ、最悪……」

幽霊の正体見たり枯れ尾花。

周囲の大人達も、この家に悪いものがいないことを知っていたんだろうか。

ひとりで怯えてシクシク泣く俺を、いったいどんな気持ちで見ていたのか。

臆病だった子供時代にやらかしたあれこれが、今になってとてつもなく恥ずかしい。

羞恥心から真っ赤になった俺は、久しぶりに頭を抱えて丸くなった。

……さすがにシクシク泣いたりはしなかったけどな！

幼馴染みは匂いを考察する

秋祭り当日は朝から上天気だった。

御神輿出発の祭事は十時から行われる。神社を手伝えと真希に命じられていた俺は、人が本格的に集まりはじめる前、九時までには神社に来るようにと言われていた。

九月末なので半袖一枚では朝晩は涼しい。真希に押しつけられたリリーベルちゃんTシャツの上に、ラフなジャケットを羽織って家を出た。

「今日のバイト代として、御神酒と作爺の和菓子をたっぷり貰ってくるから。大さん、夜まで留守番よろしくな。行ってきます」

「なー」

大さんは玄関先でふっさふさのしましま尻尾を振って見送ってくれた。

俺が大さんを普通の猫じゃないと認めることができてから、大さんの食生活は随分と変わった。俺とほぼ同じ食事内容なのは今まで通りだが、以前は大さんの健康を考えて控えめにしていた甘味を遠慮なく大盤振る舞いするようにしているのだ。

それとは逆に、俺が家を留守にする間の大さんの食事を用意するのはやめた。用意しようとすると、大さん自身が、それはもう必要ないんだよと言わんばかりに、「うなー」と鳴いて、料理の邪魔をするようになったからだ。

俺と一緒の時はつき合いで食事をとるが、そうでなければ必要ない。たぶん大さんにとって食事や甘味は嗜好品《しこう》みたいなもので、必ずしも必要なものじゃないんだろうと納得することにした。というか納得せざるを得なかった。俺が大さんを普通の猫じゃないと認めたあの日から、大さんはトイレに行かなくなったからだ。

たぶんこれまでは、俺が疑問に思わないよう、トイレに行くふりをしていたんじゃないかと思う。大さんにその知恵を授けたのは、きっと祖父母だ。孫の不安を煽《あお》らないよう、食事して排泄する普通の生き物のふりをしてくれと大さんに頼んだのだろう。祖父ちゃん、祖母ちゃん。手間の掛かる孫で本当にごめん。


俺の仕事場は境内に張られた簡易テントだ。テント内には折りたたみ式の長テーブルが並べられ、大型のウォータージャグが四つ準備されている。

中身は参拝に来た人のための振る舞い酒と、子供むけのジュースに麦茶、それとホットの玄米茶だ。これは徒歩で登ってきた人達の水分補給も兼ねている。もちろん、酒を振る舞う時には、車を運転してきていないかの確認もする。

「勝矢、おはよー。時間通りね」

「おう、手伝いにきてやったぞ」

近所のお年寄りが朝早くからお参りに来るらしく、今日ばかりはそれに合わせて早めに社殿や社務所を開けている。真希と堅司もその頃からここに待機していたはずだ。

ふたりとも、俺と同じリリーベルちゃんのTシャツ姿だ。

真希はともかく、日々肉体労働にいそしむマッチョ系の堅司が、可愛らしいゆるキャラが描かれたTシャツを着ている姿はなかなかにミスマッチだ。これで、あのぶっとい腕に鈴ちゃんを抱っこでもしていたら、逆に微笑ましいのに。

「一石と鈴ちゃんは？」

「神事の最中に騒がれるとまずいから置いてきたわ。お義母さん達が商店街のほうに遊びにつれていってくれるって言ってたし」

それは残念。一石と遊ぶふりして仕事をサボりたかったのに。

商店街では前夜祭という名目で昨日から様々な催し物がはじまっていて、テキ屋も出店して随分と賑わっていたと真希が教えてくれた。

その後、バイトの高校生男子ふたりに紹介してもらってから、ウォータージャグの前に立つ。高校生ふたりが参拝客の案内や呼び込み、俺は紙コップに飲み物を注いで渡す係だ。年上なので有無を言わさず楽なほうを選ばせてもらった。

若者よ働け。手伝いの俺と違って、君達はバイト代だって出るんだからな。

出発の祭事の時間が近づき、参拝客も続々と集まってくる。

朝のこの時間帯に御神輿が出発して午後には戻ってくる。その二度のタイミングで子供達の舞も奉納されるので、この時間帯が一番忙しい。慌ただしい時間を過ごしたが、御神輿が出発してしばらくすると境内に留まっていた人々も自然に捌《は》けていく。

境内を駆け回っていた高校生達にもジュースを渡し一息つかせた。その際に聞いたのだが、彼らの彼女達も社務所内で巫女《みこ》のバイトをしているらしい。ちっ、羨ましい。

巫女といえば、真希も独身時代は社務所内で巫女をやっていた。巫女の仕事は、お札やお守りを売ったり、初穂料を持って来てくれた人に御神酒と饅頭《まんじゅう》を渡すことだ。高校生から二十歳ぐらいまでの独身の女の子がバイトとして入ってくれている。

巫女装束は伝統的な白衣に緋袴《ひばかま》で、これを着ると二割増しで綺麗に見えると女の子に人気のバイトになっている。そんな女の子目当てで男の子達も社務所に買い物にやってくるので、神社としてはありがたい話らしい。

ちなみに、独身時代の真希はけっこう人気があって、真希の前の行列だけ妙に長かったりした。結婚して巫女を退いた時には、ファン達が泣いて惜しんでくれた……と、真希が自分で言っていた。ホントかよ。

交代で昼休憩を取った。

参拝客は混雑するほどではないものの、途絶えることなくやってくる。

「以前より、参拝客多くないか？」

「新しく増えた住人が、古くからの祭事を面白がってけっこう来てくれるんだ」

参道にテキ屋がずらりと並んでいるのもいいらしい。子供達を遊ばせがてら、ここまで足を運んでくれるのだと堅司が教えてくれた。

「ふうん。神社なんて、時代と共に廃れていくものだと思ってたけどな」

「昔と違って熱心にお参りする人は少なくなったが、気軽な観光スポットみたいな感じで立ち寄る人の数はかなり増えてるぞ」

「そんなんでいいのか？」

「いいんだ。この神社に来れば、ちょっとした匂いは取れるからな」

「……匂い？」

堅司とふたり、玄米茶を飲みつつ世間話に興じていたら、なにやらおかしな話の流れになってきた。

「あー、それって、もしかして、石と同じ？」

「ああ」

こわごわ聞く俺に、堅司は参拝客を眺めながら頷く。

「呪われてる人がわかるとか？」

「呪われてるかどうかはともかく、酷く恨まれてる人ならわかる」

生きている人からの妬みや嫉妬、逆恨みなどを身に纏《まと》っている人は臭いと堅司が言う。そして、その手の匂いは、軽いものなら神域を訪れると払うことができるらしい。

「並外れて性根が歪《ゆが》んでいる人や善良な人もわかる」

「へえ。……知り合う前に相手のことがわかるんなら、人づき合いが楽でいいな。ヤな奴とは最初から友達にならなきゃいいんだしさ」

「そんなに簡単なもんじゃない」

本来の性質と表面上の性格が極端に違う人もけっこういるから、戸惑うことも多いのだと堅司が言う。

「あ、じゃあ俺は？　性根歪んでたりする？」

興味津々で聞くと、「歪んでない」と堅司は苦笑した。

「匂いじゃなく、これは直感だったんだが……。最初会った時は綿菓子みたいな奴だと思ったな」

「綿菓子……。触るとべたべたしそうとか？」

「違う。甘ったれでふわふわしてそうな感じ」

なるほど、と納得できてしまうのが辛い。でもまあ、両親に溺愛されて育った小学一年の頃の俺は、確かにそんな感じだっただろう。

「でも、今は違うよな？　ちょっとはマシになっただろ？」

「そうだな。……まだふわふわしてるが、それなりに芯もあるし」

ふわふわしてるってことは、俺はまだ甘ったれな綿菓子から脱却していないらしい。

「俺の芯は割り箸だったのか……」

思わずがっくりうなだれると、珍しく堅司が声を上げて笑った。

「ただのイメージだ。真面目に考えるな。――話は変わるが、お前、東京で恨みを買ってこなかったか？」

「え、俺、臭い？」

「大さんの守りもあるし、お前自身は臭くない。ただ、お前の周囲にたまに気になる匂いがすることがある」

「マジか……。恨まれるようなことなんて心当たりないんだけど……」

「逆恨みってこともある。だがそう心配しなくてもいい。大さんがいれば大丈夫だ」

「そっか。念のため、家から出る時は堅司に貰った『良い石』も身につけとくよ」

「そうしろ。俺が人の匂いもわかることは真希にしか言ってないから黙っててくれ」

「わかった」

普段から堅司の口が重いのは、そこら辺の事情が絡んでいたのかもしれない。

人の性根の善悪が匂いでわかるなんてことが知られたら、確かにちょっと大変だ。

そもそも、誰だってある程度は裏表があるはずだ。……あるよな？ 顔で笑ってても、心の中でぶつくさ文句言ってたりするよな？ 俺だけじゃないよな？

とにかく、腹の中と表の顔が違うことを他人に知られて困る者は確実にいるだろう。いわゆる犯罪者と呼ばれる者達とか……。

なんてことを、色々考えてたら怖くなってきた。

「絶対に、誰にも言わないからな」

もう一度しっかり誓ったら、堅司は嬉しそうに頷いた。

真希しか知らないことを打ち明けてもらえたのは、堅司から俺への信頼の証だ。

幼馴染みとの友情を確認し、ひとりにんまりしていたせいで、参拝客が歩み寄ってくるのに気づくのが遅れた。

「あ、すみません。日本酒、ジュース、麦茶に、温かい玄米茶がありますよ。なにがいいです……か？」

慌てて立ち上がり、目の前に立つ参拝客の顔を見て思わずフリーズする。

参拝客は、そんな俺を見て、にっこりとわざとらしい笑みを浮かべた。

「カッチ先輩、俺、来ちゃった♪」

「今すぐ帰れっ‼」

「参拝客になにいってんのよ！」

条件反射で怒鳴ってしまった俺は、いつの間にか側にいた真希に、背後から頭をはたかれた。すぱーんと、勢いよく頭をはたかれると同時に視界がぶれる。

完全な不意打ちだけに、マジで効いた。

「暴力反対！」

「うるさいわね。お客さんに暴言吐くあんたが悪いんでしょ」

ふん、と偉そうに真希が威張る。

「ああ、もしかして、あなたがカッチ先輩の幼馴染みの神社の娘さんですか？　いばりんぼの女番長だって聞いてましたが、想像してたのと全然違う。お綺麗ですね。巫女装束姿を見てみたかったなぁ」

「まあ、ありがと。――勝矢、あんた後で覚えてなさいよ」

横に並んだ真希に、ガツッと足を踏まれ、「ぃだっ！」と変な声が出た。

「俺、カッチ先輩の大学の後輩で、元部下でもある桐生竜也《きりゅうたつや》です。タッチと呼んでください。ナッチカッチタッチで、テンポいいし」

「よくねぇよ」

いきなりナッチの名を出さないでほしい。心臓に悪いから。

「その呼び方やめろって言っただろ。社会人なんだから普通に名字呼びしろ」

「いいじゃないっすか。ところで、カッチ先輩、今日は神社のお手伝いっすか？」

「まあな」

「そっすか。だったら俺、カッチ先輩の仕事が終わるまで待つっす。――その間、暇なんでなにかお手伝いさせてください」

竜也は、真希に向けてにっこりとわざとらしい笑みを浮かべた。

イケメン芸能人の中に放り込んでも違和感ない外見をしているせいか、こいつの笑顔はどうも作り物めいて見える。

「あら、いいの？　だったら、ちょっと中で力仕事手伝ってもらおうかしら。――堅司、助手いるでしょ？」

「助かる。――いいのか？」

「もちろん。あなたがもうひとりの幼馴染み、石屋の息子さんですね。聞いてた通りのイケメンマッチョですね」

「ちょっと、私と堅司のこの差はなに？」

普段の行いの差だ！　なんてことを言うと、また足を踏まれそうなので、俺は真希を無視して竜也に視線を向けた。

「手伝うって言ったって、夜までかかるんだぞ。帰りはどうするんだ？」

「あ、カッチ先輩の家に泊まる予定っす」

「勝手に予定をたてるな！」

家は大さんがいるからまずい。助け船を求めて真希に視線を向けると、真希も大さんのことに思い至ったようで、困った顔になって堅司に視線を向けた。

「泊めてやればいい」

堅司がぼそっと言った。

「え、まずくないか？」

「彼なら問題ないだろう」

「堅司がそう言うなら大丈夫なんじゃない？　……もしまずいようだったら、大さんなら自分から姿を消すでしょうし」

こっそりと真希が耳元でつけ加える。

確かにそうかもしれない。思い返してみれば、祖父母の来客の中で、大さんと会ったことがあるのは源爺達のような特に親しい人達だけだ。それ以外の人の前には姿を見せなかった。ちゃんと隠れていたんだろう。

「じゃ、決まりっすね。カッチ先輩、よろしくっす」

「わかったよ。泊めてやるから、カッチって呼ぶのだけはやめろ」

「了解っす、先輩。――堅司さん、ご指導よろしくお願いします」

「ああ。こちらこそよろしく。じゃあ、こっちに来てくれ」

「待って、その前にこれ。スタッフ用のTシャツに着替えてくれる？」

予備を作っておいてよかったわと、真希が竜也にリリーベルちゃんが描かれたTシャツを渡した。

「これ、先輩の手書きですよね？　貰って帰ってもいいですか？」

「もちろん。記念にどうぞ」

「ありがとうございます。家宝にします！」

竜也は嬉しそうににんまり笑って、Tシャツを恭しく押し戴いた。

「彼、随分と勝矢のことが好きみたいね。勝矢を相手にする時だけ露骨に変なしゃべり方して特別扱いしてるみたいだし……。以前から、あんな奇妙な感じなの？」

着替えた竜也が堅司に連れられて姿を消した後で、ぼそっと真希が言った。

「まあな。あいつには大学時代からつきまとわれてるんだ」

「……まさか、そっち系？」

「違う……と思う。あいつ、同棲してる彼女がいるし。……ナッチが言うには、あれは俺の作品の崇拝者なんだってさ」

大学時代、竜也がいきなりなれなれしく近づいてきた時は、ナッチに気があるのかと勘違いして警戒したものだ。だがナッチは、そうじゃないよと呑気《のんき》に笑ってた。

『あの子はね、カッチが……っていうか、カッチの作品が大好きなんだよ』

『俺の？　ナッチのじゃなくて？』

『うん。あの子はカッチの作品の崇拝者なの』

その頃からナッチの彫像の才能は認められていたが、俺は並の才能に毛が生えたぐらいだと言われていた。デザイナーとして独り立ちするような夢は持たず、企業に所属する方向で考えたほうがいいと助言されるぐらいの器用貧乏ぶりだったから、俺の作品に執着するような者が現れるとはどうにも信じられなかった。

そのうち飽きて勝手に離れていくだろうと放っておいたら、大学時代はずっと先輩先輩と懐かれつきまとわれた。社会人になって解放されたと思ったのに、一年後に『カッチ先輩、俺、来ちゃった♪』と同じ会社に入ってきて、肝を冷やしたものだ。

ナッチは大うけしてたけど。

「俺が捨てるつもりでいた大学時代の作品とか、捨てるならくれって奪い取っていったし。なにがいいんだか、俺にはさっぱりわからないよ」

「ほんとにね。よりによってあんたの作品が大好きだなんて、随分変わった感性ね」

……真希さん。そんなにあっさり同意されると、さすがに俺だって傷つくんですが。

全ての行事が終わり、美代さんの心づくしの夕食をご馳走になってから、助手席に竜也を乗せて家路についた。夜になって寒くなったから着替えろと言ったのに、竜也はまだリリーベルちゃんのTシャツを着ている。

「子供達の踊り、可愛かったっすね。先輩も小さい頃に踊ったんすか？」

「いや、俺は踊らなかった。俺らの中であの踊りを習ったのは堅司だけだ」

手首足首に鈴を付けて、お囃子《はやし》に合わせてかけ声を出しつつ、しゃんしゃんリズムをぴったり合わせて二十人以上の子供達が踊る姿はなかなか見応えがある。

ちなみに俺は、酷い泣き虫だったので踊りを免除された。ちょっとしたことでいちいち泣くから面倒だと思われたんだろう。真希は小さな頃から巫女さんをやっていたので免除だ。堅司は筋が良かったようで、今では子供達の踊りを指導しているらしい。

……なんか俺、こうしてみると随分とみそっかすだな。

「田舎だって聞いてましたけど、そうでもないっすね。コンビニもあちこちあるし」

「そうかぁ？　田舎だろ。田んぼ多いし」

「いやいや。俺の田舎なんか、もっと田舎っすよ」

「どこだっけ？」

「……それ聞くの、十一回目っすよ。どんだけ俺に興味がないんすか」

「はっはっはあ。これもお約束ってやつだ。——ああ、ほら。家が見えてきた。あの丘の上だ」

「おおっ。……なんか、凄いお屋敷っぽくないっすか」

「たぶん、築七十年ぐらいかな？　書道家だった祖父がこだわり抜いて建てた家だ」

祖父好みの重厚な造りで、ぱっと見、ドラマに出てくる旧家のようにも見える。

そのせいもあって、子供の頃はおどろおどろしく感じられて怖かったんだよなぁ。

「ふわー、庭も立派っすね」

車を降りたところで、竜也が感心したように辺りを見渡した。

「ここの庭は、堅司のとこでずっと面倒を見てくれてるんだ」

「堅司さん家って、石屋っすよね？」

「正確には石材関係に特化した造園業だな。けっこうここらじゃ有名なんだ」

この県では有名な観光地である旧家の庭を代々手がけていることを教えると、竜也は凄いっすねと素直に感心してくれた。幼馴染み自慢ができて嬉しい。

「丘の上で周囲に家もないし、ここ、ＵＦＯ呼ぶのに最適っすよ。今度みんなで召喚の儀式しましょうよ」

「嫌だ。そんな得体の知れない儀式なんて絶対にしないからな」

さて、そろそろいいかな。

わざわざ家の前で竜也と会話したのは、大さんに来客を知らせるためだ。もう充分伝わっただろうと判断して、鍵を開けて玄関の引き戸を開ける。

「ただいまー」

いつもの習慣で玄関を開けると同時に、手探りで灯りのスイッチを付けた。

と、そこには、きちんと行儀よく前足を揃えて座る大さんの姿があった。

「だ、大さん？　なんでいるんだ？」

「なー」

「今の鳴き声、猫っすか？　猫飼ってるんす……はあ⁉」

猫好きな竜也は、俺が止めるより先にずいっと前に出てきて、玄関先に座る大さんを見て固まった。見られてしまったなら仕方ない。

「あー、竜也。この猫の名前は、大さんだ。よろしくな。――大さん、こいつは俺の大学の後輩で、以前勤めてた会社の元部下でもある竜也だ」

「なー」

俺が紹介すると、よろしくねと言わんばかりに大さんが鳴いて、ふっさふさのしましま尻尾をばっさばっさと振る。

「……桐生竜也です。よろしくお願いします。――ってか先輩、こんな大きい猫、俺、はじめて見たっす！　なんて猫種なんすか？」

猫好きの竜也はもう大興奮だ。

「見た目はノルウェージャンっぽい。けど、ここまで大きくならないし、メインクーン？　サイベリアン？　いや、それでも小さいか。だったらオオヤマネコ。……にしては、顔が丸くて野性味がないし……。――先輩、教えてくださいっす！」

聞かれても、答えようがない。俺も知らないんだから。

仕方なく、祖母を真似て答えてみた。

「大さんは大さんだよ。……でも、まあ、強いて言えば……長毛の茶トラ猫？」

「はぁ～。茶トラ猫っすか。茶トラ猫、奥深いっすね～」

「待て、今の信じたのか？」

「もちろん。俺は先輩の言うことならなんでも信じるっす」

それはそれでどうだろう？

ドン引きする俺の前で、竜也はキラキラした眼で大さんを見つめていた。

大さんと対面した竜也の興奮が冷めた後、俺達は神社から貰ってきた漬け物と日本酒でまったり飲みはじめた。もちろん、大さんも一緒だ。つまみとして、お土産に貰ってきた好物の餡子玉を一個ずつ美味しそうに食べている。

そんな大さんをじっくりと観察しながら竜也が言う。

「背中にチャックはついてないみたいっすね」

「チャック？」

「前に先輩がこんな猫種を見たことないかって、あれこれ話してくれたじゃないっすか。あれって、大さんのことっすよね？　確か、あんとき、小型の宇宙人が入ってるんじゃないっすかって答えたような気がするんすけど」

「ああ、そういやそんなこともあったな」

大さんのことは秘密だったから、世間話のついでにさりげなく聞いたつもりだった。まさか、覚えていたとは……。

「お前、記憶力いいなぁ」

「先輩の言ったことなら大抵覚えてるっす」

「キモイ。あ、そういや、泊まりってことは有給取ってきたのか？」

「いえ。違うっすよ。いま俺、無職っすから」

「げっ。お前も辞めたのか。なんでまた」

「先輩のいない会社にいてもつまらないっすからね」

「そんな理由で会社辞めるなよ～」

思わず俺は頭を抱えた。そんなことを言われたら、ちょっとだけ責任感じるじゃないか。調子に乗るから絶対に言わないけど。

会社を辞めた時は自分のことでいっぱいいっぱいだったし、下手に情報を与えて巻き込みたくなくて、竜也には退職理由を黙っていた。確かあの時は、竜也がまた勝手に追いかけてこないよう、落ち着いたら連絡するからそれまでは大人しくしててくれと言っておいたんだっけ。再就職が決まったら連絡するつもりだったが、残念ながら再就職は叶わず、その情けなさからずっと連絡をしそびれていたのだ。

今は無職の身だから、追いかけてこられても正直困る。

「後追いで辞められるぐらいなら、ちゃんと事情話しとけばよかったな」

「聞いてたら、即辞めてたっすよ。──実を言うと、あの直後に俺も佐倉のチームに引き抜かれたっす」

「……そりゃまた」

「異動の辞令が出た時は、大喜びしたんすけどねぇ」

俺を追いかけて同じ会社に入ってきた竜也は、入社した後も俺を追いかけてきた。

俺が所属していた若手チームにもうまいこと潜り込み、俺が佐倉のチームに引き抜かれてからは、やはり俺を追いかけようとして頑張って仕事して実績を上げ、佐倉のチームへの異動を希望し続けていたらしい。その甲斐あって、やっと佐倉のチームに引き抜かれたものの、残念ながらその直前に俺は退職していたという気の毒なオチだ。

「敗因は、先輩を驚かせようと思って、追いかけようと努力してたのを内緒にしてたことっすね」

俺の退職にショックを受けつつも仕方なく佐倉のチームに異動した竜也は、俺と違ってすぐにチームの異常性に気づいたらしい。と同時に、俺が会社を辞めた理由にも気づいたのだろう。

馬鹿らしい、やってられるかと、即座に会社を辞めたのだそうだ。

「じゃあデザインを盗まれずに済んだんだな。誓約書にもサインしてないんだろ？」

「誓約書？　なんすか、それ？」

こっちの事情に巻き込んでしまった罪悪感から、竜也に退職する際の話をした。デザインを搾取していたことを誤魔化すための誓約書のことや、サインを断って、後悔するぞと脅されたこと。その結果、再就職を妨害されたことも全部話した。

っていうか、こいつは勝手に巻き込まれたんだから、自業自得のような気もするが。

「……先輩って、ほんっと馬鹿っすね。ナッチ先輩と別れたとか言い出した時も馬鹿だと思ったっすけど、この件に関してはもっと馬鹿っすよ」

馬鹿の極みっす、と、ビシッと竜也に指をさされた。

……会う人ごとに馬鹿馬鹿言われるのにも、なんか慣れてきたぞ。

「なんで俺に相談してくれなかったんすか。そもそも先輩はへたれなんすから、その手のトラブル処理は苦手でしょ？　自覚してくださいよ。佐倉のチームでのことだって、一人で我慢してないで話してくれてればよかったのに……。先輩はもうちょっと周りに頼ることを覚えるべきっす」

「……頼ったからって、どうにもなんなかったと思うぞ」

「なるっす。今からでもなんとかできるっす。──先輩は、こんなことで終わっていい人じゃないです。ちゃんと汚名返上しましょう」

珍しく真顔になった竜也が、真剣な口調で訴えてくる。

「あー、あのな、竜也。もういいんだ」

「よくないっす！」

「いいんだよ。もう今さらだし……。汚名返上できたとしても、トラブったデザイナーを雇ってくれる会社なんてないだろ？」

「……もう東京では仕事しないいんすか？」

「あー、そうだな。こっちで大さんと一緒にまったり生きていくつもりだ」

呼んだ？　と顔を上げた大さんの大きな頭を、よしよしと撫でる。

「わかったっす。それならそれで、やりようもあるっす。じゃあ先輩、さっそく俺を先輩の会社に雇うっす」

「はあ？　なんだよいきなり雇うって。俺、会社なんて持ってないぞ」

「嘘ばっかり。このゆるキャラをデザインしてるじゃないっすか」

竜也はリリーベルちゃんが描かれたTシャツの胸を軽く叩いた。

「駅に貼られてあるポスターや配られてる祭りのチラシも先輩の仕事っすよね？　俺には一目でわかったっすよ」

「……わかるなよ」

それはいくらなんでもさすがに怖い。

「確かにリリーベルちゃんをデザインしたのは俺だし、ポスターやチラシも手がけた。

でもバイトみたいなもんだ。バイト代は、手書きの商品券だ。凄いだろう」

「手書きっすか……。それは渋いっすね。でも、つまりはここでも需要はあるってことっすよね？　会社やりましょ」

「やらないよ。……それもちょっと考えてみたがやめたんだ。地元の業者から仕事奪いたくないからな」

今のところ生活に困っていないから、秋祭り関係の仕事は手書きの商品券プラス、ちょっとしたバイト代程度しか報酬を貰わなかった。

報酬を重視していない俺が本格的に参入すれば、狭いコミュニティーの中で細々と営業している会社にとっては大打撃だ。軽い気持ちでやっていいことじゃない。

「わかったっす。地元の仕事じゃなきゃいいんすね？　俺が東京で営業して仕事取ってくるんで、先輩はここで作業するっす」

「は？」

「実は俺も東京から離れたくなかったんで、ちょうどいいっす。これがこれなんで」

竜也は、小指を立ててから膨らんだお腹をさする、という使い古されたジェスチャーをしてみせた。

「え、香耶《かや》ちゃん妊娠中？」

「えへへ～。俺も一児の父になるっすよ」

「結婚は？」

「してるっす。籍だけ入れたんすよ。――ちょうど、先輩がナッチ先輩と別れたとか馬鹿なことを言い出した時期だったんで言えなかったんすけど」

それはそれは、お気遣いどうもありがとう！

「そっか。おめでとう。遅ればせながら、そのうち結婚祝いを贈るから」

「そのうちじゃなく、今ください。ちなみに、結婚祝いは就職先っすよ。先輩が社長、俺は社員。ふたり仲良く頑張るっす」

「……いや、頑張らないから」

「酷いっす。産まれた時にパパが無職だなんて、赤ちゃん可哀想……」

うううっと、竜也がわざとらしく泣き真似をする。

うるさいと一蹴したいところだが、妊娠中の香耶ちゃんやお腹の赤ちゃんのことを思うと、ついつい躊躇ってしまう。

「新しい会社の立ち上げだなんて、香耶ちゃんが聞いたら不安がるんじゃないか？」

「大丈夫っすよ。うちの奥さんなら、むしろ燃えるっす」

「ああ、そういやそうだったっけ」

竜也の奥さんである香耶ちゃんも、俺の大学の後輩だ。子供の頃に吃音癖《きつおん》があったとかで、口数が少なく引っ込み思案な印象なのだが、竜也に言わせると違うらしい。

内弁慶なだけで、実際はそうとう暑苦しい熱血なのだとか……。

そういう性格ならば、事情を知ったら、負けちゃ駄目ですよと応援されそうだ。

「……俺が会社立ち上げたって、そうそう仕事取れないだろ？」

「大丈夫っすよ。たぶん今なら、前のチームのクライアントから仕事を貰えるっす」

「いや、それやっちゃ駄目だろう。みんなに迷惑かけちまう」

入社してすぐに組まれた若手チームの仲間達との関係は、最後まで良好だった。

同年代だったこともあって、まるで大学時代の共同作業をやっているような感覚で和気あいあいと仕事をしていたのだ。そこから仕事を奪うような真似は人としてやっちゃいけないだろう。

「先輩知らなかったんすね。あのチーム、もうないっすよ」

「まじか」

「まじっす。俺が引き抜かれた時に解体されて、みんなバラバラになったたっすよ」

「そっか。……残念だな」

試験的に作られた特殊な立ち位置のチームだったから、会社側としてはわざわざ人員を追加してまで維持する必要を感じなかったんだろうか。長くチームリーダーをやっていた俺が会社に逆らった影響で解体されたんじゃなければいいけど……。

「そんなわけで、以前のクライアントから俺に直接連絡がくるんすよ」

「なんで？」

「新しいチームの営業とは馬が合わないそうっす」

「あー、そういうことか……」

以前のチームにも営業の担当はいたが、現場の実情をあまりわかってくれない人だった。トラブルが頻発して困り果てていたところに竜也がチームに参入してきて、営業には任せられないと率先してクライアント先に出向いてくれるようになったのだ。その結果、営業には書類関係だけを丸投げして、直接顔を合わせるのは竜也の仕事になった。クライアント達は、華やかなイケメンで話もうまく、現場のこともよくわかっている竜也の営業に慣れてしまっているから、普通の営業の対応に不満を感じてしまうんだろう。

竜也は美大時代から才能豊かで社交的で目立つ存在だった。俺が知る限り、こいつの欠点は俺を買い被っていることぐらいだ。あのチームがずっと良い評価を得ていたのだって、表に出るのを嫌がる俺の代わりに、竜也が対外的な対応を全て引き受けてくれた影響が大きいと思っている。

「先輩が会社立ち上げたら、営業かけて仕事引っ張ってくるっすよ」

俺では逆立ちしてもできないことを、竜也は自信満々に言う。

「俺が仕事を盗ろうとしてると知ったら、きっと前の会社が妨害してくるぞ」

「大丈夫っす。そこら辺は俺がうまくやるっすよ。根回しは得意っすから」

大船に乗ったつもりで任せるっす、と竜也が胸を叩く。

「大船ねぇ」

逆に大海をさまよう小舟のような気持ちになった俺は、大さんの背中を何度も撫でてなんとか気持ちを落ち着かせた。

翌日、竜也は、大さんのブラッシングを楽しげにした後で元気に帰っていった。

「じゃ、先輩。また来るんで、ハンコの準備しとくっすよ」

「……うぅ」

俺はといえば、二日酔いでダウンだ。会社立ち上げの前祝いに、とっておきのウイスキーを出せと迫られて、仕方なく秘蔵のコレクションの封を切ったのが悪かった。その後も延々飲み続け、自分がいつ寝たのかさえ覚えていない。なんとか起き出してきたが、朝食の支度もできず竜也に面倒を見てもらう始末。飲んだ量は俺のほうが少なかったのに……。うぅ。

昼すぎになってやっと酒が抜けてきたので、大さんと一緒にお風呂に入って酒臭さを完全に洗い流した。

さっぱりしたところで、急に昨夜の竜也の話が気になってくる。

あいつ、俺を社長にして会社立ち上げるって言ってたよな。社長さんって柄じゃないんだけどなぁ。できれば竜也を表に出して、俺は仕事だけしてたいんだけど……。なにか凄く大それたことをはじめようとしているような気がして、どんどん怖じ気づいてきた。そもそも、俺に社長業なんて無理だ。

俺はスマホを手に取り、竜也に電話をかけた。

「あのさぁ、竜也。昨夜の話だけど、もうちょっと考えてからにしないか？」

『なんすか？　聞こえないんすけど。あれ〜、なんか電波が悪いみたいっすね−』

わざとらしい小芝居の後、ブッと通話を切られた。かけ直したが、出てもらえない。どんどん不安になってきて、ジッとしていられない。誰かに愚痴りがてら相談したかった。大さんがしゃべれたら最高なのに。

「大さん、実は日本語がしゃべれたりしないか？」

「……うな−」

大さんの尻尾はだらんと垂れ下がったままだ。

これは、無茶言わないでよと困ってる感じだな。残念。

さて、では誰に愚痴りがてら相談するか。

真希だと愚痴った瞬間に馬鹿ねと返されてダメージを受けそうだし、源爺や美代さん達だと面白がられて、若いうちになんでもやってみろと、強引に背中を押し出されそうな気がして怖い。

となると選択肢はひとつ、堅司しかいない。

堅司は寡黙な慎重派だ。それにいずれは父親から石屋の身代を受け継いで社長になる身だから、社長業に怖じ気づく俺の気持ちをわかってくれるかもしれない。

今のこの不安を共感してもらえるだけでも、随分と気が楽になるに違いない。

俺はさっそく堅司に連絡を取った。

俺が作業場に顔を出すと、紫色の石を曲玉《まがたま》の形に研磨していた堅司は機械を止めた。

「よう。仕事中に悪いな」

「いや。仕事は休みだ。社員皆、祭り疲れで仕事にならないからな。これは趣味」

「それも『良い石』か？」

「ああ。美代祖母ちゃんに頼まれたやつだ。――珈琲でいいか？」

作業場の隅の応接セットのあるスペースに移動して、堅司がドリップ式で丁寧に淹れてくれた珈琲を飲みながら、昨夜の話を愚痴りつつ相談してみた。

堅司は短く相づちを打ちながら、いつものように俺の話を真剣に聞いてくれる。

「でさぁ、俺には社長なんて向いてないと思うんだよ。そうだろ？」

「向いてるかどうかなら、向いてないだろうな」

さっくり同意された。……なんだろう。これはこれで胸に刺さるな。

「だが、やってみたいんだろう？」

「は？　俺の話、聞いてた？」

「もちろん。やってみたいが、社長をやる自信はない、と言ってるように聞こえた」

違うのか？　と問われて、言葉に詰まる。確かに、その通りだったからだ。

「そもそもお前は、自分が嫌だと思うことには絶対に頷かない」

「そっかあ？　昔から真希にどつかれて、イヤイヤ頷かされてた気がするけど」

「真希のあれは、自信のなさから怖じ気づくお前の背中を押してただけだ。お前が本気で嫌がる時は、テコでも動かなかっただろう？　周りがどんなに怒っても、心配して説得しても動こうとしなかった。俺は、お前ほど頑固な奴を他に知らないぞ」

「……あー、いや、それは子供の頃の話で……」

「泣かなくなってからは、ふいっと逃げるようになったな。それがわかってるから、真希だって、お前が本気で嫌がっている時は深追いしないだろう？」

「そうだったっけ？」

　言われて思い返してみるが、なかなか思いつかない。いつもやいのやいの言われて、俺がやり込められて終わってるような気がするんだが……。

　そんな気持ちが顔に出ていたんだろう。堅司はしょうがない奴だと苦笑した。

「お前が会社を辞めざるを得なかった件や情報漏洩《ろうえい》の濡れ衣を着せられた件、俺達が怒ってないと思ってるのか？」

「へ？」

「訴えたほうがいいと本気で思うぐらいには怒ってるんだぞ。それをお前に言わずに我慢してるのは、今のお前がそれを望んでいないからだ」

「あー、そうだったんだ」

「そうだ。それと、夏美ちゃんの件もだ」

「ん？」

「本当は今すぐ追いかけろと言いたいんだ。話し合いも喧嘩もせずに別れただなんてあり得ない。俺は、なにか行き違いがあっただけだろうと思ってる。……だが、それを言って追い詰めると、お前がまたどこかに逃げていきそうだから我慢してるんだ」

「またって、いつ俺が逃げたよ」

「ここに逃げ帰ってきただろう。一からやり直すだなんて、後付けで考えついただけなんじゃないのか？」

普段あまり多くを語らない奴の言葉は重くて鋭い。さっくり胸に刺さる。

逃げ帰ったつもりはなかったが、思いがけない指摘に狼狽えてしまうのは、やっぱり図星だったからだろうか。

「自覚があってやってると思ってたが、その顔だと本当に気づいてなかったな」

「……だな」

「しょうがない奴だ。——そんなんでよく夏美ちゃんにプロポーズできたな。家庭を持って、自分が父親になる覚悟はちゃんとあったのか？」

現役二児の父親の指摘がさっくり刺さる。

「あー……具体的にはあんま考えてなかったかも。ずっと同棲してたし、年齢的にそろそろ結婚して、ちゃんと家族になりたいなって思っただけで……」

ぶっちゃけ、変わるのはナッチの名字ぐらいだと思ってた。家庭を持ち、自分が父親になる可能性なんてこれっぽっちも考えてなかった。ホント、しょうがない。

「おかわりいるか？」

「くれ」

俺は大人しく珈琲カップを差し出した。

「なあ、勝矢。ここからだけは逃げないでくれ」

おかわりの珈琲と一緒に、そんな言葉も渡された。

ここ。俺が育った場所。

両親と祖父母が眠る墓と、幼馴染みとその家族、そして大さんがいる場所。

ここから逃げたら、俺は本当にひとりになってしまう。

「あー、逃げない……ように頑張る」

「頑張れ。手伝えることがあるならなんでもする。——社長になる自信がないのなら、まずは自信がもてない原因を自覚するところからはじめるか」

「社長に向いてないいんだから、やらなきゃいいだけなんじゃないのか」

俺がそう言うと、堅司は呆れた顔になる。

「やりたい気持ちはあるんだろう？　だから即決で断らずに、ぐずぐず悩んでるんじゃないのか？　俺は、その悩みを解決しようと言ってるんだ」

「……はい」

「まずは、仕事にやり甲斐を感じられるかどうかだ。どうだ？」

「それは大丈夫。秋祭りで久しぶりに色々作れて凄く楽しかったんだ。あれで、初心も思い出せたしさ」

そう、あの秋祭りは、俺にとって本当に実りのある良い仕事になった。あの仕事をきっかけに絵を描く喜びを取り戻せたし、仕上がった作品を見た商店街の人達に誉められ、喜んでもらえたのも嬉しかった。久しぶりの達成感に、もっと仕事をしたいと思っていたぐらいだ。

「なら、そこは問題ないな。じゃあ、次は資金面だ。――事務所は借りるのか？」

「自宅で充分だろ」

「お前んところ、使ってない離れがあるだろう？」

「……離れはやめとく。いま使ってる祖母ちゃんの書斎と隣の空き部屋を繋げれば面積的には充分だろ。あ、でも、竜也が東京で仕事するんなら、向こうに事務所はいるか。あとはライトテーブルやそれなりのスペックの出力機に諸々の事務用品か……」

「一から仕事をはじめるとなると、かなりの資金がいるな」

「事務用品類は、レンタルって手もあるから資金的には大丈夫。俺、高給取りだったし、祖父ちゃんのおかげで貯金もけっこうあるからさ」

「そうか。……出力機ってのの重量はどれぐらいだ。木造建築で支えられるか？」

「あー、その問題もあるか。長い目で見ると、床を補強しなきゃ駄目かも」

「だったら、俺が腕のいい大工を紹介する。あの家には下手な大工は入れたくない」

じゃあ頼むよ、と言ったところで、はたと気づく。

悩みを解決するどころか、すでに俺が社長になるって前提で話が進んでないか？

俺が怪訝な顔をしたのに気づいた堅司が呆れた顔をした。

「本当に往生際が悪いな」

「まあな」

なんとなく威張ってしまった。

「お前は逃げる理由を探してるだけだ。悩むだけ無駄」

うわ、またさっくり来たよ。

「竜也くんが会社設立の段取りをつけてくれるって言うんなら、その流れに乗ればいい。彼なら、お前が作品作りに専念できるよう、きっとフォローしてくれる」

「随分と竜也のこと買ってるんだな。昨日が初対面じゃなかったっけ？」

「初対面だ。だが問題ない」

「あー、もしかして、昨日あいつなんか匂った？」

もしやと思って聞いたら、やはり堅司は頷いた。

「今までの経験則から推測すると、彼は信頼に値する人間だ」

「まじか」

「まじだ。ついでに言うと、夏美ちゃんもそうだ」

「……知ってる」

八年も一緒に暮らしていたんだ。ナッチが裏表のない正直な人間だってことは誰よりもよく知ってる。

「別れることになったのは、ナッチに選んでもらえる魅力が俺になかったせいだ」

自嘲気味に愚痴ると、そうじゃないと堅司に突っ込まれた。

「たいした理由もなく恋人と別れられるような人じゃないと言ってるんだ」

「だったら、なんで俺は置いていかれたんだ？」

「だから、なにか互いに行き違いがあったんだろう。……話がループしてるな。この件に関してはここまでだ。推測は意味がない。理由を知りたいなら自分で動け」

堅司がきっぱりと言う。

実に男らしい。未練があるのにぐずぐずしている俺とは大違いだ。

「とにかく、竜也くんを信じて頑張ってみろ」

「……わかったよ。でも、あいつの奥さん妊娠中なんだ。うまく行くかどうかもわからない会社をはじめて失敗でもしたら、さすがに悪いかなって」

「それも問題ない。竜也くんなら家族を背負う覚悟をしているだろう。お前はとにかく今自分にできることを黙ってやれ。それと、これからは、ひとりで逃げ出す前に、俺か真希か、とにかく信用できる誰かに相談しろ」

わかったか？　と、堅司がぶっとい腕を組んで、ちょっと高圧的な口調で言う。

「……善処します」

へたれな俺は、マッチョな親友の本気の威圧に屈したのだった。

祖父が建てた家を一部とはいえ改築するにあたって、どの部屋をどんな風に改築するつもりかを真っ先に大さんに説明した。

大さんは、俺がこの家で暮らした日々よりずっと長くここにいたわけだし、俺にとっての大さんはペットではなく家族だ。報告するのは当たり前だ。

「いい機会だし、家全体もチェックしてもらって、補修が必要なところには手を入れてもらうつもりなんだ。その間、大さん隠れていられるか？」

「なー」

大丈夫だよと、大さんがふっさふさのしましま尻尾をばっさばっさと振る。

許可が出たので、さっそく大工さんに見積もりに来てもらった。

「さすがに惚れ惚れする造りですな。この屋敷は、うちの先々代の仕事なんですよ。建材も時間も贅沢《ぜいたく》に使わせてもらって、いい仕事ができたとよく言っとりました」

堅司が紹介してくれたのは、県庁所在地で工務店を経営している人だった。

先祖代々大工の家系らしく、ハウスメーカー系の仕事ではなく、建築主の趣味満載の凝った屋敷や、古い建築物の移築や補修などを専門に行っていて、ちょうど次の仕事の予定まで手が空いていたとかで家の改築も喜んで引き受けてくれた。

「この家で暮らして、なにかおかしなことはなかったですかね？」

「おかげ様でなにも問題ありません。暮らしやすくていい家ですよ」

「そうですか。それなら先々代もあの世で安堵《あんど》していることでしょう」

改築内容の確認、使用する建材や工期など、諸々相談して契約を交わした。

あとは大工さん任せで俺のすることはないなと気を抜きかけたら、竜也から仕事をはじめる上で、最低限必要だと思われる機材に関する大量のカタログが送られてきた。どのメーカーのどの機種を選ぶか、そしてこれらの機材を購入するかそれともレンタルか。決定しなければならないことが山ほどある。うんざりしながらそれらの問題をひとつひとつ片づけた途端、竜也本人が襲撃してきた。

さあ会社を作るっすよと、書類関係にサインをさせられ、法務局などの役所関係に引っ張り回される。会社の立ち上げに関するあれこれで、俺はもうすっかりぐったりだ。ひとりだったら、絶対に途中で投げ出してただろう。

やっと一段落した後で、俺は竜也を伴って、東京にある自分が生まれ育ったマンションの部屋へと向かった。

「へえ、なかなか洒落《しゃれ》たマンションっすね」

「ここを東京の拠点にどうかと思ってさ」

両親の死後、ずっと不動産会社に任せて賃貸に出していたが、この夏から空き部屋になっていたのだ。壁紙も貼り替えてクリーニングもしてあるし、すぐにでも使える状態になっている。

田舎に引っ越してから、ここには一度も足を踏み入れていない。

昔を思い出して辛くなるかと思ったが、家具が一切ないガランとした部屋には両親と暮らした日々を思い出させる痕跡はなく、なにも感じなかった。窓から眺める街並みも、あの頃から随分と変わっていて懐かしいとは思えない。

想い出の場所を失ってしまったようで少し寂しかったが、新しい一歩を踏み出すことになるこの部屋に、なんの憂いも感じないことに正直ほっとした。

「こっちの事務所はお前がメインで使うんだし、使い勝手のいいようにリフォームしてもいいぞ」

「搬入する機材類のサイズを確認して考えてみるっす」

そんなこんなも一段落つき、東京から田舎に戻って、家の改築が終わるまではとりあえず暇になったかなと再び気を抜きかけたら、今度は真希が襲撃してきた。

「会社はじめるまでは暇なんでしょ？　ちょっと幼稚園に絵を描きに来てよ」

「……俺の絵は商品だ。有料だぞ」

「タッくんからは無料でどうぞって言われてるわよ」

「タッくんって、竜也か？」

「そうよ。あんたを暇にしておくとまたネガティブなことを考え出すから、なんでもいいから仕事させといてくださいって頼まれたの」

竜也め、後で覚えてろよ。

真希の話によると、新興住宅地に人が増えるにつれ、地元の幼稚園なども子供達の受け入れ数を増やす努力をしているんだそうだ。一石が通っている幼稚園も、増築して受け入れ人数を増やしたそうなのだが、幼稚園らしい飾りつけがまだらしい。

「業者に頼む金銭的な余裕がないんだって。そこであんたの出番よ。子供達が喜ぶような壁絵を幼稚園の外壁に描きなさい。二カ所ね」

「壁に絵なんて、描いたことないんだけど……」

「そこら辺のノウハウは知ってる人がいるから大丈夫。最悪、下絵さえ描いてもらえれば、塗るのは先生達でやるって言われてるし。動物とか花とか魚とか、子供達が好きそうなモチーフがいいんだって。あんた、そういうの好きでしょ？」

確かに、その手のイラスト描きは大好物だ。ひとりで全部やらされるのなら断るところだが、手伝ってくれる人達がいるのならなんとかなるだろう。

そんなこんなで引き受けた壁絵描きは、思いがけず楽しいものになった。

実際に幼稚園に行って、絵を描き込むことになる壁を見せてもらってサイズを計り、園長先生の希望を聞いた上で下絵を何枚か描いて選んでもらう。その結果、道路側の壁には動物達と花や木々をモチーフにしたもの、中庭には海の生き物と虹をモチーフにしたものを描くことが決まった。

子供達がいない時間帯に俺がひとりで壁に下絵と主線を描き、日曜日には有志の先生方や保護者達が手伝いに来てくれた。けっこうな人数が集まり、それぞれが持参した脚立や筆を使ってわいわいと賑やかに色を塗っていく。

俺は全体を眺めての監督役だ。

監督としてあれこれ口出しをしていると、久しぶり、元気だった？　と、子供をこの幼稚園に通わせている、地元に残った同級生達に笑顔で声をかけられた。

みんな結婚して子供を作り、地に足をつけて暮らしている。

まだふらふらしている自分との違いに、ちょっと落ち込んだ。

「やっぱ、地元民ばっかりだと、保護者会の集いも和気あいあいとしたもんだな。向こうの知り合いは、この手の作業なんて嫌がってたもんだけど」

「そうでもないわよ。今日は特にやる気のある人達が集まってるだけ」

休憩がてら近寄ってきた真希に話しかけると、真希は肩を竦めてみせた。

「新しい住人の中にはけっこう困った人もいるのよ」

「困ったって、どんな風に？」

「お迎えの時間になっても迎えに来ないとか、着替えを用意してくれないとか、まあ色々ね。幼稚園のほうで善意で対応してくれてるみたいだけど、中にはそれに甘えて余計に酷くなる人もいるんだって……。児相に連絡したほうがよさそうな案件もあるみたい」

噂で聞いたんだけどね、と珍しく真希が暗い声になる。

「身近な人だったら手を差し伸べることもできるけど、たまに見かける程度の人だと、さすがになにもできないし……。――だからね。せめて環境から明るくしていければいいなって思ったの」

「それで、これか？」

俺は壁絵を指差した。

「そうよ。朝一番に明るい壁絵を見たら、ちょっとは気分も上向きになるでしょ？」

「そうなればいいな」

「なるわよ。この絵、とっても可愛いもの」

ふふんと、真希は得意げに威張った。

昼休憩を挟んで作業は順調に進み、後片づけも含めて午後四時には終了した。

まあ、ちょこちょこはみ出したり滲《にじ》んだりしてる部分もあるが、保護者の手作り感が出ていて微笑ましい。監督の俺が作業終了を宣言すると、あちこちからお疲れ様でしたの声と拍手の音があがった。

作業に関わったみんなが満足げに出来上がった壁絵を見ている。

明日、子供達がこの絵を見てどんな顔をするか、想像しただけでなんだか楽しい気分になる。引き受けてよかったと素直に思えた。

「慰労会を兼ねて簡単な軽食を用意したので、よければ少し休んでいってください」

幼稚園の園長先生に誘われるまま集会室に行くと、テーブルの上には寿司やオードブル、お菓子やビールなどのドリンク類が並べられていた。基本立食で、座りたい人は自分でパイプ椅子を持ってくるという方式だ。みんな慣れているようで、保護者達はそれぞれ親しい者同士が集まって、さっそく賑やかに飲食しはじめる。

「やった！　ビールもある。堅司はお茶でいいわよね？」

「ああ」

さすが真希。有無を言わさず運転手を旦那である堅司に押しつけた。

「勝矢はどうする？」

「俺も車だし」

「じゃ、お茶ね」

はい、と手渡されたペットボトルには、小さなビニール袋がキャップに引っかけられていた。たぶん、なにかのキャンペーングッズなんだろう。キャップを開ける前に邪魔なそれを取って、とりあえず袋を開けて中身を見てみる。

中からは猫のフィギュアが出てきた。サバトラ柄の猫で釘バットを持っている。物騒だし目つきも悪いが、愛嬌《あいきょう》があってなかなか可愛い猫だ。だけど……。

「……なんでこれが、ここにあるんだ？」

この猫には、物凄く見覚えがある。

たらりと、冷や汗が背中を伝い落ちた。

慰労会の終了と同時に急いで家に帰った俺は、真っ先に納戸に向かった。

「確か、ここら辺だったはず……」

祖母が綺麗にファイリングしてくれている俺の作品達。その中の中学時代のものを何冊か引っ張り出して、中を確かめる。

挨拶もそこそこに納戸に籠もった俺を不審に思ったのか、大さんが、どうしたの？と大きな頭を俺の足にこすりつけてきた。

「俺が昔描いた絵を探してるんだ。確か、中学三年だったと思うんだけど……」

大さんの頭突きで軽く膝カックンになりながらも、ファイルを持っていないほうの手で大さんの頭を撫でる。

「ああ、あった。これこれ。中学三年の修学旅行のしおり」

Ｂ６サイズの薄い小冊子。これを制作したのは中学の恩師で、その先生から空きスペースに可愛いイラストを描いてくれと頼まれたのだ。

俺は、そこに猫を描いた。

旅行のタイムテーブルのページには様々なポーズで観光している猫を、持ち物一覧のページには荷造りする猫をと、いろんな猫をあちこちに描き入れた。

表紙には猫バスならぬ猫新幹線の窓から猫達が手を振っている絵を、裏表紙には当時の校長先生のスタイルを真似て、丸めがねに蝶ネクタイ、そしてステッキ（校長は杖だったが）を持った茶トラ猫（モデルは大さんだ）を描いた。

中学時代の絵だから、荒削りで拙いものだが、評判はよかったと思う。

「あー、やっぱりこれだ」

しおりをぺらぺらめくって最後に開いたのは、禁止事項のページだ。

そこには、危険物、いわゆるナイフなどの刃物、竹刀、警棒等の持ち込みを禁止する旨をわざわざ箇条書きにしてあった。そこまでしなきゃ、中学生男子の馬鹿さと愚かさは抑えきれないのだ。

その空きスペースに、危険物である釘バットを持っている猫のイラストがある。

さっき手に入れたばかりの猫フィギュアを出して見比べてみたが、身体のバランスや目の形、バットの釘の本数まで、イラストの猫そのままだ。

「……ってことは、やっぱこれ、パクリだよなぁ」

中学時代の旅行のしおりを大事に取っていた誰かが、俺のイラストをそのままパクって商業化したってことか。面倒なことしてくれやがって……。

大学時代にも似たようなことがあった。その時は、どうしようかなぁと俺がぐずっている間に、ナッチと竜也が動いて事態を収めてくれた。

今回の件は、すでに物が流通に乗ってしまっている。学生時代とは違い、ちょっと規模が大きすぎて途方に暮れてしまう。

「どうしたらいいんだか……」

「なー」

「ん？　ああ、大さん。ほら、このイラスト、モデルは大さんだぞ」

パクっただのパクられただの、こすっからい話は大さんには聞かせたくない。

俺はしおりの裏表紙を大さんに見せてやってから、しおりを手に納戸を出て、パソコンを立ち上げた。

「あー、これか……なるほど。けっこう長期間のキャンペーンなんだ」

お茶のメーカーのサイトを見てキャンペーン内容を確認すると、この猫フィギュアのキャンペーンは前後半に分かれていた。前半のキャンペーンでは、俺がゲットした釘バット猫や煙草を吸っている猫など、ちょっと悪い感じの五種類の猫フィギュアが配布され、後半は眼鏡をかけて本を手にした猫や双眼鏡を持った冒険家のような猫など、普通に可愛い猫フィギュアがやっぱり五種類配布されることになっている。

どれもこれも、しおりに描かれた猫達にそっくりだ。

そして最後に、フィギュアが入っている袋に付いているマークを十枚集めて専用葉書で応募すると、丸めがねに蝶ネクタイ、そしてステッキを持った茶トラ猫のぬいぐるみが抽選で当たるようだ。

これは写真を見る限りではかなり良い出来で、丸顔でくりっとした丸い目は、大さんそのものだ。俺も欲しい。……応募しようかな。

「しっかし、見事に全部パクリか……」

中学時代の同級生が犯人なのだとしたら、あまり騒ぎにならないように事態を収めたい。なんて、甘いことを考えながら、パソコンの画面をスクロールしていた俺は、最後の最後に嫌なものを見つけた。

——佐倉道重。

俺が会社を辞める原因となった男の名前が、キャラクターデザイナーとして堂々と書かれてあった。

「パクったの佐倉かよ。なんであいつ、俺の中学時代のイラストを知ってたんだ？」

竜也じゃあるまいし、佐倉が俺の昔の作品を収集したがるとも思えない。

どういうことだ？　としばし悩んで、すぐに答えに思い至った。

「そっか。パソコンだ」

在職中に会社で使っていたパソコンの中に、なにかのアイデアの足しになればと、社会人になる前の俺の作品をまとめたデータフォルダをインストールしてあったのだ。中学の時に描いた猫のイラストは先生に頼まれてデータ化してあったから、それもそのフォルダの中に入っていたんだろう。

退職した際に消去してきたから、きっと在職中に盗まれたのだ。

「あーもう、なんでこんな厄介な真似するかな」

俺はもうあの会社の社員じゃない。デザインを盗まれたと気づいた俺が、反撃するとは思わなかったんだろうか？

それに、あれがただのアイデアフォルダじゃなく、使用済みのデータである危険性を予測できなかったのか?

「……データの更新日時で判断したか」

あのデータを保存したのは十年以上前だ。当時は俺もまだ中学生。たいしたものには使われていないと判断されたのかもしれない。

「ってか、商品化されるの早すぎだよなぁ」

デザインから商品化まで、それなりに時間がかかるものだ。どう逆算しても、企画が進行したのは、俺の在職中だ。どうりで誓約書にサインさせたがったわけだ。

「なー?」

ぶつぶつ独り言を言っている俺を心配したのか、俺の足元に座った大さんが、まん丸の目で見上げてくる。

俺は大さんの大きな頭をわしわし撫でた。

「大丈夫。やられっぱなしで終わらせないから」

たぶん佐倉は、在職中にデザインを奪われた時と同じように、俺が泣き寝入りするとでも思っているんだろう。

確かに、在職中に奪われたデザインに関しては、周囲の環境に逆らえなかった自分の弱さにも問題があると思っているから、痛い教訓として泣き寝入りした。

だが、この猫のイラストに関しては駄目だ。

中学時代の大切な想い出でもあるイラストを盗まれたままではいられない。

「……あー、でも、どうすっかなあ」

この旅行のしおりを持って会社に乗り込めば、猫のデザインが俺のものだと証明することはできるだろう。

だが、いつそれをするかが問題だ。

ざっと調べてみたが、猫フィギュアはかなり人気があるようだ。全種類揃えて、ぬいぐるみを手に入れたいとか、欲しいのが当たらないとか、ネット上でも派手な話題になっていた。

まだキャンペーン中の今、実はその猫のデザインはパクリだったと明かせば、きっと大騒ぎになるだろう。キャンペーンが途中で中止になって回収になれば、多額の損害賠償だって確実に発生する。佐倉に騙されたとはいえ、このキャンペーンに関わった人々だってただでは済まない。

それに、騒動が大きくなったら、確実に佐倉の妻子も巻き込まれてしまう。

俺自身、この騒動が表沙汰になることは避けたい。

パクられたデザイナーとして悪目立ちしたくないし、俺が会社を追われた情けない経緯を世間に知られたくないからだ。

「今すぐはまずいか……」

中学時代の旅行のしおりのイラストなんて、きっと誰も覚えていないだろう。俺が自分から告発しない限り、この問題が表沙汰になることはないはずだ。キャンペーンが終了して、猫のフィギュアがみんなに忘れられた頃にこっそり事実を明かして、あまり騒ぎにならないよう、密かに佐倉を処分してもらうのが一番いい。

その頃には、きっと佐倉の奥さんだって出産を終えて落ち着いているだろうし……。佐倉の妻子の安否に、俺が過剰なほど神経質になってしまうのは怖いからだ。

俺は、自分の言動で誰かの人生を大きく狂わせてしまうことがなによりも恐ろしい。人生には取り返しのつかないこともあるって、誰よりもよく知ってるから。


俺の両親は、親にさえ我儘《わまま》を言えない弱虫なひとり息子を溺愛していた。

『あの腕輪、かっこいいなぁ』

当時人気だったアニメの玩具ＣＭを見て、思わず呟いてしまった俺の望みを、聞き逃してはくれないほどに……。

そのアニメの人気はすさまじく、社会現象になっていた。グッズは売り切れ必至だったが、それでも両親は俺のためにグッズを探し求め、たまたま隣の県で在庫を見つけてしまった。ちょうど代休で休みを取っていた父親は、愛するひとり息子を一刻も早く喜ばせようと、すぐさまその在庫を確保、専業主婦だった母親を助手席に乗せて車で取りに行った。

その日は酷い大雨だった。

たぶん両親は、俺が学校から帰る前に戻ろうと急いでいたのだろう。そして雨にタイヤを取られて事故を起こし、命を落とした。

車の残骸の中からすっかり壊れてしまった玩具の包みを見つけてくれた警察の人達が、事故の原因をそんな風に推測するのを当時の俺は呆然としたまま聞いていた。

両親を失った直後の俺は、ただ『死』に怯えていて、両親がなぜ死んだのかに思いを巡らすことができずにいた。

だから警察の人達の話を思い出したのは、大さんとふたりの幼馴染みを得て、祖父母の愛情に触れて、なんとか普通に日常を過ごせるようになった頃だ。

『僕が腕輪を欲しいなんて言わなければよかったんだ。そうしたら、パパとママは死ななかった』

両親を殺したのは自分だ。

そう思い込んだ俺は、布団に潜り込んだまま泣きじゃくった。

祖父は、泣きじゃくる俺を根気よく宥めてくれた。

『パパとママは、お前さんを喜ばせたくて雨の中を出掛けたんだ。悲しませたかったわけじゃないんだよ』

誰のせいでもない。ただ、ほんのちょっと運の巡りが悪かっただけ。よかれと思ってやったことで息子が苦しんでいると知ったら、両親はきっと嘆くだろう。泣くなとは言わない。ただ、自分を責めて傷つけるような真似だけはしちゃいけない。

祖父は泣きじゃくる俺の背中を撫でながら、穏やかに語りかけてくれた。

『めそめそ泣きたいんなら、まず水分取りな。そのままじゃ干からびちまうよ』

祖母は強引に布団を引っぺがして俺に無理矢理食事をとらせ、歯を磨かせ顔を洗わせて、なんとか日常生活を送らせようと努力してくれた。

そしてその間、大さんはずっと俺の側に寄り添って温めてくれていた。

祖父母ふたりともが教育に関わってきた人間だったことが、俺にとっては幸運だったのだと思う。根気強く支えてくれたふたりのおかげで、俺は両親を殺したのは自分だという強迫観念から逃れることができた。

それでも俺は、自分の言動が誰かの命の天秤《てんびん》を動かすこともあると知ってしまった。

今回の件で真実を明かすことを躊躇うのもそのせいだ。

真実を明かせば、その影響は波紋のように周囲に広がっていくだろう。佐倉の奥さんだって、きっと夫の不祥事にショックを受けるに違いない。そのせいで、お腹の赤ちゃんに万が一のことがあったらと思うとどうしようもなく恐ろしくなる。

そして、どうにも身動きが取れなくなってしまうのだ。

「……ホント、俺ってしょうがないよなぁ」

「なー」

うなだれて深く溜め息をついたら、元気だしなよと、大さんがすり寄ってきた。

「そうだな、大さん。落ち込んでる場合じゃないか」

とりあえず今は、佐倉の妻子のためにも猫のフィギュアの件は忘れることにする。

でもそれは、一時的な撤退だ。いずれきちんとこの落とし前はつけてもらう。

大さんの頭をわしわし撫でながら、俺はそう決意した。


家の改築は順調に進み、予定よりも早く終了した。

大工さん達を見送った後は、仕事をはじめるための機材の受け入れに取りかかる。

カラープリントにコピー、そしてスキャン機能も付いた大判複合機や、ライトテーブルとスチール棚等々。大量のファイル類の分類分けや手書き作業用の道具など、細かなものも使いやすいようにきちんと整理して片づけた。

その作業が終わるのを待っていたかのように、竜也が仕事を取ってくるようになり、日々は慌ただしく過ぎていく。

ひとりせっせと仕事をしていると、丘を登ってくる車の音が聞こえた。

どうせいつものように縁側から勝手に入ってくるだろうと放っていると、珍しく呼び鈴の音が鳴る。

玄関を開けると、そこには一石と、一石の頭を撫でている源爺がいた。

「なんでわざわざ玄関から？」

「今日の俺は、一石の付き添いだ」

不思議に思って聞くと、源爺がにやりと笑って答えた。

「ほれ一石、幼稚園のみんなを代表して来たんだろ？　しゃきっとしな」

源爺に背中を押されて前に出た一石は、珍しく緊張した顔をしていた。

「カッチ！　幼稚園にかわいい絵を描いてくれて、どうもありがとう！」

一石は両手に持っていた重そうなビニール袋をずいっと俺に差し出す。

「みんなすごくよろこんでる。これはみんなからのお礼だ」

「……え？　あ、ども」

受け取ったビニール袋の中には、新聞紙の包みがいくつか入っていた。

「少し前に幼稚園の行事で収穫したさつまいもだ。子供達が、絵を描いてくれたおじちゃんに礼をしたいって、自分達から言い出したんだとよ」

壁絵描きはボランティアだった。とはいえ幼稚園からは菓子折を貰ったし、孫が幼稚園に世話になっているという商店主達からは手書きの商品券も貰っている。

充分に報われたと思っていたが、この追加の報酬は格別に嬉しかった。

俺の絵で子供達が喜んでくれていることが実感できて本当に嬉しい。

嬉しいが……、おじちゃんか……。

子供達からすれば、俺は親と同年代だ。両親の兄弟は、おじさんとおばさんなんだから、俺がおじちゃんなのも仕方ないのか……。

「さつまいもは、てんぷらにすると甘くておいしいぞ」

「わかった。そうするよ」

俺は幼稚園からの使者であるふたりをお茶に誘おうとしたが、あっさり断られた。

「大さんとあそぶ！」

ポイッとスニーカーを脱ぎ捨てた一石が、ひょこっと顔を出した大さんを追いかけて縁側に駆け出していく。

「俺の仕事部屋には入るなよ」

「わかったー！」

たたたっと縁側を走る二種類の足音が客間辺りで止まるのを確認してから振り返ると、源爺はもうそこにいなかった。慌てて外に出ると、車から庭木の剪定《せんてい》用の道具を取り出している。

「ちょこっと手入れしてやるよ。おめえもたまには花壇の手入れでもしたらどうだ」

「あー、花壇はちょっと……。イングリッシュガーデンみたいだし、あのままでよくない？」

庭木のほうは源爺がちょくちょく手入れしてくれているが、祖母が亡くなって以来放置したままの花壇は、残った根や零れた種から伸びた花々がわさっと伸び放題になっている。たまに美代さんと克江さんが雑草をむしったりして手入れしてくれているようだが、俺は基本的に放置していた。

……決して、虫やミミズが苦手だから近寄りたくないと思っているわけではない。

「ばっかやろう。イングリッシュガーデンってのはなぁ。しっかり計算されて作られてんだ。ここのとはちげぇよ」

「そう？　まあ、今年はこのまま放置しとくよ。来年の春にまた考えるからさ。——それより、真希と鈴ちゃんは？」

話題を変えるために聞くと、「病院だ」と源爺が仏頂面になった。

「鈴がなにかにかぶれたみてぇで、ぶつぶつが出て、えらい痒《かゆ》がってなぁ」

「そっか。……可哀想に」

「子供は目を離すとすぐに変なものに触っちまう。……まあ、しょうがねえ。医者の薬を塗ればすぐに治るだろ」

「そうだな」

「よし。花壇に手を出す気がねぇんなら、こっちを手伝え」

車から脚立と軍手を持ってこいと言われて、強制的に労働させられた。

仕事があるんだけどと逃げようとしたが、たまに動かねぇと身体がさびつくぞと言われて、源爺にこき使われた。

ちなみに、翌日には筋肉痛になった。

すでに俺の身体はさびついていたらしい。

さつまいもは、一石が言ったように天ぷらにして食べてみた。

俺はこってりとソースで食べたが、大さんはさっぱり紅葉おろしだ。

「甘いし、ほくほくして美味いな」

「なー」

子供達からの美味しい報酬に、自然と口元がほころぶ。

見返りを求めずに描いた絵だっただけに、無邪気なありがとうの言葉がなおさら嬉しく感じる。

「あの猫達の時も、そうだったっけ……」

中学の修学旅行のしおりに描いた猫達の絵。可愛いねとみんなに誉められたし、旅行の最中、みんながしおりをめくるたびに自分の描いた絵がちらちら見えるのがとても誇らしかった。

今こうしている間も、あの猫達を元に作られたフィギュアは消費者の手に渡っているんだろう。だが、可愛いねと誉められても、その言葉は俺には決して届かない。

「……やっぱり、駄目だ」

あの猫達を、佐倉に勝手に利用されたことがたまらなく嫌だ。

ただみんなに喜んでもらいたくて、俺はあの絵を描いた。

佐倉の名声の糧にするために描いたわけじゃない。

俺は衝動的にスマホを取り出し、竜也に電話をかけた。

「今ちょっといいか？」

『駄目っす。後で、こっちから連絡するんで』

あっさり断られて、ガクッと出鼻をくじかれる。

それでも、もうキャンペーンが終了するまで大人しく待ってはいられなかった。

真実を明かした時、大騒動にならないようにする方法だってきっとあるだろう。俺には思い浮かばないが、何事にも達者な竜也ならなにか思いつくかもしれない。

夕食の後片づけを終えた後、竜也からの折り返しの電話を待ちつつ、まったり大さんのブラッシングにいそしんでいると、表から車の音が聞こえてきた。

さすがに夜になればみんな普通に玄関を利用する。立ち上がって玄関に向かうと、

「こんばんはー」と真希と堅司がやってきた。

その後ろから、なぜか竜也までひょこっと顔を出す。

「なんだ。竜也も一緒か。こっちに向かってたんなら、さっきの電話で教えとけよ」

いつものように、先輩、俺、来ちゃった♪　とやるつもりだったのか。毎回邪険にしているのに懲りない奴だ。

「ども。先輩を驚かせたかったんすよ。——これお土産っす」

ずいっと竜也が差し出してきたのは、透明なアクリルケースだ。

その中には、十種類の猫フィギュアがきちんと並べられていた。

「お、そっか。もうキャンペーンも後半か」

自分の絵が元になったフィギュアを見るのは嬉しいものだ。その出来がよければ、なおさら。

俺はすんなりアクリルケースを受け取ってから、はたと気づいた。

これは罠《わな》だ。やばい。

「先輩、間抜けっすね」

「あんた、気づいてたのね？」

「……相談しろって言ったよな」

恐る恐るケースから顔を上げると、不機嫌そうな顔をしている三人に睨まれた。

これは勝ち目がない。即座に全面降伏した俺は、三人を茶の間に招き入れた。

「あー、そう怒るなって……。ちょうど俺も、そのことを相談しようと思ってたところなんだ」

だからさっきも竜也に連絡を入れたんだと告げると、三人はホントかよと言わんばかりの疑い深そうな顔で俺を見る。

なぜ信じてくれないんだ？　俺の日頃の行いが悪いのか。

「適当に誤魔化そうとしてない？」

「してない……。大さんも知ってるよな？」

「なー」

そうだね、と大さんがゆったりとしましま尻尾を振る。

「……本当みたいね」

大さんなら一発で信じるのか。俺とのこの差はなんなんだ。

「先輩は、いつパクられたって気づいたんすか？」

「あー、幼稚園の壁絵描きに行った日に、たまたま貰ったお茶のペットボトルに付いてたのがそれだったんだ」

「あの時には気づいてたの？　もう！　なんで言わないのよ！」

「いや、その……時期を見はからってたっていうか、あの時は、あんま大騒ぎにしたくなかったからさ」

「手遅れっす。もうネットでは大炎上してるっすよ」

「まじで？」

「まじっす。俺もそれで気づいたんすから……。迂闊《うかつ》っした。この猫フィギュア、惹かれるものはあったんすけど、まさか、先輩の中学時代の作品だったとは……」

「ネットでは、そこまでばれてないよな？　真希達に聞いたんだろ？」

「残念ながら、先輩の名前以外は全部ばれてるっすよ」

「なんでばれたんだ？　たかが田舎の中学の修学旅行のしおりだぞ」

「違うっすよ。それだけじゃないっす。……先輩、本当に知らなかったんすね」

あのしおりにしか使われていないと思っていた猫達は、実はその後、何年かにわたって、他の学校でもちょこちょこ顔を出していたらしい。

俺にしおりの絵を描いてくれと頼んだ先生が、データ化して渡した猫達の絵を、他の学校に転勤してからも使ってくれていたのだ。

「あー、そういや、これからもなにかに使いたいからデータ化してくれって頼まれたんだっけ」

そんなわけで、あの猫達は複数の学校で沢山の生徒達の目に触れていた。

今回のキャンペーンがはじまってしばらくして、かつて猫達を見た記憶のある人達がぽつぽつとネットにその情報を書き込み、物持ちのいい人が中学時代の冊子などに使われた猫達の写メをネットに上げたことで一気に情報が拡散されてしまったようだ。

この猫の絵を描いた人がデザイナーになったのかと注目されたが、佐倉の出身地が東京だったことで、これはおかしいぞと悪い意味で注目されるようになってしまったらしい。

ちなみに、猫のイラストを使っていた先生は、ネット上に個人名をあげる危険性をちゃんと把握してくれているのか、俺の名前をまだ黙秘してくれている。ありがとう先生。騒ぎを知らない可能性もあるけど。

ネットで炎上しているのを知った竜也が、もしかしたらこれは俺の作品なのではと真希達に連絡を取り、堅司が猫達の絵を記憶していたことで確信に至ったようだ。

ちなみに、この三人、出会った日からトークアプリで連絡を取り合っていたらしいよ。なんで俺だけ、はぶられてるんだ？　泣くぞ。

「で、どうして佐倉は、先輩の猫のデザインを持ってたんすか？」

「在職中に会社で使ってたパソコンに、昔のデータを入れたフォルダを入れてたんだ。

それを盗まれたみたいだな」

「そこまでわかってて、なんで今まで放置してたのよ」

「いや、だってさぁ。佐倉の奥さん、そろそろ臨月なんだよ。赤ちゃんになにかあったら嫌だったし……。でも、まあ、やっぱり我慢できなくなって、竜也に連絡取ろうと思ったところだったんだけど」

「その気遣い無駄だったたっすね。この炎上に佐倉の奥さんも巻き込まれてるっす」

「……だよなぁ」

俺は頭を抱えた。

騒動にならないように黙っていたつもりだったのに、まさか知らないうちにネットで炎上していたとは……。

「なー」

頭を抱えたままうなだれる俺を心配して、大さんがぴたっと寄り添ってくる。

「大さん、ありがとな」

俺は、大さんのふかふかの毛皮を撫でてなんとか気持ちを落ち着かせた。

「それで、今後どうするつもりなんだ？」

堅司がズバッと核心を突いてくる。

ネット上では、きっと今も俺が描いた猫達があちこち駆け回って、情報を拡散し続けている。

この猫達を描いたデザイナーは誰なのか？

その謎がみんなの興味を惹いているうちは、この騒動はもう収まらない。

「腹をくくって、こっちから打って出る」

だが反撃するなら、カードは可能な限り揃えておきたい。

きっと一気に片をつけて短期決戦に出たほうが、周囲への影響も少なくて済むはずだから。

「竜也、ちょっと調べてほしいことがあるんだけど」

俺と違って、竜也は人当たりがよく要領もいい。退職したとはいえ、社内に調査を手伝ってくれる人間のひとりやふたりや三人ぐらいはいるだろう。

「なんすか？　俺、先輩のためならなんでもするっすよ」

俺は、大袈裟《おおげさ》に身を乗り出す竜也にドン引きしながら、指示を与えた。

大さんはお客さんを慰める

『先輩の読み、当たったっすよ』

一週間後、竜也からやたらと浮き浮きした調子で電話が入った。

「やっぱり他にもパクってたか」

あの日、竜也に調査を頼んだのは、佐倉が現在手がけている仕事の内容だった。

俺がパソコンに入れていたフォルダの中に、他にもパクられているデザインがあるかもしれないと考えたのだ。

あまりにも予想通りすぎる展開に溜め息が零れる。

アイデアの枯渇か、それともスランプか。どんな事情があれ、他人のデザインを堂々とパクるだなんて、佐倉にはデザイナーとしてのプライドがないんだろうか。

『佐倉がいま進行中の企画ふたつにパクリが見つかったっす』

「……プライドはどこにやったんだろうなぁ」

『罪悪感なさすぎっすよね。――どっちもまだ企画段階なんで、協力してくれてる奴になんとか足引っ張って引き延ばすように頼んどいたっす』

「そっか」

パクった作品がこれ以上世間に出たら、さすがに企業としてまずいことになる。

現社員達にとっては死活問題だろうから、そりゃ協力もするか。

『で、いつ東京に来るっすか？』

「……あー、来週とか？」

『はあっ⁉ ちょっと音が遠いみたいで聞こえないっす』

電話の向こうの気配が怖い。

「じゃあ、明後日の金曜でどうだ？ そっちに昼過ぎに着くぐらいで」

『それならいいっす。先方にアポ取っとくんで、逃げちゃ駄目っすよ』

「はいはい。わかったよ。さすがに泊まりだよなぁ」

『うちに泊まるっすか？』

「やめとく。香耶ちゃん、いま妊婦さんだろ？ 疲れさせたくない」

細かなことを打ち合わせてから電話を切った。

「……俺に逆襲されるかもって全然考えてないよなぁ」

なにをされても反撃できない奴だと思われてるんだろうか。それはそれで情けない。

とりあえず東京に出掛ける準備をしようかと動きはじめた時、表で車の音がした。

いつものように放置していたら、呼び鈴の音がする。玄関の引き戸を開けると、タクシーの運転手らしき中年の男が立っていた。

「こちら、相馬《そうま》勝矢さんのお宅ですよね？」

「はい、そうですよ」

「ああ、よかった。お宅のお客さんが車に乗ってるんですけどね。具合が悪いみたいで、どうしたらいいもんか……」

運転手に促されてタクシーまで行くと、後部座席に女性が横たわっていた。

顔が白い。脂汗もかいていて、酷く具合が悪そうだ。驚くほどやせ細っているのに、お腹だけがぽっこりと大きかった。

「妊婦さんですか」

「そうなんですよ。病院にお連れするって何度も言ったんですが、相馬さんのお宅に行くの一点張りで困ってしまって」

困ってると言われても、俺だって困る。具合の悪い妊婦さんなんて、どう扱っていいかわからない。

「お知り合いじゃないんですか？」

「いえ、会ったことのない人だと思います」

具合が悪そうだから老けて見えている可能性もあるが、見えている横顔からして三十代後半ぐらいだろうか？　セミロングのゆるふわ髪を可愛いシュシュで片側に結び、ゆったりとした品の良いマタニティ用のワンピースを着ている。

ここそこ運転手と話している声が耳に届いたのか、女性は目を開けてのろのろと身体を起こした。

「ちょっと奥さん、大丈夫なんですか？」

「ええ。ご迷惑をおかけしてすみません。――あの……相馬勝矢さんでしょうか？」

「はあ、そうですが」

女性は、心配して声をかけた運転手ではなく、その後ろにいる俺に目を向けた。やつれたせいでよけいに大きく見える綺麗な二重の目が開いた顔を見て、やっと俺は彼女が誰なのかに気づいた。

佐倉の妊娠中の妻だ。

「私、佐倉道重の家内で、さとみと申します。あの……今日はどうしてもお願いしたいことがあって参りました」

以前、佐倉の周辺を調査した時に見かけた彼女は、もっとふっくらした頬をして幸せそうに微笑んでいたのに、いったいこの変わりようはどうしたことか。

あの頃の彼女と、今のやつれた姿ではまるで別人だ。

「わかりました。お話を伺います。ですが、その前に一度医者に診てもらいましょう。東京からいらっしゃったんでしょう？　長距離移動の赤ちゃんへの影響が心配です。顔色も悪いですし……」

「そうですよ、奥さん。無理しちゃいけません」

「いえ、大丈夫です。……ちょっとお腹が張っているだけなんです。それも……なんだか、急に楽になってきましたし……」

運転手とふたりで説得したが、彼女は聞いちゃくれない。

妊婦さんを気遣って強引に押しとどめることができずにいるうちに、自力でタクシーから降りてしまう。ここで無理矢理タクシーに戻そうとして、彼女の身体におかしな力を加えるのも怖かった。こうなると妊婦さんは無敵だ。

「あー、もう、しょうがない。――運転手さん、手伝ってください。お願いします」

俺はタクシーの運転手とふたり、両側から彼女を支えて家の中に引き入れた。

座布団を持ってきて玄関先に座らせ、運転手に見てもらっている間に、急いで茶の間に布団を敷く。茶の間にしたのは、万が一のことがあった時、少しでも玄関に近いほうがいいだろうと思ったからだ。

「お話をする前に少し横になって休んでください。でないと、話を聞きませんよ」

軽く脅かして、タクシーの運転手とふたりで彼女を布団に横にならせた。

お腹が張るって状態がどういうものかわからない。そもそも妊婦さんをどう扱っていいのかもさっぱりわからない。困り果てた俺は、とりあえず助太刀を求めることにした。まずは、妊婦体験の記憶が新しいだろう真希に電話を入れたが、出てくれない。

次に美代さんにかけたら、今度はすぐに出た。

『勝矢くん？　あなたから電話なんて珍しいわね。どうかした？』

「美代さん、助けて！」

電話で妊婦さんが押しかけてきたことを軽く説明したら、すぐに来てくれるとのこと。さすが頼りになる。タクシーの運転手さんに神社まで迎えに行ってくれるように頼むと、任せろと引き受けてくれた。

その後、茶の間に戻って様子を見てみたが、彼女は横になったまま規則正しい寝息をたてていて、少しほっとした。

大さんの姿は見えない。きっと部外者が来たことで、不思議猫の本領を発揮して、透明猫になっているんだろう。

眠っている女性の顔を眺めるのは失礼にあたる。俺は、そっと茶の間を出ると、玄関の上がり框《かまち》に腰を降ろして、美代さんの到着を待った。

開け放ったままの玄関から、切り取ったように明るい外の景色が見える。家の前に広がる庭を、ムラサキシジミがひらひらと横切っていった。

「そろそろ秋も終わりだなぁ」

と言うか、もうじき冬かと言ったほうが正しい季節だ。稲刈りはとっくに終わり、家のある丘の周囲の田んぼはもうすっかり丸裸。冬に使う縁側の板戸も大工さん達が手入れしてくれたので、今年は開け閉めに苦労することもないだろう。

ここら辺はほとんど雪が降らないが風は強い。子供の頃は、びょうびょうと吹き続ける冬の風が防風林を揺らす音に怯えていたものだ。……今でもちょっと怖いけどな。

三十分ほどして、タクシーが戻ってきた。

「美代さん、来てくれてありがとう」

「どういたしまして」

タクシーから降りた美代さんを促して、さっそく家に戻ろうとしたら、「ちょっとだけ待って」と引き止められた。

「勝矢くん、あのタクシーを見ててちょうだい」

「タクシーがどうかした？」

「いいから。とにかく目を離さないで」

「はいはい」

言われるがまま、走り去っていくタクシーをじっと眺める。

タクシーは丘の上の家に繋がる私道を降りていき、いったん停止してから公道へと走り出していく。その刹那、タクシーの形が不意に揺らいで見えた。

「ん？」

「なにか見えた？」

「公道に出たところで、かげろうみたく、タクシーが揺らいで見えた」

だが、今日はかげろうが見えるほどには暑くない。

「勝矢くんにはそんな風に見えるのね」

「……美代さんにはどう見えてるんだ？」

「私道と公道の境目に、黒いもやみたいなものが凝っているように見えるわ。もやの中に、うっすら人の顔のようなものも見えるわね」

「え、なにそれ？」

ざわっと全身に鳥肌が立った。

「美代さん、ちょっとあそこに行ってお祓《はら》いしてきてよ」

鳥肌が立った腕をさすりつつ頼むと、美代さんは呆れた顔をした。

「もう、相変わらずね。お祓いなんてしなくて大丈夫よ。あの黒いもやは大さんの結界に邪魔されて、あれ以上この家には近づけないから」

「ああ、そういや真希もこの家には悪いものは入ってこないって言ってたっけか。でも、なんでそんな怖いものがあそこにいるんだよ。俺が気づかなかっただけで、ずっとあそこにいたのか？」

「たぶん妊婦さんが連れてきたのね。タクシーにも残り香のようなものがあったし」

お客さんのお連れさんか……。迷惑な話だ。

「とりあえず、妊婦さんの様子を見ましょうか」

「頼むよ。以前の上司の奥さんで、佐倉さとみさんっていうんだけど」

家の中に美代さんを招き入れ、障子を少し開けて茶の間の中を見せた。

さとみさんはぐっすり眠っているようだった。そんな彼女をしばらく眺めた後で、美代さんはそっと障子を閉める。

「病院に連れてったほうがいいかな？」

「いいえ、むしろ今はここにいたほうがいいわ。ここなら大さんが守ってくれているから、急に具合が悪くなることもないでしょう」

「美代さんには、大さんが見えてる？　俺には見えないんだけど」

「姿を消されると私にも見えないわよ。でもなんとなく感じるの。今はあの妊婦さんに寄り添ってるわ。きっと赤ちゃんが心配なのね」

「そっか」

言われてみると、さとみさんはタクシーを降りた時よりずっと顔色がよくなってるし、寝顔も穏やかだ。

優しい大さんは、具合の悪い彼女とお腹の赤ちゃんを放っておけないんだろう。

「彼女、しばらく起きないと思う。その間に詳しい事情を聞かせてくれる？」

「わかった」

彼女が起きたらすぐにわかるよう、茶の間脇の縁側に座布団とお茶を持ってきて座った。ガラス戸を閉めているから、縁側はサンルーム状態でぽかぽかだ。

「真希達から、俺の前の会社の話、なにか聞いてる？」

「いいえ。お祖父ちゃん達の血圧が上がるからって、詳しいことはなにも教えてくれなかったわ」

「じゃあ、そこからか」

俺は会社を辞めた理由と、かつて自分が描いたデザインが盗作されている現状を、とりあえずざっと美代さんに教えた。

　聞き終わった美代さんは、ふうっと深く息を吐く。

「なにかあったんだろうとは思っていたけど、そんなことが……。確かに、源二さん辺りが聞いたら、怒って頭の血管が破裂しちゃうかもしれないわね」

「源爺、短気だからな」

「それで、どうしてあの奥さんはここに？　そろそろ産み月でしょうに」

「それがよくわからなくて。いきなりアポなしで来られて途方に暮れてるんだ」

「そう。……事情はどうあれ、体調が戻るまではこの家にいてもらったほうがいいわね。ここから出たら、またあれに取り憑かれるでしょうから」

「さっきの黒いもやか……。あれ、なんなの？」

「その話は、もうちょっと待って。奥さんから話を聞いて判断したいから……。話を聞く前に、あの奥さんの旦那さんの写真を、どうにかして手に入れられないかしら」

「ああ、それなら簡単。スマホで見られるよ」

　佐倉のフェイスブックを検索して、美代さんに見せた。

　洒落た髭と色つきの眼鏡がトレードマークの佐倉の顔を見て、「そう、この人……」と美代さんは目を細めた。

「なに？　写真に変なものでも写ってる？」

「違うわ。もてそうな人だと思っただけ」

「美代さんのタイプ？」

「違うわよ」

美代さんの呆れ声と同時に、『なー』と、大さんの声が聞こえた。

どこで鳴いてるんだときょろきょろする俺を、美代さんが不思議そうに見ている。

どうやら、美代さんには大さんの声が聞こえなかったようだ。

「大さんの声がしたような気がするんだ」

「あら、じゃあ起きたのかもしれないわ」

そっと障子を開けると、ちょうどさとみさんが起き上がるところだった。

「気分はどうですか？」

「少し寝て、すっきりしました。あの……お話をさせてください」

「ああ、そのまま座ってらっしゃい。苦しいようだったら横になってもいいのよ」

美代さんが、立ち上がろうとするさとみさんを宥めた。

「私は、この地域の氏神様を祭っている神社の元宮司で、加東《かとう》美代と申します。勝矢くんのお祖母ちゃん代わりなのよ。よろしくね。寝ていて喉が渇いたんじゃない？

勝矢くん、お茶を淹れてちょうだい」

「あの……できれば、白湯をいただけますか？」

「わかりました。ちょっと待っててくださいね」

さとみさんには白湯を、自分達の分はお茶を淹れてから、茶の間に戻る。

「どうぞ」

「ありがとうございます。……ああ、美味しい」

　白湯を受け取ったさとみさんは、酷く喉が渇いていたようで、あっという間に飲み干してしまった。

　もう一杯白湯を用意して一息ついた後、居住まいを正して俺を見る。

「お話をしてもいいですか？」

「どうぞ。ただし、お腹の子供のことを第一に考えましょう。こちらの美代さんがストップを掛けたら、そこでお話は終了して休んでもらいます」

「わかりました。お気遣いありがとうございます。……少し、安心しました。相馬さんは、聞いていたよりずっと穏やかだし、思いやりもある方なんですね。きっと、なにか行き違いがあったんですよね？」

「えっと、あの……。すみません。話が見えないんですが」

「あ、ごめんなさい。先走ってしまって……。今日はお願いに伺ったんです。主人への嫌がらせをやめてほしくて」

　嫌がらせ？　俺が？　なんだそれ？

　唐突なお願いに困惑した俺は、さとみさんが大きなお腹を押さえるようにして頭を下げるのを、ぼけっとして見ていた。

「ああ、ほら。駄目よ。そんな姿勢じゃ、赤ちゃんが苦しいでしょう？」

　慌てて美代さんが手を伸ばし、頭を下げていたさとみさんの身体を起こした。

「勝矢くん。嫌がらせなんてしてるの？」

「いや、してないしてない。嫌がらせなんて、まったく心当たりがないよ」

「でも……主人のことで、ネットの炎上を煽っている集団の中心人物は、相馬さん、あなたですよね？」

　ペットボトルのお茶のキャンペーン商品である猫フィギュア、その元になったと言われているイラストの話題を書き込んでいる人の多くが、俺の出身地の近くにいること。そして、証拠だと写メで撮られている学校で作成されたパンフレットやしおりなどが、やはりこの近隣の学校のものだったこと。さらには、佐倉のチーム内の事情を知っているような書き込みがあることが、その証拠だとさとみさんが言う。

　話を聞く限り、さとみさんは、ネットで騒がれる元になった画像の全てが、俺がねつ造したものだと思い込んでいるようだった。佐倉から、そういう風に聞かされてきたのかもしれない。

「相馬さんは、主人のやり方に反発して会社を辞められたのだと伺っています。そのことを恨んで、ネットの炎上を煽っているのだとも……。でも、部下の作品を、チームリーダーの名前で発表するのは、この業界では当たり前のことでしょう？」

「いやいや、当たり前じゃないですよ。少なくとも俺はおかしなことだと思っています。これ以上自分のデザインを奪われたくないから、俺はあの会社を辞めたんです」

　部下の作品をチームリーダーの名前で発表するのならば、ある程度の助言や手直しをした上で、監修という立場を取るべきだと思う。

佐倉のように、部下の仕事をまるっとそのまま奪い取るのは間違っている。その手の噂がまことしやかに囁《ささや》かれる業界ではあるが、それを本当にやってしまうのはデザイナーとしての誇りを捨てる行為だとも思う。

「ねえ、勝矢くん。さとみさんに、修学旅行のしおりを見せてあげたら？」

さとみさんの背中を宥めるように撫でながら、美代さんが提案した。

ショックを受けるんじゃないかと心配だったが、美代さんが言うのならばと仕事部屋に置いてあった中学時代の旅行のしおりを取ってきて、さとみさんに手渡した。

「これは？」

「俺が中学三年生の時の修学旅行のしおりです。中を見てください」

促されてページをめくっていくさとみさんの表情がみるみるうちに硬くなる。

しおりに描かれている猫が、フィギュアの猫と同じだと気づいたのだろう。

「な、中のイラストは誰が？」

「中学の先生に頼まれて俺が描きました。その後、イラストをデータ化してその先生に渡したんです。先生はそのイラストを気に入ってくれて、異動で学校を変わった後も、ちょくちょくそのイラストを使っていたようです」

「でも、主人は、ネット上の情報は全てねつ造だって……。ネットに出回ってるイラストはフィギュアから描き起こしたものだって……」

「少なくとも、そのしおりは本物ですよ。紙にも経年劣化の跡が見えるでしょう？　それに俺の書き込みもある」

修学旅行のしおりには、同じ班の友達の名前や教師の携帯番号など、ちょこちょこ書き込みがしてある。そのペンのインクも、やはり経年劣化でかすれていた。

「……本物……なんですね？」

「はい。そして俺は、この猫のイラストをあの会社に提供したことはないんです」

「そんな……だって……。どういう……ことなの？」

なにをどうしたらいいのか、この事態をどう考えたらいいのか。

混乱しているようで、さとみさんの目線がふらふらと揺らぐ。

精神的にも肉体的にも限界だったのだろう。やがて耐えきれなくなったのか、突然さとみさんは泣き出してしまった。

「どうしよう。なんとかしてこいって言われたのに……。私、このままじゃ捨てられる。この子もいるのに……」

やつれた頬を伝う涙に、俺はおろおろと狼狽えるばかりだ。

「え、あ、ちょっ……。美代さん、どうしよう？」

「大丈夫よ。こういう時は、むしろ少し泣いたほうが落ち着くものよ」

さすが年の功。美代さんは慣れた仕草でさとみさんを抱き寄せて、ぽんぽんと背中を軽く叩いて宥めている。

女の涙って、それだけでもう男にとっては充分脅威だ。しかも子供の頃に泣き虫だった俺は、慰められることには慣れていても、慰めることには慣れていない。情けないことに、ただ狼狽えてふたりを眺めていることしかできなかった。

「取り乱して、すみませんでした」

ひとしきり泣いて落ち着いたさとみさんが、洗面所を使った後で軽く頭を下げる。

「気にしないでいいのよ。それよりも、さとみさん。今晩泊まるところは決まっているの？　あなたの今の体調で長距離移動は無理でしょう」

「あ、そうですよね。……私、なにも考えてなかった」

美代さんの指摘に、さとみさんはすでに午後六時を回っている時計を見て、途方に暮れた顔になる。そういうことも考えられないほど、追い詰められていたんだろう。

「今から宿を探すのも疲れるでしょう、ひとりで知らない土地に泊まってなにかあったら大変よ。今晩はこの家に泊まっていらっしゃい」

「え、ちょっと美代さん」

「大丈夫。私も泊まるから。――ね？　それなら安心でしょう？」

美代さんに笑顔でごり押しされて、さとみさんは押し負けたように小さく頷いた。

話が決まると、美代さんの指示で客間に布団を移動して、さとみさんにはそっちで休んでもらうことになった。

その後、美代さんは、女性の、それも妊婦さんの宿泊に必要なものを用意するために、携帯であちこちに連絡しはじめた。しばらくして堅司がやってきて、風呂敷包みと紙袋を置いていった。中身は着替えと顔に塗るものらしい。女の人は色々大変だ。

「さて、じゃあ あとは私にまかせてね。さとみさんの体調をみながら、もう少し話を聞き出しておくわ」

「いいの？」

「ええ。女同士のほうがきっと話しやすいでしょう。勝矢くんは女の涙に弱すぎよ。泣かれるたびにいちいち狼狽えてちゃ、いつまでたっても話が終わらないわ」

「あー、確かに」

全面降伏した俺は、よろしくお願いします、と美代さんに頭を下げたのだった。

その後、美代さんは、さとみさんとふたり夜遅くまで客間で話をしていたようだ。

俺はといえば、ふたり分の夕食を客間に運ぶとやることがなくなってしまった。大さんも透明猫のままだったので、久しぶりのひとりきりの夜を持て余す。食事も風呂もひとり。ここ最近は、大さんがいるのが当たり前になっていたから、妙にもの足りないし夜も長い。早々に布団に入ったが、やはり大さんがいないからか、なかなか寝つけずに何度も寝返りを打つ羽目になった。

「あー、もう胸くそ悪いなぁ」

自分がやらかしたことの尻ぬぐいを、妊娠中の奥さんに丸投げするなんてあまりにきそうにない。佐倉がいったいなにを考えてこんな酷いことをしたのか、俺には理解できそうにない。

奥さんにこんな無茶をさせて、お腹の子供にもしものことがあったらとは思わなかったのだろうか？

「……大さん、赤ちゃんを守ってやってくれよな」

布団の中で小さく呟くと、まかせてと鳴く大さんの声が聞こえたような気がした。

翌朝は、大さんの添い寝がなかったせいか朝方の冷え込みで自然に目が覚めた。

台所で朝食の支度をしていると、きちんと身支度を整えた美代さんが起きてきた。

「勝矢くん、おはよう」

「おはよう。さとみさんは起きてこられそう？」

「昨夜は遅くまで話し込んでしまったから、もう少し寝ていると思うわ」

「じゃあ、先に食っちまうか」

茶の間の卓袱台《ちゃぶだい》に朝食を運び、ゆっくり食べつつ美代さんからの報告を聞く。

「自分がいま動くと、逃げたと思われて騒ぎになるから、代わりにお前が説得しに行ってこいって、旦那さんに言われたそうよ」

「臨月の奥さんをひとりで長距離移動させたのか……。酷いな」

「本当にね。……役に立たなきゃ離婚するって脅されていたみたい」

美代さんは溜め息をつきつつ、さとみさんから聞き出した話を教えてくれた。

「大学時代からのおつき合いだったんですって」

佐倉とさとみさんは同じ美大に通っていたのだそうだ。当時のさとみさんは、その才能を認められ、将来を嘱望されて周囲から注目される存在だったらしい。

「さとみさん自身は、そんな期待や注目があまり嬉しくなかったみたいなの」

さとみさんは子供の頃から可愛いグッズとお絵かきが大好きな内向的な女性だった。ファンシーグッズのキャラクターデザイナーを目指して美大進学を果たしたが、華やかな場所が苦手な彼女にとっては、周囲からの過度な評価は重荷でしかなかったのだ。

そんな時、さとみさんは佐倉と出会った。

佐倉は、さとみさんの内向的な性格を見抜くと、自分とユニットを組まないかと誘ってきたのだそうだ。対外的なことは全て自分が引き受ける。君は好きなことだけしていればいいから、と……。

「……楽なほうに流されちゃったのか」

社交的で自信家の佐倉と、内向的で引っ込み思案なさとみさんのユニットはかなり順調だったようだ。ともすれば自己満足に陥り、対外的な評価をなおざりにしがちなさとみさんを、佐倉はうまくコントロールして着々と評価を積み重ねていった。

大学卒業時、佐倉はそれまでのユニット活動で築き上げた評価をひっさげて広告代理店への就職を決めた。だが社交面を全て佐倉に依存してきたさとみさんは、内向的な性格が災いして面接で失敗し、子供の頃から憬れていた会社に就職できなかった。その他にも何社か試験を受けたが、最初の失敗が祟《たた》ってやはり面接でしくじり、どれもうまくいかなかったらしい。

すっかり自信をなくして落ち込むさとみさんに、佐倉は甘い言葉を囁いた。

「無理に就職しなくていい。自分が出世したら、さとみさんにも好きな仕事を斡旋《あっせん》してやれるようになるから、それまでは自分の側でサポートしてくれってプロポーズされたんですって」

そしてさとみさんはまた楽なほうに流された。

佐倉の甘い言葉に乗せられるまま大学卒業直後に佐倉と結婚し、パートで働きながら自分の才能を佐倉に与え続けた。

佐倉が発案・企画を担当して、さとみさんが制作をする。学生時代と同じように、佐倉主導でふたりの共同作業は密かに続けられたのだそうだ。

その甲斐あってか、佐倉は順調に出世していった。それに伴い、仕事内容も中小企業向けの企画展のロゴやポスターなどの作成から、ＣＭ展開するような大企業の新商品の企画販売にまで関わるような大規模な仕事へと移行していく。

さとみさんも、より華やかで人目を引くような奇抜な作品を求められるようになったが、それらは元々がファンシーグッズ作成に携わりたいと願っていた彼女の方向性とはあまりにもかけ離れすぎていた。そのせいで徐々に佐倉の求めに対応しきれなくなり、佐倉はさとみさんが対応できない部分を、同じチームの部下達を利用することで埋めるようになっていった。

そんな中、さとみさんは妊娠した。

だが佐倉は子供を望んでいなかった。さとみさんが子育てに追われるようになれば、仕事をする時間が減るからだ。それでも、ずっと子供が欲しかったさとみさんは、佐倉の反対を押し切って生むことを選択した。

「今まで以上に役に立ってみせるからって言い張って頑張ってたんですって……。でも、体調を崩しちゃったのね」

つわりと体調不良とでほとんど仕事ができなくなったさとみさんに、佐倉は今まで以上に辛く当たるようになった。

会社の部下達も自分にその才能を捧げている。お前の代わりはいくらでもいる。役に立たない女はいらない、と……。

「……想像しただけで具合悪くなりそうだ」

佐倉の部下として働いていた頃を思い出して、俺はげんなりした。

あれが家庭内で繰り返されていたのなら、それは地獄のような日々だっただろう。

そして今、『捨てられたくなかったら、もっと俺の役に立て』という佐倉の言葉に追い立てられ、なにも考えられなくなったさとみさんは、体調が優れないというのに新幹線に乗ってここまで来てしまった。

正気に返った今は、赤ちゃんに申し訳ないことをしたと後悔しているそうだ。

「ねえ、勝矢くん。昨日のあの黒いもやのこと、覚えてる？」

「もちろん。あれ、なんだったんだ？」

「以前、『心残り』の話をしたでしょう？　あの黒いもやは、あれの生者版ね。あまり好きな言い方じゃないけれど、『生き霊』と言ったほうがわかりやすいかしら」

「あー、じゃあ、さとみさんは、その『生き霊』のせいで具合が悪くなったのか」

「そうね。前にも言ったけど、不安定な念の塊より生きてる人間のほうが強いから、普通なら弾き飛ばしてしまえるものなのよ。……ただねえ、本人が極端に弱っていると、それができずに憑かれてしまうこともあるの」

死者の『心残り』ならば一度弾き飛ばせば、それで消えてしまう。

だが、生者の『生き霊』の場合は、一度弾き飛ばしても、次から次へと送り込まれてくる。その母体が生者なだけに、きりがないのだ。

無意識に他者に対して『生き霊』として憑いてしまうほどの恨みや妬み、憎しみなどの感情は、そう簡単に解消されるものではないから……。

「妊娠後期で身体が弱っていて、しかも旦那さんの炎上騒ぎで精神的にも追い込まれているところに、そんなものにべったり取り憑かれたわけでしょう？　相乗効果で具合が悪くなっていたのよ。勝矢くんにも揺らぎが見えるほどに強い念だし……。ここにいる間は大丈夫だけど、外に出てまた憑かれたらちょっとまずいかもしれないわ」

「お祓いとかで追い払えない？」

「『生き霊』はきりがないから本当に難しいの。経験上、『生き霊』を送っている人に直接働きかけても、逆にこじれて悪化することのほうが多いし……。まずは取り憑かれた本人が強くなるのが一番。そして、『生き霊』を送ってくる人との物理的な距離を徐々に開けて、接点を少しずつ断つようにするのが解決策なのだけれど……」

「そう簡単にはいかないか」

本人が強くなると言っても、臨月の上、本来なら支えとなるはずの夫である佐倉との関係もよろしくないのだからなかなかに難しい。と思ったのだが……。

「そうね。『生き霊』を送っているのが旦那さんなんですもの。難しいわよねぇ」

美代さんがおっとりと爆弾発言をかました。

「え、佐倉が『生き霊』の送り主⁉」

「そうよ。昨日写真を見せてもらったから間違いないわ。黒いもやの中に見えていたのは、間違いなく佐倉さんの顔だった。――昨日はあなたが怖がると思ったから言わなかったけど、黒いもやの中の顔はね、まっすぐあなたを睨んでいたわよ」

「……うわぁ」

ぞわわっと、鳥肌が立った。

秋祭りの時、堅司が俺の周囲に気になる匂いがあると言っていたが、これだったのだろうか。

　無意識に救いを求めて左手を動かしたが、残念ながら大さんは透明猫になっていて
ここにはいないから、求めるもふもふには触れられない。うう。
「故意に『生き霊』を送れる術者もいるけど、佐倉さんの場合は無意識なんでしょう。
無意識で、自分の妻子とあなたに恨みの念を送ってるのよ」
「俺はともかく、なんでさとみさんに『生き霊』が憑いてるんだ？」
「そもそもさとみさんがスランプに陥ったりしないで、順調に仕事を手伝ってくれて
さえいれば、こんなことにはならなかったとでも思ってるんじゃない」
「逆恨みかよ」
「ええ。成功するために他人の力を利用してきた人ですもの。失敗の原因を他人に押
しつけることに躊躇いなんて感じないんでしょうよ」
「人の名誉は自分のもので、自分の汚名は人のものってとこか」
「そうね。……それか、自分の失敗を素直に認める強さを持たない人なのかもしれな
いわ。今回の失敗の原因は、自分ではなく、きっと外部にあるはずだと思い込んでい
たいのかもね」
「俺やさとみさんが悪いって？　それでお腹の子供になにかあったらどうするつもり
なんだろう」
　たとえ無意識に『生き霊』を飛ばしているのだとしても、悪影響を与えられるほう
はたまったものじゃない。あまりにも理不尽だ。

「……むしろそれを望んでいるのかもしれないわ。……とても嫌な想像だけど、もしも今ここでさとみさんが流産したら、あなたの立場はとても悪くなると思わない？」

「え、いや、だって、俺が呼び出したわけじゃないし」

「そうね。でもね、勝矢くんが何らかの手段で奥さんを脅迫して呼び出したんだっていう偽の証拠を、佐倉さんが後から持ちだしてくるかもしれないわよ？」

「なんのために？」

「今回の炎上で落ちてしまった自分の評判を、勝矢くんを悪者にして少しでも覆すために……。嫌な話になるけど、色々やりようはあると思うの」

これ以上ネットでの炎上を煽られたくなかったら金を払えと俺に脅され、その話し合いのために、臨月の奥さんが俺に呼び出された。そして、その際にお腹の子が不幸なことになってしまう……。

美代さんは、佐倉の側からのシナリオを、思いつくままつらつらと語っていく。

「そんなことで、自分の子供の命を危険に晒《さら》すなんて……」

聞いているだけで気分が悪くなってくる。

「ああ、勝矢くん、そんな顔しないで……。ただの想像なのよ？」

顔面蒼白《そうはく》になった俺に、大丈夫？　と美代さんが心配そうに顔を覗き込んできた。

両親と祖父母、親しい人達を次々に『死』によって失ってきた俺は、人の命に関わる話になるとどうしてもナーバスになってしまう。これればかりは、なかなか自分でコントロールするのが難しい。

「宮司なんて仕事をしているとね、いろんな人から相談を受けるの。その中には、とてもじゃないけど口に出せないようなことも沢山あるわ。鬼のような心根を持つ人間も本当にいるものなのよ。そんな人の心の裏側を見続けてきたから、少しだけ疑い深くなってしまったみたい。気持ち悪い話をしちゃって、ごめんなさいね」

子供の頃からずっと心配をかけ続けてきた美代さんに、これ以上悲しい顔はさせたくはない。俺はなんとか気持ちを立て直した。

「ごめん、美代さん。もう平気だから」

「そう？　それならいいけど……。私のほうこそ嫌なことを言ってごめんなさいね。ただ、今回の件は、それぐらい疑ってかからないと駄目な相手だと思うのよ」

「わかった。……さとみさんは、このまま佐倉の元に戻さないほうがいいよな」

「そうね。産み月のさとみさんにとって、今の佐倉さんは毒にしかならないもの」

「なんで自分の妻子に対して、こんな酷いことができるんだろう」

「自分の妻子だからよ」

美代さんは悲しげに溜め息をついた。

「ごく稀に、妻子を、自分の所有物だと、自分のモノだと思ってしまう人がいるの。人の命は、自分自身ですら自由にしていいものではないのにね」

もし佐倉が本当にそう思っているのなら、さとみさん達があまりにも哀れだ。

「とにかく、さとみさんには、勝矢くんが会社を辞めるまでになにがあったのかも全て話しておいたわ。勝矢くんの前にも、佐倉さんに利用されて会社を追われた人がいるってことも……」

美代さんと話し合う中で、部下の作品をチームリーダーの名前で発表するのは当然だという自分の認識が歪んでいることに、さとみさんも気づいてくれたらしい。

学生時代から佐倉に取り込まれ、完全にコントロールされてきたせいで、彼女の視界は極端に狭くなってしまっていたのだ。一種の共依存状態だったのだろう。

「こちらの話はちゃんと理解してもらえたと思うわ。……その流れで、自分が佐倉さんに、ずっと利用され続けていたってことにも気づけたみたいね」

「さとみさん、大丈夫そうだった？」

「……泣いてたわ」

『出会った頃は優しい人だったのに……。いつから……こんな風になっちゃってたのかなぁ』

さとみさんはそう呟きながらお腹を撫でて、静かに涙を流していたそうだ。

「利用するために近づいたんだから、そりゃ優しかっただろうさ」

「どうかしら……。案外、最初のうちは本当に優しかったのかもしれないわよ。それなのに、さとみさんの才能を利用してのし上がっていくうちに欲や名誉に目が眩《くら》んで、徐々に変わっていってしまったのかもしれないわ」

　さとみさんが与え続けた才能の恩恵が、佐倉の心に歪みを生み出してしまったのだろうか。

　もしそうなら、なんともやりきれない話だ。

「真実を知ったショックが、お腹の赤ちゃんに影響しなきゃいいけど……」

「そんなに心配しなくても大丈夫よ。この家の中でなら、きっと大さんが赤ちゃんのことも守ってくれるわ。……可哀想だけど、さとみさんは現実を知らなくてはいけないの。もうじき母親になるんですもの。これまで同様に妻として夫を支え続けるか、それとも母として子供を守るか……。全てを知って、自分で選ばなきゃね」

「そっか」

「とりあえず、昨夜はそこまで話をしたの。さとみさんが今後どうするかは、これからの話になるわね。ああ、それと口止めもまだしていないから」

「口止めって？」

　首を傾げると、美代さんに溜め息をつかれてしまった。

「さとみさんから佐倉さんに情報が流れてしまってもいいの？　そのことで明日東京に行くんでしょう。こちらに盗作された証拠があることとか、向こうにはまだ伏せておいたほうがいいんじゃないの？」

「あー、だな。下手に対処なんかされたら面倒なことになるか」

　なるほどなるほど。美代さん、冴えてるなーと感心する俺を、美代さんは、この子、大丈夫かしらという顔で見た。

「もうちょっと深く物事を考えないと。そんなだから悪い人達につけ込まれるのよ。東京ではチームを率いていたこともあるって聞いたけど、よくそれで務まったわね」

「……仲間に恵まれてたんだよ」

「でしょうね」

さっくり美代さんに頷かれた。


さとみさんは昼近くになって起きてきた。

すっかり寝坊してしまってと恐縮していたが、顔色は悪くないし体調も良さそうで、ほっとした。

「気にしないでください。ゆうべ寒くなかったですか？　こっちは東京と違って朝方はかなり冷え込むから」

「大丈夫です。ひさしぶりにぐっすり眠れました」

「良かったわ。お腹が空いたでしょう。お腹の子のためにも、しっかり栄養を摂《と》らないとね──」

美代さんに世話を焼かれながら、さとみさんは朝食をとった。

その表情は、まるで憑き物が落ちたように穏やかで、思い詰めた感じはない。

この家にいる限り、佐倉の『生き霊』は大さんに邪魔されてさとみさんに近づけない。だから、ある意味では本当に憑き物が落ちているわけだ。

「こちらのお宅では犬を飼ってらっしゃいますか？」

食事をとりながら、さとみさんが聞いてくる。

「いえ。犬は飼ったことありませんね」

透明になってる不思議猫ならいるけどな。

「じゃあ、あれはやっぱり夢だったんですね。……ゆうべ、こっち側に大きなわんちゃんがずっと寄り添ってくれている夢を見たんです」

さとみさんは穏やかに微笑んで、見えない犬を撫でるように左手を動かした。

「犬がお好きなんですか？」

聞きながら、でもたぶんそれ、犬じゃなくて猫ですよと、心の中でつけ加える。

「はい。子供の頃にゴールデンレトリバーを飼っていたことがあって……。もしかしたら、あの子が慰めに来てくれたのかしら。優しい子だったから……。ふさふさの尻尾で、一晩中お腹を優しく撫でてくれていたんです」

「よかったですね」

頷きつつ、そのふっさふさの尻尾は、たぶんしましま模様だったはずですけどねと、やっぱり心の中でだけつけ加えておいた。

懐かしい愛犬だったと思うことで、さとみさんの心が慰められるのならそれでいい。手柄を犬に取られても、きっと大さんは怒らない。

大さん、グッジョブと、こっそり親指を立てて褒め称《たた》えると、『なー』と嬉しそうな鳴き声が聞こえたような気がした。

食事を終えた後、さとみさんは俺に頭を下げた。

「事情をよく知りもしないまま、佐倉の言いなりになって押しかけてきて、ご迷惑をおかけしました。本当に申し訳ありません」

「あ、いえ。気にしないでください。事情は美代さんから聞きました。あなたもある意味、被害者でしょうし」

「……被害者……ではないと思います。私は、自ら望んであの人に従ってきたんですから……。でも、それはもうやめます。――佐倉とは離婚します」

そう宣言したさとみさんは、吹っ切れたようなすっきりした顔をしていた。


その後、三人で今後のことを話し合った。

離婚するとしても、出産間近の身だけにサポートしてくれる人は必要だ。

「実家に連絡を取ってみます。あの人とは、もう一緒にはいられませんから」

さとみさんのご両親は、佐倉の危険性に気づいていたらしい。あの男と結婚するのなら縁を切ると言われ、それ以降連絡を取っていなかったのだそうだ。

「そうね。それがいいわ。それでね、ご実家との話し合いの決着がつくか、それが駄目でも次の落ち着き先が決まるまでは、この家で暮らせばいいわ」

「それはさすがに、ご迷惑が過ぎますから……」

「大丈夫よ。ちょうど勝矢くんは、仕事の関係で明日から長期の出張に出るの。留守宅を預かると考えてくれればいいの。私なんて半ば隠居した年寄りだから、暇を持て余しているのよ。赤ちゃんはみんなの宝ですもの。守るために協力させて頂戴」

隠居友達や孫達も協力するわと、俺を抜きにして美代さんが勝手に話を進めていく。

さとみさんは半ば以上美代さんに説得されてしまっていたが、それでも家主の俺を気遣って、「本当によろしいんでしょうか?」と聞いてきた。

「もちろん。俺が留守の間、好きにこの家を使ってください」

お腹の赤ちゃんのことを思えばこれはもうしょうがない。

大さんも、赤ちゃんのことを心配してくれているみたいだし、それでいいよな?

心の中で問いかけると、『なー』と、俺にしか聞こえない大さんの声が聞こえた。

後で大さんの好きな甘い厚焼き卵と山菜おこわを作ろう。

庭の祠にお供えすれば、透明猫になっている大さんも、人目を盗んでこっそり食べられるだろうから……。

だから大さん、赤ちゃんが無事産まれるよう守ってやってくれよな。

『なー』

嬉しそうな声が聞こえて、ざりっと見えない舌に手を舐められた。

新しい事務所と猫の鳴き声

始発電車に乗るために、まだ暗い時間帯に起き出して身支度を済ませた。

美代さん達を起こさないよう、こっそり出掛けるつもりだったのに、玄関先でスニーカーを履いていると美代さんが見送りに来てくれた。

「気をつけてね。大丈夫だとは思うけど、念のためにこれを持っていらっしゃい」

『生き霊』対策のつもりなのだろう。美代さんは、組紐に通してネックレスのようにした紫色の曲玉を俺に差し出した。

「堅司くんが見つけてくれた『良い石』よ。お守り代わりになるわ」

「ありがと。でも、俺も自分のを持ってるから大丈夫」

俺と特に相性が良いと言われている黒い石のキーホルダーを美代さんに見せた。

「祖母ちゃん手作りのお守りもあるし……。これの中身、大さんの毛なんだ」

このお守りのために、大さんが祖母から毛を引っこ抜かれた話をすると、美代さんは「京子先生らしいわ」と声を出して笑った。

「大さんには気の毒だったけど、勝矢くんにとっては最高のお守りね。これがあれば、東京にいても大さんの守りの力がきっと届くわ」

大さんの毛は、良い依り代《よしろ》になると美代さんが言う。

「東京にいる間はずっと身につけているのよ」

「そうするよ。じゃあ、さとみさんのことよろしく。——行ってきます」

「まかせてちょうだい。行ってらっしゃい」

外は冷え込んで、うっすらともやがかかっていた。寒いから出てこなくていいよと言ったのに、美代さんは門の所まで出てきて、俺の乗る車を見送ってくれた。


最寄り駅から電車に乗り、途中で新幹線に乗り換えて東京へ向かう。

新幹線の座席に落ち着いたところで、順調に移動中だとトークアプリでみんなに報告する。

俺の頼みを一番聞いてくれそうな堅司にごねて、竜也と真希とのグループに混ぜてもらったのだ。しばらくして、トークアプリ越しに真希から『お土産を買ってくるように』と、お土産リストを託された。

トークアプリでまで命令口調なのかよと、ちょっと呆れて笑ってしまった。

東京に到着すると、まっすぐ事務所に向かった。

かつて両親と暮らしたマンションの部屋は、事務所向けにリフォーム済みだ。今のところ竜也は毎日そこに通勤しているらしいが、忙しくなったら泊まり込みもできるよう、資料室に仮眠用のソファベッドを用意しているらしい。

東京にいる間、俺はそこに泊まることにした。

合い鍵でエントランスを抜け部屋に辿り着く。玄関のドアには『ソーマ企画』と小さなプレートが貼ってある。チャイムを鳴らすと、竜也が玄関ドアを開けてくれた。

「ども、時間通りっすね。お疲れ様っす」

「おう」

コートを脱ぎつつ、竜也に続いて部屋の中に入る。

「どうっすか？　なかなか事務所らしくなったでしょ」

いくつか壁をぶち抜くと聞いていたが、思ったより大きなスペースが広がっていた。

来客用の応接セットにファイリングキャビネット、観葉植物やかつて俺が描いたイラストがあちこちに飾られ、なんだか妙にお洒落な空間になっている。

パーテーションに隠された奥のほうを見ると、初期投資した機材一式と大きなライトテーブル、そして作業用の個人スペースが三つも並んでいた。

「センスいいなぁ。ファミリー向けのマンションだったとは思えない仕上がりだ」

「どもっす。実は、ここら辺の事務用品や応接セットなんかは中古品なんすよ」

「へえ。新品かと思った」

「でしょ？　掘り出し物っす」

「それにしても、デスク三つもいらないんじゃないか？」

「いるっすよ。もうじき社員増えるんで」

かつて会社でチームを組んでいた仲間がふたりほど転職してくる予定だと、竜也がわざとらしい笑顔で答えた。

「新しいチームになかなか馴染めなくて苦労してたんで、声かけたっす」

「……初耳だぞ」

確か俺、社長だったような気がするんだけど……。

「うっかりしてたっす。──社長、雇っていいっすか？」

あいつらもう退職届出した後らしいんすけど、と竜也が言う。

そんなこと言われたら、知らない仲じゃないし断れないじゃないか。

「いいけどさ。……でも給料払えるのか？　人増やしたら仕事が足りなくなるんじゃないか？」

以前からつき合いのある取引先が、俺の独立に対するご祝儀のような感じで細々とした仕事を入れてくれているから、とりあえず今はちょっとだけ忙しいが、これからもコンスタントに仕事が入ってくる保証はない。

「大丈夫っす。すでに先々まで予定が入ってるっすから。現状の取引先の仕事は俺とあいつらがやるんで、先輩には他のことをやってもらう予定っすよ」

「なにをすればいいんだ？」

「自分で考えるっす」

「はあ？」

「せっかく自分の会社を作ったんすから、先輩は好きなことをやればいいっす」

パッケージデザインにテキスタイル、製品デザインやイラストレーター。どんな仕事をしたいのか言ってくれれば、自分が仕事を取ってくると竜也が言う。

「仕事のえり好みをする気はないぞ。どうせ俺は器用貧乏だしさ」

大学時代に器用貧乏だと言われたことを俺は納得していたが、俺の作品の崇拝者である竜也は違った。俺のこの発言に、珍しくムッとした顔になる。

「先輩は器用ですが、貧乏ではないです」

「……そりゃどうも」

「どんな仕事でも取ってくるんで、なにをしたいかちゃんと考えるっすよ」

「あー、はいはい。今回の件が片づいたらな」

社員が増えるんなら、なるべく利益率のいい仕事を選ぶべきだろうか。社長として、やっぱり責任を感じるし……。

まあ、竜也が仕事をコントロールしてるなら、大赤字になることはないだろう。

そもそも、俺が今、かつてのクライアントからある程度の評価を得ているのだって、竜也の手腕のおかげだしな。

「ところで、会社には何時にアポ取ったんだ？」

「一時っす」

「はあ？」

慌てて壁の時計を見たが、時計の針はちょうど午後一時を回ったところだ。

「ど、どーすんだよ。遅刻だぞ」

わたわたする俺に、竜也はのんびり答える。

「大丈夫。先輩が間に合わないのはわかってたんで、代理人を向かわせたっす」

「代理人って？」

「俺には弁護士をやってる叔父がいるっす。成功報酬で引き受けてもらったっすよ」

その叔父に、俺の代理人を務めてもらっているのだという。

「……弁護士って……。大袈裟じゃないか？」

「順当っすよ。大企業二社が相手っすからね。下手すると握り潰されるっす」

「二社……キャンペーンやってる会社もか」

「そうっすよ。向こうの会社だって、キャンペーンで配布しているフィギュアが盗作だったなんて、おおっぴらにはしたくないっしょ？　すでに盗作疑惑でネット炎上している真っ最中っすから、なるべく穏便に事態を収めたがるはずなんすよ。泣き寝入りしろと圧力を掛けられないよう対策は必須っす」

「なんか物騒だな。俺は、ただまっとうに自分の権利を主張したかっただけなのに」

「それが一番難しいっすよ。相手が悪すぎぎっす。佐倉は、きっとなりふりかまわずこっちを悪者にしようとしてくるっすよ。――先輩、毅然と立ち向かえるっすか？」

「……無理かも」

へたれだし。

「でしょ？　あ、それと、必要だったら吉田さんも証言してくれるそうっすよ」

「吉田さん？　誰だっけ」

「佐倉のチームを辞めた人っすよ。ほら、先輩の再就職を妨害するために流された噂の元ネタの人」

「ああ、あの人か……。お前、いつの間に交流もってたんだ？」

「秋祭りの時に先輩の家で佐倉達の話を聞いたっすよね？　あの後すぐに色々調べて、連絡してみたっす」

いつ俺が佐倉を訴える気になっても対応できるよう、堅司達と相談し合って準備していたのだと、竜也は得意げにわざとらしい笑顔を見せた。

「吉田さん、いい人だったっすよ。自分がやったヘマのせいで、先輩に迷惑かけたんなら申し訳ないって謝ってたっす」

「今はなにをしてるんだ？」

「田舎で運送業をしてるっす」

「そうか……」

やっぱりデザインの仕事には戻れなかったのか。佐倉のチームに引っ張られたんだから、きっと将来性のあるデザイナーだったんだろうに……。

ご祝儀仕事として受けたステッカーの見本を見ながら、二人であーだこーだ話し合っていると、代理人の弁護士が事務所にやってきた。

「はじめまして。竜也の叔父で、甲坂信治《こうさかしんじ》と申します」

さすが血縁だけあって、竜也と甲坂さんはよく似ていた。

竜也からアイドルっぽさを抜いてインテリ成分を付加、そして二十歳ほど老けさせた感じ。笑顔も竜也と一緒で実にわざとらしい。イケメン一族なんて滅べばいい。

応接セットに移動して、竜也が三人分の珈琲を用意してくれるのを待ってから、俺はさっそく口を開いた。

「それで、フィギュアの盗作の件、佐倉は素直に認めましたか？」

「いえ、今回は佐倉氏には会っていませんので」

「え？　――おい、誰にアポ取ったんだ？」

ビックリして竜也を見ると、竜也は呆れたように肩を竦めた。

「専務っすよ」

「はあ？」

専務って、なんでそんな上の人間に声をかけてるんだ、こいつ。

「なに驚いてるんすか。佐倉と話しても、なんの解決にもならないっすよ」

「今回の猫フィギュアの件は、飲料会社も関わってきますから。企業としての対応を考えられる立場の人に直接話をすべきでしょう」

言われてみれば確かにそうだ。自分の考えのなさに頭を掻きつつ、再び聞いてみる。

「それで、話し合いの結果は？　どうなりました？」

勢い込んで聞く俺に、甲坂さんはわざとらしい笑みを浮かべて竜也を見た。

「竜也、言っちゃなんだが、お前の先輩……」

「それ以上言わないでください。わかってます。この人、馬鹿なんです」

竜也の言葉に、そうかと甲坂さんまですんなり頷いた。……酷い。

「周りの人達が先回りして甘やかすから、こんな危機感のない大人になっちゃったんですよ。この人、田舎で一部の人達から『坊ちゃん』って呼ばれてるそうです」

竜也の言葉に、甲坂さんがぷっと小さく笑った。

「……っと、失礼。相馬さん、今回の面談では、まだ話し合いに至ってません」

「えっと、じゃあ具体的にはなにを？」

「猫のフィギュアが盗作であるという証拠を提示してきました。ちなみに、ご存じかと思いますが盗作は親告罪です。刑事罰を望む場合、刑事告訴する必要があります。民事上では損害賠償請求などの対象になります。それと猫のフィギュアはすでに商標登録されてますが、著作権はこちらで証明できるのでこれは無効にできます」

「はあ」

なんだか、言葉にして説明されると思った以上に大事っぽい。

「あー、できるなら、裁判じゃなく、話し合いで済ませたいんですが……」

「では示談金優先で話を進めましょう。この案件、間違いなくけっこうな金額を引き出せますよ」

「示談金ですか……」

想像もしていなかった言葉が出て、俺はぼけっとしてしまう。

そんな俺を見て、苦笑した竜也が隣に座る甲坂さんの腕を叩いた。

「叔父さん、とりあえず、極力騒ぎにならない方向で考えてやって。そのほうが企業側も喜ぶだろうし。で、その分、示談金がっぽりで。――先輩は、自分の名前が表に出ることを覚悟するっすよ。ネット炎上してる以上、もうしょうがないんで」

俺は渋々頷いた。

その後、甲坂さんは会社で具体的にどんなやり取りがあったのかを話してくれた。

『こちらの会社で請け負ったキャンペーン商品の件で、現在ネット炎上が起きているのは把握していますか？』

甲坂さんは、専務にそう切り出し、俺のデータファイルの猫達をプリントアウトしておいたものと、旅行のしおりのコピーを見せながら説明したそうだ。

専務の戸惑ったような表情が固まり、驚愕して脂汗がにじみ出てくるのがたいそう愉快だったと甲坂さんがわざとらしく微笑む。サドかよ。怖い。

その後、俺が会社を辞めたくだりも話したらしいのだが、そこで思いがけない反応が返ってきたのだそうだ。

「どうも会社側は、佐倉が部下のデザインを搾取していたことを把握していないようですね。退職する際の誓約書の存在も知らなかったようです」

甲坂さんは、佐倉のチームで行われていたことを専務に話したそうだ。

吉田さんが会社を辞めた際のトラブルや、俺が同じように会社を辞めた後、吉田さんが起こしてしまったトラブルをさも俺がやったように噂を流されて再就職を妨害されたことなどを……。

そんな話は知らないと、専務は真っ青になっていたそうだ。

「ってことは、営業部長と人事部長は佐倉とグルっすね」

「なんか、最初に思ってたのとは、まったく違う話になってきたなぁ」

俺としては、フィギュアの猫達は俺が描いたものであることを認めてもらえればそれでよかった。まさか佐倉と直接会わずに話し合いが進むとは思ってなかったし、ここまで大袈裟な話になるとも思っていなかったのだが……。

俺が思ったままを口にすると、竜也に苦笑されてしまった。

「これからもなるべく佐倉とは顔を合わせない方向で話を進めるっすよ。先輩がうっかり刺されたら困るっすから」

「え、俺、刺されるのか？」

「逆恨みされるのは間違いないでしょうね。私の経験上、ああいった人物は自分の非は決して認めないものです。あなたに心から謝罪することはないと思いますよ」

「話が大袈裟になったのは、佐倉の自業自得っすよ。大企業相手の仕事で、後ろ暗い手段で手に入れたデザインを使うなんて危機感がなさすぎっす」

「そりゃそうなんだけどさ……」

それでも、なんかもやもやする。

「佐倉にこだわってるようですが、本当に会いたいですか？」

ふて腐れている俺がまだ納得していないと思ったのか、不意に竜也が真面目な口調で聞いてきた。

「そりゃやっぱり、ひと言でいいから謝ってほしいと思うよ」

「佐倉はもうお終いです。これからは転がり落ちていくだけです。そんな男と顔を合わせて、先輩は平気でいられますか？　逆ギレされて罵られるかもしれませんよ？」

竜也の真面目な口調での指摘に、俺は言葉に詰まった。

たぶん俺には無理だ。

謝罪はしてほしい。やったことに対する罰だってそれなりに受けてほしい。

だが、逆ギレされて罵られたくはないし、惨めに転がり落ちていく姿も見たくない。

きっと後味の悪い思いをするだけだろうから……。

「……もういいよ。佐倉からの直接の謝罪は諦める」

「それがいいっす。ちなみに俺は、あいつが転落するのを笑って見ていられるっす」

竜也は、にっこりとわざとらしく笑った。

こいつは強いんだな。

俺もナッチが側にいた時は強かったと思う。

ナッチの自称支援者がストーカーになった時は、相手が諦めるまで矢面に立って戦った。ナッチに引きずられるようにして連れていかれた温泉地でチンピラに絡まれた時は、何発か殴られたけどちゃんとナッチを守り抜いた。

守るものがあると強くなれるのだ。

だが、ひとりになった途端にこうして腑《ふ》抜《ぬ》けてるんだから、あれは本当の強さじゃなく、ナッチの存在があってこその強さだったんだろう。

俺は自分でも知らぬ間に、色々とナッチに依存していた。

次々に身内を亡くし、ひとりになるのを極端に恐れていた俺は、できる限りナッチと一緒にいた。休日なんて、朝から晩までずっと一緒だった。それも周りからバカップルとからかわれた理由のひとつだったが、ナッチはそれで平気だったんだろうか？

――なあ、ナッチ。俺は重くなかったか？

『大丈夫だよ、カッチ。だって愛があるもん』

なんとも都合良く、かつてナッチが口にした言葉が記憶の中から勝手に浮かび上がってくる。結局俺は、どこまでもふわふわな甘ちゃんだ。

「会社側の調査がはじまったら、きっと面白いことになるっすよ」

「どういう調査結果を向こうが持ってくるか楽しみだね」

「あー、佐倉のチームの人達、あいつの言いなりだったんですよ。俺が自分から佐倉にデータを渡したのを見たとかって嘘の証言も、平気でしそうなんですけど……」

「大丈夫ですよ。反撃されても、全部倍返しで打ち返していけばいいんすから」

いや、別に倍にしなくてもいいと思うんだが……。

「個人的に伝手を使って、ちょっとネットの炎上を煽ってる人を調べてみたっす」

竜也が言うには、悪質なものはネットカフェから書き込まれていたらしい。それも会社近くの店舗だったらしく、犯人は佐倉のチーム内にいる可能性が高いのだとか。

「まじか……」

「まじっす。その情報を流したら、佐倉のチームきっと分解するっすよ」

「楽しみですねぇ」

竜也と甲坂さんが、にっこりとわざとらしく笑い合う。

「ある程度、こちらの言い分が通りさえすれば、そこから先は企業同士の話になります。佐倉はいち社員として今回の仕事を受けたんです。佐倉本人への処分も、相馬さんや相手側企業への対応や補償も、全て会社側が考えることです。個人でどうこうできるようなレベルの問題ではありません」

言われてみれば確かにそうなのかもしれない。ことは全国展開しているキャンペーングッズの盗作問題だ。飲料会社からすれば、盗作されたキャラクターを押しつけられたわけだし、最終的には企業イメージの悪化を招いたと企業同士の補償問題に発展するだろう。相手が大企業なだけにどうなるか空恐ろしい。

「じゃあ、俺はもう帰っていいんですよね？　──っていうか、俺が上京してくる必要はなかったんじゃないか？」

会社との話し合いにも同席できなかったわけだし。

思わず竜也を睨むと、竜也はヘラヘラ笑った。

「そんなことないっす。先輩は旗頭なんすから」

「まあまあ、相馬さん。とりあえず、今日の話し合いは第一段階ですから」

渡した情報を会社側が検討し、独自に調査して、その上で俺への補償の提示や謝罪の場を設けることになると甲坂さんが言う。

状況がどう変わるか不明だから、とりあえず向こうの方針が確定するまでは、東京で待機してほしいのだとも……。

すでに大さんのしましま尻尾が恋しくなっていた俺は、全て甲坂さんにお任せしてもう帰りたかったのだが、竜也にも待ったを掛けられた。

「昨夜も電話で堅司兄貴と話し合ったんすけど、とりあえず先輩は一週間はこっちにいたほうがいいっす」

「なんでだよ」

「先輩の家に佐倉の奥さんがいるからっす。堅司兄貴の話だと、奥さんが安心できる場所に移動できるまで数日かかるみたいなんすよ。今の状況で、先輩が彼女と一つ屋根の下で暮らすのは避けたほうがいいっすよ」

後になってどんな言いがかりをつけられるかわからないからと竜也に言われて、それもそうかと納得させられた。

それに、さとみさんがあの家にいる限り、大さんは透明猫のままだ。

帰っても大さんにしましま尻尾を振って出迎えてもらえないと思うと、帰りたいと思う気持ちもしゅるしゅると萎《しぼ》んでしまう。

渋々ながらも俺は滞在を承知した。


甲坂さんが帰った後、俺と竜也はとりあえず事務所で黙々と仕事をした。

竜也が仕事環境を自宅の作業場と同じように整えていてくれたので、ストレスなく仕事ができるのがありがたい。

夕方になると、竜也の住居がある町の最寄り駅まで電車で移動した。

竜也の奥さんである香耶ちゃんと、一緒に夕食をとる約束なのだ。

駅を出ると、もうすっかり日が暮れていて風が冷たかった。俺はマフラーをグルグル巻きにして、コートのポケットに手を突っ込みブルッと身震いした。

「やっぱ日が暮れると冷えるなぁ。そういや、香耶ちゃんっていま妊娠何ヶ月？」

「八ヶ月っす。お腹おっきいっすよ」

「そっかぁ。確か香耶ちゃん、文房具を作る会社の企画に就職したんだったよな？

普通に産休取れそうか？」

「言ってなかったっすね。あいつ、最初の就職先とっくに辞めてるっすよ」

香耶ちゃんは、吃音癖があった子供の頃に苛められた後遺症で、引っ込み思案で口数の少ない子だった。それが祟り、就職しても周囲とうまくやれず、半年で会社に行けなくなってしまったのだそうだ。

「じゃ、今は？」

「児童書を作ってる出版社に契約で行ってるっす。大事をとって、来週半ばから産休に入るっすよ。出産後はやる気次第で戻ってもいいって言われてるみたいっす」

「やる気って……微妙な言い方だな」

やる気なんて目に見えるものじゃないから判断基準が難しいし、そもそも香耶ちゃんの性格からして、やる気があるとはっきり意思表示できそうにない。竜也に言わせると、香耶ちゃんは内弁慶なだけで中身は暑苦しい体育会系らしいが。

「大丈夫っすよ。やる気満々で毎日元気に仕事してるっすから」

「そうなのか？」

「そうっす。うちの奥さん、いま超熱血っすよ」

最初の就職先を辞めた後、香耶ちゃんは軽い対人恐怖症になり、一年ほど家から出られなくなったのだそうだ。根っこのところが体育会系の彼女はそんな自分に苛立ち、無理に外に出ようとして具合が悪くなるという悪循環を繰り返していたらしい。

同棲をはじめたきっかけは、そんな彼女をサポートするためだったのだと、竜也は教えてくれた。

人目の少ない夜にふたりで散歩することからリハビリをはじめて、少しずつひとりでも外に出ていけるようにまでなった。そして、再び仕事を探しはじめた時に、彼女は突然宣言した。

『あたし、今日から女優になる！』

外にいる間中、ずっとやる気のある強い女性の役を演じる。女優の着ぐるみに守られていると思えれば、他人の視線も怖くないからと。

女優になりきってやる気のある強い女性になった彼女は、それまで苦手だった面接も強気でこなし、順調に契約社員として働ける場所を手に入れた。

「……確か、香耶ちゃんって内弁慶で、中身は体育会系なんだよな？」

「そうっすよ」

「やる気のある強い女性を演じるって、むしろ素のままだろ？」

「そうなんすよねぇ」

竜也が珍しく、くしゃっと無防備に笑う。

「あれ、たぶん、最初は自覚してなかったんすよ。ずっと女優でいると気を張って疲れるわ〜なんて言ってたっすから」

家に帰って疲れてぐったりする日々が続き、ふと彼女は気づいたのだそうだ。

『なんか今のあたし、実家のお父さんみたい』

外では立派な人だと言われている父親が、家では疲れて、だらしなくぐうたらしている。そんな父親の姿と、今の自分はそっくりだ。

父親もまた、自分と同じようによそ行きの仮面を被って働いていたんだろうか？

というか、多かれ少なかれ、誰もがそんな風に外では気を張って生きているのではないか？

自分は今、普通の人と同じことをしているんじゃないのか？

「その辺りから家の中と外の境目がなくなってきたっす。今はいつでも熱血っすよ」

「そっか」

香耶ちゃんは、子供時代に出会ってしまったいじめっ子達への恐怖から、外の世界と向き合うための術をうまく構築できないまま成長してしまったのかもしれない。

そのせいで引っ込み思案になり、ごく親しい人達の陰に隠れることでなんとか日々をやり過ごしてきたんだろう。

社会人になり、親兄弟や竜也の陰に隠れられなくなった香耶ちゃんは、直接社会と向き合うことができずに一度は挫折した。だが、それでも諦めず、子供の頃に育て損なった社会との架け橋のようなものを、もう一度自分の力で構築しなおしたのだ。

それは、たぶんとても凄いことだ。

「香耶ちゃん、偉いな」

俺が本気で感心すると、「そうなんすよ」と竜也は嬉しそうに頷いた。

「以前の香耶しか知らない先輩からすると、ちょっと違和感があるかもしれないっすけど、あれが素なんで、あんまりびっくりしないでやってください」

「わかった。まかしとけ」

どこか得意げな竜也に、俺は笑って頷いた。

待ち合わせ場所は、竜也達の行きつけだという中華料理店。庶民派の店で家族連れで賑わっていて、ほっとする雰囲気だった。

先に到着して、そりゃもう熱心にメニューを眺めていた香耶ちゃんは、俺達を見つけてにっこりと華やかに微笑んだ。

「お久しぶりです、カッチせ……勝矢先輩」

「お、おう、久しぶりー」

たぶん、俺がカッチと呼ばれるのを嫌がると竜也から聞いていたのだろう。あからさまな言い直しがさっくりと胸に刺さる。

でも気遣いの気持ちだけは受け取っておくよ。ありがとう。

妊娠後期の香耶ちゃんは、医者から体重を増やさないようにと厳重注意をされているらしい。それでも、あれもこれも一口でいいから食べたいのだと熱心に訴えてくる。

「んじゃ、香耶ちゃんが食べたいもの注文すれば？　残ったのは俺達で食べるし」

「ありがとうございます！」

その言葉を待ってましたとばかりに店員を呼び寄せて、香耶ちゃんが喜々として注文を入れる。俺と竜也に許されたのはドリンクメニューを選ぶことだけだ。

久しぶりに会った香耶ちゃんは、本当に別人のように明るい女性になっていた。最後に会った時は、まるで隠れるように竜也にぴったりくっついて俯いていたが、今はまん丸のお腹を堂々と突きだして、ハキハキ店員さんと会話している。表情も明るくて、とても元気な妊婦さんだ。悲しそうに泣く妊婦さんを見た後だけに、その幸せそうな表情になんだかとてもほっとした。

俺達は久しぶりの再会と、随分と遅れてしまったが二人の結婚と妊娠を祝してビールと烏龍茶《ウーロン》で乾杯した。

「来週から産休なんだって？」

「はい。お腹が張ることが多いんで、主治医から早めの産休を勧められたんです」

「そっか。……ところで妊婦さんのお腹が張るってどんな感じなんだ？」

ガスが溜まったり便秘でお腹がぱんぱんになるのとは違うんだよな？　と、かねてよりの疑問を尋ねると、全然違うと笑われた。

お腹がきゅうっと硬くなったり、突っ張るような違和感があるのだそうだ。……やっぱりよくわからない。ともかく、それ自体は妊婦さんにはたまにあることで、少し休むと大抵は治るらしい。これが休んでも治らない時は要注意なのだとか。

香耶ちゃんは今のところ休めば治るそうだ。よかったよかった。

「児童書関係の出版社で働いてるって聞いたけど、どんな仕事してるんだ？」

「書店に配るチラシやポップを作ったり、アシスタント的な仕事をしてます。いずれは企画にも携われるようになりたいし、正社員目指して頑張ってます」

産休の間も、自宅でチラシなどを作り続けるつもりだと香耶ちゃんは目を輝かせた。

「楽しそうでよかったよ。香耶ちゃんには、色々と謝らなきゃならないこともあったし、ちょっと気が楽になった」

「謝るって、なんのことです？」

「あー、ほら、俺の巻き添えで竜也も会社辞めちゃったし、この先どうなるかもわからない新会社に巻き込んじゃったしさ」

夫の収入が不安定になるなんて、妊婦さんにとってはけっこうなストレスなんじゃないかと思うのだ。だが俺の心配は、香耶ちゃんに明るく笑い飛ばされた。

「全然平気ですよ。むしろ、もっと早く巻き込んでほしかったぐらいです。竜也ってば、先輩が急に会社辞めた後、すっごく暗くなっちゃって大変だったんですから」

「……そうなのか？」

「そりゃそうっすよ。俺、先輩と仕事したくってあの会社に入ったんすよ。なのに、ひとりで置いてかれたんすから、暗くもなるっす」

「あー、悪かった」

「いいっすけど。これからがんがん仕事してもらうっすから」

「するけどさぁ。俺にやらせるだけじゃなく、お前もそろそろ仕事したら？」

「酷いっす。先輩のために、身を粉にして頑張ってるのに」

「それはわかってるって。そうじゃなく、お前もそろそろデザインの仕事すればいいんじゃないかってことだよ」

「はあ？」

俺の提案に、竜也は不思議そうに首を傾げている。

なんで不思議がるんだ？　俺のほうが、はあ？　だよ。

「学生時代の評価は、俺なんかよりお前のほうが断然上だっただろ。自分に向いてる仕事があったら、受けてみたらいいんじゃないか？」

基本的にちまちまと手書きするのが好きな俺と違って、竜也はデザインソフトを駆使した華やかな作品が得意だった。特に秀でていたのが幾何学模様を組み合わせたデザインだ。スタイリッシュでいながらどことなくレトロな小紋を連想させて、いくつか賞を取ったこともあった。

だから、きっと卒業後はテキスタイル関連の企業に就職するだろうと思っていた。

商品化されたら絶対に購入してやろうと思うぐらいには竜也の作品が好きだったのに、なぜか竜也は俺と同じ会社に入社して、デザイナーとしての仕事そっちのけで俺のサポートばかりやりはじめたから、ずっと勿体《もったい》ないと思っていたのだ。

俺がそう言うと、竜也は珍しく眉間に皺を寄せてムッとした顔になった。

「それ、本気で言ってるっすか」

「もちろん。俺、お前のデザイン好きだったし。お前の才能をこのまま眠らせるのは勿体ないって思ってるぞ」

「……先輩がそう言うんなら、別にやってもいいっすけど」

なぜかムッとした顔のままの竜也を、笑顔の香耶ちゃんが肘でつつく。

「……なんだよ」

「よかったね。先輩、竜也のデザイン好きだって」

「うるさいなあ。ほっとけ」

「なによ。照れちゃって」

うりうりと香耶ちゃんの肘が竜也の脇腹にめり込む。

どうやら喜んでもらえたようなのはけっこうなのだが、目の前でいちゃつかれるのは、独り身の俺にはちょっと辛いかな。

いちゃつく若夫婦をシカトして黙々と料理を口に詰め込んでいると、不意にスマホを手に竜也が立ち上がった。

「すみません。ちょっと電話が入ったんで外行ってくるっす」

「おう」

逃げたのかなと後ろ姿を見送る俺に、「先輩、ありがとうございます」と香耶ちゃんが頭を下げた。

「竜也を認めてくれたことです。竜也、ひねくれ者だからあんな顔してたけど、先輩に認めてもらえてたってわかって、すっごく喜んでるんですよ。竜也にとって、先輩は特別ですからね」

「特別ねぇ。……なんであいつが俺を特別扱いするか、香耶ちゃん知ってる？」

「え～、先輩知らないんですか？」

香耶ちゃんは、なんで知らないの？　と言わんばかりの顔をしている。

知らないのは、俺が臆病で小心者だからだよ。

重すぎる答えを聞きたくなかったから、ずっと知らんぷりしていた。

でもどんなに重くても、今では一緒に会社を立ち上げた運命共同体みたいなものなんだから、もう知るべきなんだろう。

覚悟を決めた俺は、教えてくれと香耶ちゃんに頼んだ。

「竜也は先輩の作品が大好きなんです」

うん、それは知ってる。

「先輩の作品は、竜也がずっと描きたいと願っていた作風そのものなんです」

それは知らなかったな。ってか、俺と竜也の方向性は真逆だと思うんだが。

「そうなんですよね。竜也はね、自分の中にある理想をずっと眺めていることしかできなかったんですって」

「なにが？」

理想とするイメージはあるのに、自分にはどうしても描けない。描こうとすればするほど、真逆の方向に向かってしまう。柔らかな曲線を描こうとすれば真円に、まっすぐな線を引こうとすれば剃刀《かみそり》で切ったような鋭さを持った線に。イメージには近づけないまま、その周囲をぐるぐると一定の距離を保ったまま回り続けている。

「近づけないのに離れることもできなくて、まるで自分は理想に囚われた衛星みたいだったって言ってました」

そんな時に、竜也は俺の作品を見つけたのだそうだ。

俺の作品は、竜也の理想そのものだったそうで……。

「先輩の作品を見て、自分は衛星でいいって思えたんだそうです」

「……自分から進んで添え物になることもないと思うけど」

「あら、衛星は添え物じゃありませんよ。もし月がなかったら、地球は今とはまったく違う環境になってたんですから」

月という衛星を持たなければ、地球の大気組成は今とは違っていただろう。月の潮汐力《ちょうせきりょく》がなければ地球の自転速度も今よりずっと速く、それに伴い地表には猛烈な強風が吹き荒れていたはず。そんな過酷な環境では、きっと人類だって今のような進化を辿ることもなかったはずだ。

香耶ちゃんが目を輝かせて月の存在価値を滔々《とうとう》と語る。

……なんか壮大な話になってきた。香耶ちゃん、科学好きだったんだな。

困惑する俺に気づいたのか、香耶ちゃんは軽く咳払《せきばら》いして話題を変えた。

「とにかく！　竜也は、自分の理想を体現している先輩を勝手にフォローすることに決めて、押しかけ後輩をはじめたんです」

「勝手に？」

「そうです。勝手にです。だって勝矢先輩、重いの苦手でしょう？」

「……うん」

知らないうちに俺は、竜也の惑星になってしまっていたらしい。

どうりで行く先々についてくるわけだ。

「俺があいつの理想通りじゃなくなったらどうするんだろうな」

「きっと大丈夫ですよ。今となっては、先輩が理想になっちゃってるんだと思うし。勝矢先輩が楽しく仕事してれば竜也も楽しいんです。ウィンウィンの関係ですよ」

えーそっかあ？　なんか違うような気がするが。

でもまあ竜也が背中を押してくれなければ、会社を立ち上げようなんて考えもしなかった。同じ目標を持って頑張る今の状況が竜也にとって楽しいものであるのなら、それでいいのかもしれない。

「なんか最近、しみじみ思うんだけど、俺って周囲の人間に恵まれてるよなぁ」

……その分、恋愛運がないのかもしれないが。

「感謝することばっかりだ」

「奇遇ですね。実は最近私も同じこと考えてました。竜也が側でフォローしてくれなかったら、今も俯いたままで家から出られなかったかもしれないって」

もう感謝しかないですよ、と香耶ちゃんが微笑む。

……それは惚気《のろけ》か？　惚気だよな？　俺のとは全然違うと思う。

ああ、でも、本当に俺とは全然違う。

俺はナッチのフォローをしたことなんてなかった。

ナッチは家事一切が駄目だったから日常的にあれこれ面倒を見ていたが、俺がやっていたのはそれだけだ。ナッチの仕事にかける情熱や先々のビジョンはまったく理解していなかったし、共有もしていなかった。

そんなだから、単純に年齢的にもそろそろ頃合だし、いい記念日になるだろうと、後先考えずにナッチの誕生日を選んでプロポーズして、あっさり惨敗したのだ。

ずっと側にいただけで、寄り添い合ってはいなかった。

いや、どちらかというと、俺がナッチにただ寄りかかっていただけかもしれない。

反省して軽く落ち込んでいると、竜也が戻ってきた。

「電話、けっこう長かったな。もめ事か？」

「違うっす。堅司兄貴と真希姉さんに、今日の話し合いのことを報告しといたっす。佐倉の奥さんの件は、受け入れの準備が済んだら、実家のほうからご両親が迎えに来るそうっすよ。それと離婚弁護士も叔父さんの伝手で紹介することが決まったっす」

よかったっすねー、と竜也がわざとらしく笑う。

俺の幼馴染みと後輩の仲が良すぎる。俺のもめ事だったはずなのに、当事者不在でさくさく物事が進んでいくのはいかがなものか。

周囲の人間に恵まれすぎて、ちょっと寂しい気分を味わう俺だった。


会社からの二度目の話し合いの要請はなかなか来なかった。

待つことしかできない俺は、大人しく事務所で仕事をして過ごしていた。

その間、会社側の話もちょこちょこ入ってくる。調査チームの中に、竜也のおともだちのひとりが入っていたようで、情報を流してくれるのだ。

「先輩が提供したデータフォルダの中身を見て、みんな真っ青になったみたいっす」

現在進行している仕事の中にも、そのフォルダの中のデータが元になっているものがあるのだから青くなって当然だ。俺が在籍していた美大にも密かに問い合わせて、使われた中に俺の在学中の作品があることも明らかになったようだ。

佐倉の命令で俺のデザインを使って作業していたチームの人達も、さすがに観念したのか佐倉がデザインを搾取した事実を認めはじめている。

同時に吉田さんの事件にもメスが入れられ、その流れで営業部長や人事部長にも調査の手が入った。その結果、彼らが佐倉と手を組んで、制作資金の一部を横領していたことも明らかになりつつあるらしい。

たぶん佐倉はそうやって部長達と協力関係になることで、自分のチームの中で行われている異常な搾取が表沙汰にならないよう工作する力を得ていたんだろう。

そして佐倉だけは、いまだにだんまりを決め込んでいるそうだ。

それでもさすがに追い詰められているのか、寝不足気味らしく夢見が悪いと愚痴っていて、日に日に顔色が悪くなってきているようだ。発作的に例の猫のフィギュアをゴミ箱に投げ捨て、ヒステリックに自分も被害者だと叫んだりもしているらしい。

「佐倉に言わせると、今回の事件は全て先輩が仕組んだ佐倉への復讐劇《ふくしゅう》らしいっす」

「キャンペーンの存在自体知らなかったのに、どうやって復讐劇を仕組めるっていうんだよ。馬鹿らしい」

そもそも、そんなことに中学時代の想い出が詰まった大切なイラストを使うわけがない。なんてことを言ったとしても、きっと佐倉には理解されないんだろう。

平気で他人のデザインを奪って自分のものとして発表することができる人間には、きっと自分自身のデザインに対する思い入れだってないのだろうから。

そして一週間後、やっと会社から二度目の話し合いの要請がきた。

「相馬さんはなるべく口を開かないでくださいね」

会社に向かう前に、甲坂さんから念を押された。

特に、竜也のおともだちから得た情報は、俺達が知っているはずのない情報だから、決して口にしてはいけないと念を押されまくった。

「先輩は旗頭なんすから、堂々と威張ってるだけでいいっす」

なるほど。旗だから口を開かなくてもいいのか。……俺がいる意味、あるのか？

年甲斐もなくちょっと拗ねつつ、会社に向かう。

佐倉と直接会うことはないらしいが、ちゃんと祖母のお守りをくっつけた『良い石』のキーホルダーはしっかりジャケットのポケットに入れてある。これがあるだけで実に心強い。

何ヶ月か前までは毎日通っていた会社に久しぶりに足を踏み入れる。綺麗どころが並ぶ受付も、ロビーに飾られたオブジェも、すでに懐かしく思えた。

通されたのは重役用の会議室だった。この部屋で連日会議を開いていたのか、奥のテーブルには、佐倉が今まで手がけてきたグッズやCM関連のポスターなどがずらりと並べてある。問題の猫のフィギュア達や、応募者が抽選で当選することになっている、俺が大さんをモデルにして描いたイラスト原案の猫のぬいぐるみもある。

おお、あのぬいぐるみ、なかなかの大さんっぷりだ。欲しい。

大さん欠乏症にかかっていた俺は、思わずふらふらっとぬいぐるみに引き寄せられたが、竜也にガシッと腕をつかまれて止められた。

「先輩、我慢っす。後でこっそり貰ってあげるっすから」

本当だな？　絶対だぞ。

竜也の言葉を信じることにした俺は、口を閉ざしたまま席に着く。

相手側は副社長と秘書、そして弁護士もいる。お茶で喉を湿らせ、さて話し合いをしようかというところで、ドアが開いてもうひとり姿を現した。

なんと、佐倉だ。

俺がうっかり刺されないよう、顔を合わせない方向でいくんじゃなかったっけ？

びびる俺を宥めるように、「大丈夫っすよ。こんな場所じゃなにもできないっすから」と竜也が囁く。それもそうかと、ちょっとほっとした。

「……なぜ佐倉さんがここに？　話が違うようですが？」

「申し訳ありません。どうしても本人が相馬さんと話をしたいと言うものですから」

ズカズカと室内に入ってきた佐倉は、奥のテーブルに載せてある、かつて自分が手がけたグッズを目に留めて、酷く不愉快そうに顔を歪めた。盗んだアイデアで作り上げた作品達だ。今となっては邪魔なだけで、愛情も誇りも感じられないのだろう。

空いている席に勝手に座った佐倉は、まっすぐに俺を見つめてきた。

竜也のおともだちが言っていたように顔色が悪いし、げっそりやつれて面変わりしている。洒落た髭も、無精髭へとダウングレードしていた。

「相馬さん、私の負けです。ですが、私に復讐したいのなら私にだけ攻撃すればいい。ネット炎上を煽って、会社にまで迷惑をかける必要がどこにあったんですか？」

いやいや、ネット炎上を煽ってなんかないし。

否定したいところだが、今日の俺は『旗』なのでとりあえず黙っていると、甲坂さんが否定してくれた。

「なにか勘違いなさっているようですね。相馬さんがネット炎上を煽っているわけではありませんよ。騒動の責任を他人に転嫁しようとなさるのはいかがなものか……。そもそも、あなたが盗作などしなければこんな騒ぎは起きなかった。そこのところ、自覚してらっしゃいますか？」

「いや、それは……」

「今回の件を依頼されてから、こちらでも独自に調査しました。盗作の一件、ネット炎上を故意に煽っている人物がいるのは事実です。ですが、相馬さんではありません。ネット炎上を煽っている人物は、どうやらあなたのチームの中にいるようですよ」

甲坂さんは、猫フィギュア盗作に関するまとめサイトなるものを作り、炎上を煽っている人物が、都内のネットカフェから書き込みをしていることを説明した。

「書き込みがなされた日時、相馬さんが故郷で生活していたことをこちらでは証明できます。それに、ネットに書き込まれた具体的な社内の情報の中には、相馬さんが退職した後のものも混じっているようですよ」

「そんな……あいつらにまで恨まれてたのか……」

この情報は初耳だったようで、ショックを受けた佐倉は頭を抱えてうなだれる。

「納得していただけたなら、本来の話し合いに移りたいのですが？」

「いや、待ってくれ」

佐倉は慌てて顔を上げて、もう一度俺を見た。

「相馬さん、頼む！　なんとかこの事態を丸く収めてほしい！　君にしかできないことなんだ。このまま騒動が悪化すれば、会社側に与える損害は恐ろしいものになる」

「その原因を作ったのはあなたでしょうに……」

甲坂さんの呆れ声にもめげず、佐倉は俺に訴え続ける。

「君の元に俺の妻が行って同じ願いを訴えたはずだ。身重の彼女に、君はなにを言った？　君の対応にショックを受けたのか、妻は体調を崩して入院しているんだぞ」

さとみさんから話を聞いていただけに、この発言には本気で腹が立った。

この最低な男は、自分の立場を守ることしか考えてない。妻子の命を危険に晒したことに、なんら罪悪感を抱いていないのだ。あまりにも酷すぎる。

「佐倉さん、奥さまがどちらの病院に入院なさっているかご存じですか？」

「え？　ああ、こういう事態で駆けつけられないので、はっきりとは……。ですが、相馬さんのご実家がある町にひとつしかない産院だと聞いてます」

この答えに、甲坂さんがにっこりわざとらしく笑った。

「どうやら情報が古いようです。確かに奥さまは、そちらの産院の診察を受けましたが、入院はしていません。入院先は、奥さまのご実家近くの産院ですよ」

「は？」

「ですから、奥さまはご実家に帰られているんです。あなたの元には二度と戻らないとおっしゃられていましたよ。――ちなみに、離婚調停は出産後になるようです」

「な、なにを……」

「長年、ゴーストライターとして――この場合は、ゴーストデザイナーですか――あなたに尽くしてこられた奥さまが、もはやあなたには愛想が尽きたとおっしゃってるんです。ここは素直に離婚を認めて差し上げてください」

そう、さとみさんはすでに実家に帰っている。

透明猫になった大さんが側にいる間は体調も安定していたが、さすがに実家への移動がこたえて体調を崩し入院したそうだ。たぶん退院しないまま出産になるだろう。

さとみさんから佐倉への連絡は一度だけ。体調を崩してこちらで一泊（どこに泊まるとは伝えていない）して医者に診てもらう。ことによると入院して、すぐには帰れなくなるかもしれないとメールしたきりだ。

離婚を決意してからはそれ以外には連絡を取っていないし、向こうからも連絡がないと言っていた。連絡が来ないことで、本当に心配されていないのだと実感して、離婚の決意が強くなったとも聞いている。

「君は、奥さんからもデザインを奪っていたのか」

副社長が呆れたように佐倉を見た。

「ふ、副社長……」

「もういい！　佐倉くん、君は退室しなさい！」

その厳しい口調に、佐倉はうなだれて立ち上がった。

部屋から出ていく間際、佐倉は立ち止まり、振り返って俺を睨んできた。

憎しみの籠もったその強い視線に正直びびったが、それでも目は逸らさなかった。

在職中は、もっといいアイデアを出せと責められるのが辛くて、まっすぐに見つめ返すことすらできなくなっていたが、今は平気だ。

俺はなにも間違ったことはしていない。ただ自分の誇りを守っただけだ。

とはいえ佐倉は、無意識に『生き霊』を飛ばせるような奴だ。

こうして直接睨まれるのはなんとか耐えられても、『生き霊』は、本気で怖いから無理だ。そこは大さん頼みで守ってもらうしかない。

『なー』

まかせて、と、どこかで大さんが鳴いたような気がした。

と同時に、俺を睨み続けていた佐倉が、不意にビクッとして周囲を見渡した。

「……猫？　この部屋に猫がいるのか？」

「なにを言っているんだ。社内に猫がいるはずがないだろう。早く退室しなさい」

副社長から厳しい言葉をかけられても、佐倉はきょろきょろと怯えたような視線を周囲に向けている。

「猫なら、そこにいますよ。ぬいぐるみですけれどね」

甲坂さんが茶化すように言って、テーブルの上の大さんのぬいぐるみを指差した。

指差された先にあるぬいぐるみを見た佐倉は、なぜかギョッとしたように大きく身体を震わせた。

「……ひっ‼」

わなわなと震える唇、大きく見開かれた目は、色つきの眼鏡越しでもわかるほど血走っている。まるで、なにか恐ろしいものを見てしまったかのような恐怖の表情だ。

なんだ、この反応？　愛らしい大さんのぬいぐるみを見て怯えるなんて失礼だな。

その後、佐倉は、大さんのぬいぐるみに視線を向けたまま、じりじりと後ずさり、まるで逃げるかのように部屋から走り出ていってしまった。

「今のって、大さんのぬいぐるみを見て怯えてましたよね？」

隣に座る竜也が小声で囁くのに、俺は、だよなぁと黙ったまま頷き返した。

ああ、そういえば、夢見が悪いせいで、佐倉が寝不足らしいって話を聞いたっけ。

夢、夢ね……。

以前、ちょくちょく大さんのしましま尻尾が俺の夢の中に出てきたが、もしかしてあれって偶然じゃなかったりするんだろうか？

だとすると、さとみさんの赤ちゃんを守っていた大さんが、『生き霊』の攻撃に怒って、夢の中で佐倉に反撃していたってことにはならないか？

大さんが自ら進んで攻撃するとは思えないから、この場合きっと専守防衛だろう。

攻撃されるたびに跳ね返していたんじゃないだろうか？

だとしたら、まさに自業自得だ。

今の一幕も、佐倉に睨まれていた俺を守るために、大さんが佐倉の気を逸らそうとして、他の人には聞こえない鳴き声を佐倉にも届けたんじゃないか？

そこんとこどうよ？　と大さんに聞いても、くいっと首を傾げて惚けられそうだ。

だが佐倉が現実で罰を受けるより、夢の中で大さんから厳しいお仕置きをされたに違いないと考えたほうが、なんだか凄くすっきりする。

うん。この考えは悪くない。

俺はひとり溜飲《りゅういん》を下げた。


秘書が淹れ替えてくれたお茶を飲みながら、ほっと一息ついた。

そんな俺に、副社長が改めて向き直り、協力を要請してきた。

「相馬さん、今回の一件、君の訴えが正しかったことはすでに調査済みだ。不当な扱いで君を退職に追いやったこと、本当に申し訳なく思っている。償うことを許してもらえるのなら、もう一度我が社に戻ってきてくれないか？」

「そうは言っても、相馬さんはすでに独立されておりますが？」

『旗』である俺の代わりに、甲坂さんが答える。

「もちろんそれは承知している。今さら勤め人に戻るのは嫌だというのなら、ソーマ企画として我が社と専属契約を結んでもらいたい」——

そのためならばと、副社長がかなりいい条件を次々に提示していく。

在職時代からそれなりに評価されていると思っていたが、想像以上の好待遇だった。

佐倉が消えることで確実に落ち込むことになる業績を、俺の存在で少しでも底上げしようと考えているのだろうか。

頼む、検討してほしい、と副社長が俺を——俺だけをまっすぐ見つめる。

ぶっちゃけ、弁護士は余計な口を挟むなとその態度で示しているわけだ。

どうしようかと甲坂さんを見たら、肩を竦めながらも頷いていた。

この手の人生に関わる決断は、自分でどうぞということだろうか？

さて、どうしようか。なんて、考える必要はない。

「身に余る好待遇には感謝しますが、お受けすることはできません。今は大企業の傘下に入る安心感より、思うまま創作できる自由な環境を優先したいと思っています」

組織に組み込まれることで、また自分を見失うような羽目に陥りたくはない。

それに佐倉が最近手がけていたような、テレビCMや広告などで大規模なキャンペーンを繰り広げるような新商品のパッケージデザインに関わりたいとも思えない。

俺は華やかで万人受けする作品ではなく、誰かに喜んでもらえる作品を作り続けていきたいのだから……。

せっかく自分のデザイナーとしての原点に気づいて立ち直ることができたのだ。立ち上げたばかりの会社に不安がないとは言わないが、今は自分の力で頑張りたい。

「それならば、せめて示談に応じてほしい」

副社長の提案はこうだ。

ネット炎上しているとはいえ、いまだ盗作疑惑は疑惑のまま。これを真実にはしたくない。真実だと認めれば、会社側の損害は恐ろしいものになるからだ。

だから俺が佐倉のチームの一員として企画段階で協力し、その後退職したことにしてほしいらしい。そうすれば佐倉監修デザインということになってつじつまは合う。

まあ、この業界ではよくある幕引きのひとつではある。

これには、ちょっと心が揺れた。

示談に応じてくれるならとスマホ画面で提示された数字は、とんでもない額だった。

だが、その示談金に心が揺れたわけじゃない。そもそも俺は、今回の盗作騒動をあまり大騒ぎにならないよう、なるべく静かに収束させたいと思っていた。だからこれは、俺にとって願ったり叶ったりの申し出なのではないかと考えたのだ。

半ば心を決めて、深く息を吐く。改めて副社長に目を合わせようとして顔を上げた時、ふと視界の隅に大さんのぬいぐるみが入ってきた。

俺がこの示談を受け入れたら、あの大さんのぬいぐるみも、佐倉のデザインってことになるのか？

それに気づくと同時に、嫌悪感でざわっと鳥肌が立った。

自分の子供の命を危険に晒す男に、大切な大さんを任せられるものか。

今回の盗作の件を示談で誤魔化しても、佐倉が表舞台に立つことはもうないだろう。

ここで頷けば、佐倉の汚名と共に俺が描いた猫達も、臭い物には蓋とばかりに闇に封じられてしまうことになる。

キャンペーングッズなんて所詮は一過性のものだ。

だが、忘れられるのと封じられるのとでは意味が違う。

あの猫達を、俺がこの世に産み出したキャラクター達を、そんな目に遭わせてしまってもいいのか？

「お断りします」

絶対に嫌だと思うままに言葉を発した途端、バシッと背中を叩かれた。

え、なんだ？　まずかったか？

びびって振り向くと、竜也がわざとらしく輝く笑顔で頷いていた。

反対側を見ると、甲坂さんも苦笑しつつも頷いてくれている。

どうやら、これで正解だったようだ。

俺はほっとして、いつの間にか力が入っていた肩から力を抜いた。

その後、会社との示談交渉は次回持ち越しとなった。

今後は盗作を認めた上での示談をしっかり協議してもらうことになる。

甲坂さんからは、個人的に民事で佐倉を訴えてはと勧められた。

だが、俺はもう充分に気が済んだ。佐倉にはこれからさとみさんへの慰謝料や養育費をたっぷり払ってもらうほうを優先させたいので、こっちは遠慮することにした。

このことは、さとみさんの弁護士にも伝えてもらった。弁護士さんには、赤ちゃんのためにも頑張って一括でどかんと大金をぶんどってもらいたいものである。

竜也は甘いっすよと文句を言うが、最後の決断だけは喜んでくれているようだ。

「デザイナーとしてのプライドを守ったんすから上出来っすよ」

「あの示談金は、ちょっと惜しかったけどねぇ」

甲坂さんは苦笑しているが、この先、まだまだがっつりむしり取る機会がありそうだから、期待してほしいとわざとらしい笑顔で言われた。

成功報酬なので、むしり取った金額で弁護士費用も変わるからやる気満々だ。

とにかく、これで俺の個人的な目的は達成された。

後のことは竜也と甲坂さんに任せておけばいいそうなので、やっと家に帰れる。

「もう少しこっちにいてもいいっすよ」

「嫌だ。早く向こうに帰って本物の大さんに会いたい」

俺は、竜也が約束通りにゲットしてきてくれた大さんぬいぐるみを膝の上で可愛がりながら、なんとか夕方には地元に帰れるよう、明日は朝早くからお土産を買いに行かなくてはと考えていた。

しましま尻尾は縁側で寛ぐ

予定通り夕方に地元の最寄り駅に戻った俺は、駅の駐車場に停めていた車で家路についた。

その途中、お土産を渡すために堅司達の家に寄った。

「これ、お土産と、さとみさんの件で世話になったお礼。こっちが真希に頼まれたザッハトルテ、それと同じ店のチョコレートの詰め合わせ、こっちは堅司に向こうで飲んで美味しかった喫茶店の珈琲豆。あと、日本酒とつまみも。源爺達と飲んで」

「ありがとー。これ前から一度食べてみたかったのよ」

「俺にまで悪い。竜也から聞いたが、お前は話し合いの結果に満足してるんだな？」

「もちろん。猫達は無事に取り戻せたし、デザイナーとしての今後の方向性も再確認できたんだ。充分満足してるよ」

「それならいい」

大喜びでお土産を受け取った真希に、どうせなら一緒に夕食を食べていかないかと誘われたが断った。一刻も早く大さんに会いたかったのだ。

「だったら、ちょっと待ってなさい。今から夕食の支度するのも面倒でしょ？　家のおかず分けてあげる」

真希がばたばたと台所に駆けていく。

残った堅司がちょっと心配そうな顔で話しかけてきた。

「大さんだが、まだ戻ってないらしい」

「透明猫のままってことか？」

「そうだ。真希達に言わせると気配はあるらしいんだが」

「そっか。それなら大丈夫だ。大さん、きっと省エネモード中なんだろ」

不思議と不安はない。自分でもなぜかわからないが、俺には大さんがちゃんと家で待っていてくれるという確信があった。

その後、真希にメンチカツと煮物を貰ってから、再び車に乗り込んだ。

家の玄関の引き戸を開ければ、きっとそこに大さんはいるはずだ。前足をきちんと揃えて座り、ふっさふさのしましま尻尾をばっさばっさと嬉しそうに振って出迎えてくれるはずだと信じて車を走らせた。

やがて、家のある丘が見えてくる。私道に入って丘を登り、駐車場に車を停めたところで、俺は予想が外れたことを知った。

大さんは、玄関の引き戸の中ではなく、外で俺を待っていたのだ。

透明猫になれるぐらいだから、戸締まりしていても関係ないのか。便利だな。

「大さん、ただいま！」

「なぁぁん」

車を降りて声をかけると、大さんが尻尾を振りつつ駆け寄ってくる。

屈《かが》んで大さんを撫でようとした俺は、大さんの力強い体当たりに負けて駐車場に尻餅をついた。な、情けない。

大さん、顔を舐めてくれるのは嬉しいけど、砂利が尻に刺さって地味に痛いよ。


真希から分けてもらったおかずとお土産の羊羹で、大さんとふたりで晩酌としゃれ込んだ。本当は消費期限の早いザッハトルテのほうを先に出したかったのだが、大さんがじーっと羊羹を見つめ続けて譲らなかったのだ。

「とりあえず、俺的には一段落ついたってことで乾杯な」

俺はビール、大さんにはお土産の日本酒の封を開けて乾杯の真似事だ。

つき合いのいい大さんは、俺の乾杯の音頭に合わせて、尻尾を振りつつ「なー」と鳴いてくれた。賢いなぁ。

真希の手作りなんだろう。妙に固いが味はいいメンチカツでビールを飲みつつ、大さんに上京していた間の出来事を話した。もちろん、大さんの佐倉に対するお仕置きにもお礼を言っておいた。

「会社との交渉はまだまだかかるみたいだけど、俺の目的は達成したから。大さんをモデルにしたこのぬいぐるみも、もうじき俺のデザインだって公表される予定だ」

「なー」

日本酒を舐める大さんの隣に、大さんぬいぐるみを置いてみる。

うん、やっぱりいい。最高の組み合わせだ。嬉しくて、にやにやが止まらない。

「大騒ぎになるだろうなぁ。こっちにまで報道関係の人間がこなきゃいいけど……」

猫達の権利を守れたのはよかったが、それが公表された後のことを思うと、やっぱりちょっと憂鬱だ。

だが示談に応じて猫達を売り渡したら、きっと一生後悔することになっていた。

それぐらいなら、一時的に騒動に巻き込まれて迷惑するほうが全然マシだ。ここは我慢するしかない。

「まあ、とにかくこれですっきりしたよ。長いこと留守にしてごめんな」

「なー」

「さとみさんのことも守ってくれてありがとな。美代さんにも改めてお礼にいかなきゃ。お土産もあるし」

あらかじめ頼まれた分だけじゃなく、それ以外にも色々お土産を買い込んできてしまった。増えた荷物にうんざりしつつも、お土産を買いたがっている自分を自覚して、妙にくすぐったい気持ちにもなった。

「引っ越してきた時は、なんも買ってこなかったっけ」

持ってきたのは引っ越し荷物だけ。帰郷の挨拶の品もなかった。

そもそも、挨拶しようと思っていなかった。

堅司に指摘されたように、俺はただ逃げてきたのだ。

あの時の俺にとって、この家は逃げ出すのに都合のいい場所だったから。

だが、今回は違った。

これで帰れると思ってすぐ、お土産のことを思い出した。

そして、お土産を渡したい人達の顔が脳裏に思い浮かんだ。

それが、とても嬉しいことに思える。

「……ひとりじゃないんだよなぁ」

両親と祖父母を亡くしてから、俺はずっと孤独に怯えていた。

大学でナッチと出会って、ナッチと一緒に暮らすようになって、孤独から解放されたつもりになっていた。

ナッチを守るためなら強くなれたし、ナッチに愛されているという満足感に酔いしれて、大人の男になれたような気になっていた。

今ならわかる。あれはただナッチの存在に依存していただけだと。

ナッチに別れを告げられて、引き止めることもできずに見送ったのは怖かったからだ。行くなと引き止めた上で拒絶されて、はっきり別れを告げられるのが怖かった。

『あたしみたいな自己中な女は忘れて、もっと優しい人と幸せになってね』

別れ際のナッチはそんなことを言ったが、自己中だったのは俺だ。

もしもあの時、ナッチに、ずっと待っているからと告げることができていたら、なにかが変わっていたのかもしれない。

だが、俺にはそれすら言えなかった。

待つというのは、一時の別れを認めること。

ひとりになることを恐れていた俺は、そんな一時の別れですら認められなかった。

引き止めることもできず、こころよく送り出してやることもできず、ただ黙って突っ立っているばかり。

あの時の俺は、なにも見たくないなにも知りたくないと、頭を抱えうずくまってシクシク泣いていた子供の頃のままだった。

馬鹿だ馬鹿だと散々言われ続けてきたが、本当に馬鹿だったと今になって思う。

……認めるよ、畜生。

だからこそ、もっとしっかりしなきゃと思う。

誰かの存在に寄りかかるんじゃなく、まずは自分の足でしっかり立つ。

一緒にいてくれる人を求めてばかりいないで、俺自身が人を受け入れられる人間にならなくては。

つまりは、自立した大人にならなきゃってことだ。

「……アラサーなんだけどさ」

「なー？」

我が身の至らなさが無性に恥ずかしい。

ひとりで赤くなる俺を、大さんのくりっと丸い目が不思議そうに見つめていた。


翌日は、神社にお土産を届けた。

ご祈祷の予約が入っていてゆっくり話をする時間はなかったが、とりあえず俺の目的は果たしたことだけはちゃんと伝えておいた。

「それならよかったわ。そうそう。さとみさんね、陣痛がはじまったんですって」

さとみさんとメル友になったのよと自慢する美代さんが教えてくれた。

初産は時間がかかるそうで、産まれるのは日付が変わった頃になるかもしれないとのこと。別れ際、生き霊対策にと、堅司が作ったさとみさん用の『良い石』のネックレスと、特別に祈祷した神社のお守りも渡したそうだ。そしてそのお守りの中に、こっそり大さんの毛を一本仕込んでおいたらしい。

「……酷い。美代さんまで祖母ちゃんみたいに無理矢理むしったんだ」

「いやあね。そんなことしないわよ。ちゃんと大さんの許可は取ったわ」

透明猫になっていた大さんにこっそり話しかけて頼んでみたら、一時的に姿を現して毛を抜かせてくれたらしい。

「それならいいけど」

無事に産まれますようにと、俺も神社にお参りしておいた。

その後、少し遅い昼食がてら百合庵にも足を運んだ。

「これ、東京のお土産。酒のつまみによさそうだと思って」

「おう、佃煮《つくだに》か。ありがとよ」

店主の信さんは嬉しそうに受け取ってくれた。

「東京になんて、なにしに行ったんだ？」

「以前勤めてた会社で色々と……後始末、みたいな？」

「なんだそりゃ。まあいいや。今日はなに食べる？」

「あー、そうだな。……カレー蕎麦を食べてみようかな」

以前、真希がけっこう評判がいいらしいと言っていた百合庵の新メニューを思い出して注文すると、信さんはいきなり不機嫌そうに口をへの字に曲げた。

「カレー蕎麦なんざ、邪道だ」

「邪道って……。だったらなんでメニューに載せてるんだよ？」

「……色々事情があんだよ」

ちょっと待ってなと信さんが厨房に消える。

しばらくして、不機嫌な顔のまま、無言で俺専用メニューのちくわの天ぷらだけ届けて、また厨房へ戻っていった。

「……なんなんだ？」

いつも愛想がいい信さんとは思えないおかしな態度に首を傾げる。

態度はおかしくても、いつも通りちくわの天ぷらは美味かった。

サクッとした衣を楽しむべく、まずはそのままで一口齧る。その後、大根おろしにちょっと醤油を垂らしたものを載せてまた一口。熱々の衣と冷たい大根おろし、ちくわの旨みと油の甘みが引き立ってこれまた美味い。

車じゃなかったらビールを頼むところなんだけどなあ。

しみじみ味わっていると、目の前に丼が置かれた。

「はい、カレー蕎麦。お待たせ」

「あれ？　優太《ゆうた》だ。お前もこっちに帰ってたのか」

優太は、俺の二歳下になる信さんの息子だ。

大学には進学せずに、和食の店に修業に出たと聞いていたのだが……。

「いつ戻ったんだ？」

「一年とちょっと前ぐらいになるかな。いつも厨房に引っ込んでるから、勝兄とは顔を合わせる機会がなかったんだ。話は後。蕎麦が伸びる前に食べてよ」

「お、そうだな。じゃ、いただきます」

まずは味見だと、木製の和風レンゲでスープをすくって飲んでみた。

「へえ、昆布出汁が利いてる。ちゃんと和風なのにスパイスも効いて、いい味だな」

どれどれと今度は蕎麦をすすった。……あれ？　美味い？

一口食べて、びっくりした俺は優太を見た。

「このカレー蕎麦、美味いぞ」

「だろ？　美味しいうちに食べちゃってよ」

「おう」

なるほど。信さんの不機嫌の理由がわかった気がする。

俺は美味いカレー蕎麦を夢中ですすった。

百合庵の蕎麦は田舎蕎麦だ。黒っぽくごつごつとした太い麺で、蕎麦の香りも強く、つゆなしでも味わい深く食べられる。だからこそ、カレー蕎麦をメニューに加えたと聞いた時、ちょっと疑問を感じたのだ。

あの癖の強い蕎麦に、カレーは合うんだろうかと。

人気があると真希が言っていたから、カレーと田舎蕎麦とが奇跡的にうまくマッチしたのかと思っていたが、実際に食べてみてそうじゃないことがわかった。

カレー蕎麦に使われているのは、いつもの百合庵の田舎蕎麦じゃない。

普段のものより色が白っぽく香りも淡い、東京でよく食べていたものに近い味わいの手打ち蕎麦だった。

「このカレー蕎麦、蕎麦もつゆも優太が作ってるんだろう？　美味かったよ」

「ありがと。自信作なんだけどさ、親父がなかなか認めてくれなくて」

「もう認めてるだろ。でなきゃ、あの頑固親父がメニューに載せたりしないって」

以前からずっとカレー蕎麦は邪道だと言い続けていたせいもあって、職人気質で頑固な信さんは素直に美味いと認めてやることができずにいるんだろう。

あの不機嫌顔はきっとそのジレンマのせいだ。

「優太がこんな美味い蕎麦を作れるようになって、信さんも内心では喜んでるよ」

「そうかなぁ」

「そうだって。百合庵の跡継ぎが立派に育ってるんだから嬉しくないわけない。俺も美味い蕎麦がずっと食えそうで嬉しいよ」

俺が本気でそう言うと、優太はちょっと困惑したように小首を傾げた。

「俺、ここで百合庵を続けてもいいのかな？」

「ん？」

「だって、ほら。いずれこの店の土地、勝兄に返さなきゃならないんだろ？」

「あー、信さん、まだそんなこと言ってるのか。前に言われた時に返さなくてもいいって言っといたのに」

あの時は納得したように見えたのだが、また心配になってしまったのか？

「もしかして、俺がデザイン事務所を開いたせいかな？　それでまた余計なこと考え出したか」

「そうかも。勝兄が事務所開いた時に、いずれ人も増えるだろうし、そうなったら自宅じゃなくこっちに事務所を移すつもりだろうから覚悟しとけって、親父が……」

「いやいや、移さないから。商店街の中心じゃ賑やかすぎて集中できないし。人を増やすとしたら東京の事務所のほうだ。それと、所有者は俺でも、ここの土地は信さんのものだよ。死んだ祖父ちゃんからも、ちゃんとそういう風に言われてるんだ」

祖父の残した書き置きに、この土地は永続的に百合庵に貸すと約束してあるから、決して返却を求めてはいけないと明記されてあった。ここに移転した当時は経営危機に陥っていた百合庵だが、経営が安定して余裕があるようだったら、土地の権利そのものを百合庵に売却することも考えてあげてほしいとも。

「もしかしたら信さんは、祖父ちゃんとの約束が俺にまで伝わってないと思ってるのかも。約束は有効だから。なんだったら、しっかりした契約書を作ってもいいぞ」

「そっか。よかったー」

はふぅと息を吐いた優太から、肩の力が抜けたのがわかった。

「せっかく帰ってきたのに肝心の店がなくなっちゃったらどうしようかと思ったよ」

「よかったな。ところでさ、帰ってくるの早くないか？　十年は修業するって言ってなかったっけ？」

「言ってたけど、そういうわけにもいかなくなったんだよ。……もしかして勝兄、知らなかった？」

優太が言うには、信さんは病気で長く入院していたらしい。

たぶん、俺が帰省していなかった間の話だろう。余計な心配はかけたくないから俺には知らせるなと、信さんが真希達に口止めでもしていたのかもしれない。

その間、母親と店員達だけでは店が維持できなくて、仕方なく優太が予定を早めて帰ってきたのだそうだ。だがどんなに頑張っても信さんと同じレベルの蕎麦をすぐに打てるようになるわけもなく、客足は減る一方。なんとかしなくてはと考えた優太は、自分の持つ技術を全てつぎ込んで、このカレー蕎麦を考案したのだそうだ。

「初耳だ。信さんの病気、完治したんだよな？」

「んー、病気は治ったけど、体力はなかなか戻らないみたい。今も蕎麦打ちは俺が半分以上やってるし」

「……そっか」

体力が落ちたせいで、自分が引退する時のことを考えるようになったのか。

息子に跡を継がせたくても、土地の所有者である俺に気兼ねして、もやもやしていたのかもしれない。早めにちゃんとした契約書を作っておいたほうがよさそうだ。

「この店、いずれもっとメニューを増やして居酒屋っぽくしたいんだ。蕎麦屋だけだとどうしても客の入りが限られるからさ。ほら、うちの商店街の酒屋の立ち飲みシステムみたいに、会社帰りのサラリーマンが軽く酒を飲んでいける感じで」

「ああ、それもいいかもな」

優太が楽しそうに店の将来の展望を語る。

メニューに関しても、地元の食材をメインにして、特色を出していきたいのだとか。そのために、今から商店街の八百屋にリサーチもかけているらしい。

家業を継ぐことに積極的な跡継ぎがいて、信さんも安心だ。

東京で話し合いをしてから一ヶ月。

すでに佐倉による盗作は公のものとなり、俺も時の人となった。

東京の事務所には、ソーマ企画のデザイナーであるソーマ氏（俺だ）への取材の申し込みがひっきりなしにきたし、俺の顔写真もワイドショーで使われた。

だが、その騒動も結局は一時的なもので済んだ。キャンペーングッズの盗作なんて、ワイドショーで長く引っ張るような話題ではなかったからだ。

佐倉と営業部長達が会社の金を横領したことは内々で収められたらしく、報道されることはなかった。

最終的に、猫フィギュアのキャンペーンを展開した飲料メーカーと会社側の話し合いの結果がどうなったのかまでは、俺は知らないままだ。とりあえず、奪われた俺のデザインの権利は全て認められたので、それでもう充分。

今回の件で調査が入り、吉田さんの汚名も返上され、デザイナーとしてやり直せることになったようで万々歳だ。

ちなみに、けっこうな金額をむしり取れたので、甲坂さんがわざとらしく輝く笑顔で大勝利を宣言してくれた。

無事に出産を終えたさとみさんからは、赤ちゃんの写真が送られてきた。

女の子で、ちょっと小さいが健康らしい。よかったよかった。

「ほら、大さんが守った赤ちゃんだよ」

送られてきた赤ちゃんの写真を大さんに見せたら、大さんも嬉しそうにふっさふさのしましま尻尾をばっさばっさと振っていた。

ソーマ企画のほうには、かつての同僚ふたりが本当に入社してきた。やる気満々で、俺の分の仕事もむしり取っていく勢いで働いてくれている。

そのせいで一時的に暇になってしまった俺は、ちまちまとトークアプリのスタンプ描きをしている。ある程度溜まったら、竜也に売り込むつもりだ。

佐倉は、仕事してて楽しかったんだろうか？

イラストを描きつつ、ぼんやりそんなことを考えた。

子供の頃から蕎麦屋を経営する両親を見て育った優太は、蕎麦屋限定じゃなく食べ物屋になることが自分の夢になったと言っていた。

もちろん、誰しもが夢を抱えて生きているわけじゃない。

夢みた仕事に手が届かないことだってあるだろうし、届いても、その業界の端っこに生息するのが精一杯ってことだってあるだろう。

仕事に夢を重ねない人だっている。仕事はあくまでも金を稼ぐ手段で、夢は別枠、趣味としてやっているとか。

俺はといえば、趣味を仕事にしたような人間だ。

そういう意味で言えば、俺は幸せなんだと思う。最初に勤めた会社とは不幸な結果になったが、こうして独立して好きな仕事を楽しくやれているんだから……。

佐倉は他人のデザインを奪い取って仕事をしていたぐらいだから、デザインの仕事自体を楽しいとは思っていなかったんだろう。

となると、評価されることが楽しかったんだろうか？

俺からすれば、自分自身の力ではなにも成し遂げず、家族をないがしろにするような生き方は、寂しくて虚しいばかりだと思うのだが……。

そういえば佐倉は、さとみさんとの離婚調停には素直に応じてくれているようで、ほぼさとみさんの望み通りの結果になりそうだと聞いている。

恨みをつのらせて無駄に抵抗するんじゃないかと心配していただけに、これには心からほっとした。

――出会った頃は優しい人だったのに……。いつから……こんな風になっちゃってたのかなぁ。

美代さんから聞いた、あの夜のさとみさんの言葉をふと思い出す。

欲や名誉に目が眩んだせいで、佐倉が徐々に変わっていってしまったのかもしれないと、美代さんが推測していたことも……。

「本当にそうだったのかもな」

さとみさんの才能に依存して、周囲から分不相応な評価を得ていた佐倉は、知らず知らずのうちに自分自身を見失ってしまっていたのかもしれない。

堅司によると、たまに俺の周りにただよっていた気になる匂いは、最近になって綺麗さっぱり消えたそうだ。もしかすると、今回の一件でなにもかも全て失ってまっさらになった佐倉に、なんらかの心境の変化があったのかもしれない。

とにもかくにも、佐倉が生き霊を飛ばすような傍迷惑な生き方をやめたのは間違いないようだ。

きっと大さんのお仕置きが良い方向に影響しているんだろうと、俺はひとり勝手に納得して溜飲を下げている。

「ほ~ら、大さん。今度のはリリーベルちゃんのスタンプだぞ。けっこういい出来だし、お礼代わりに商店街にあげちゃおうか」

「……なー」

プリントアウトしたイラストを、足元に寝転がっている大さんに見せる。

大さんは返事はしたものの、興味ないらしく目をつぶったままだ。もうちょっと構ってくれないかな。

今回の騒動では、商店街にも世話になった。

ほとんどのマスコミ関係は東京の事務所で対応したのだが、そこから零れた雑誌の記者が、俺の人となりを探るために地元に来たことがあったのだ。そんな記者達が商店街で取材したり、タクシーに乗ったりしたところを商店街の人達が捕まえて、俺の家に直接押しかけてくる前に、アポなし取材はお断りだと食い止めてくれた。

先生のところの坊ちゃんに迷惑をかける奴は敵だ、ということらしい。ありがたいけど、記者の前での『坊ちゃん』呼ばわりだけはいただけない。本当に勘弁してください。

まあ、そんなこんなで穏やかな日常が戻った頃、東京の竜也から電話がきた。

『少し前に、せっかく自分の会社を作ったんすから、先輩は好きなことをすればいいって話をしたっすよね？　そろそろなにか思いついたっすか？』

「あー、そうだな。……俺はちまちま絵を描いてるだけで楽しいみたいだからさ。なんかイラストの仕事を取ってきてくれよ。どうせなら、子供向けの仕事がいいかな。低学年向けの教材の挿絵とか、塗り絵みたいなのでもいいし……。利益率が低かったらいくらでも数をこなすからさ。頼むよ」

『了解！　頼まれたっす』

竜也は嬉しそうな声で応じてくれた。

通話を切った俺は、足元で寝そべっていた大さんの頭をしみじみと撫でた。

「俺は本当に恵まれてるなぁ」

「なー」

大さんは、そうだね、と俺の手をざりっと舐めてくれた。

晴れた日曜日の午後、日差しの当たるぽかぽかの縁側で大さんの上等な毛皮のブラッシングにいそしんでいると、堅司達一家が我が家に来襲した。

「あの一帯を掘り返して、チューリップの球根植えるから」

真希が指差した先は、冬支度の際、枯れた草を刈り取って更地にした花壇だ。

どうやら真希は、我が家の花壇を私物化しようと企んでいるらしい。堅司も乗り気なようで、すでに花壇用の土が入った袋をふたつほど肩に担いでいた。

堅司達一家は、源爺達と同じ敷地内に家を建てて、味噌汁《みそしる》が冷めない距離で敷地内同居している。広い敷地内に庭はあるが、職業柄、そこはお客さまに見本として見せる渋い石庭風になっていて、ファンシーな花を植えることができずにいたのだ。

「お花がいっぱい植えられている花壇って、ずっと憬れだったの。いいでしょ？」

「別にいいけどさ。咲いたら根こそぎ刈り取って全部持ち帰るのはなしだぞ」

「失礼ね。そんなことしないわよ。春になったら、他にも色々と植える予定だから、水やりよろしくね」

「……それ、俺の仕事か？」

「当たり前でしょ。……嫌なの？」

ジロッと睨まれて、条件反射的にぶるぶると首を横に振った自分が情けない。

「やればいいんだろ、やれば」

「そうよ。——あ、そうだ。今日の夕ご飯にはお祖父ちゃん達もくるからね」

「どっちの？」

「どっちも。お祖母ちゃん達が大さんの好きなぼた餅と、山菜おこわや煮物もこしらえて持ってくるって。勝矢には汁物と、家にあるもので適当につけ合わせを用意しといてって」

「あー、じゃあ、さっぱりしたすまし汁とサラダと、あと箸休めに何品か作るかな」

「三時のおやつになんか甘いものもね。あと、ビールもいっぱい冷やしといて」

「はいはい。——一石、ポテトサラダは好きか？」

「好き！　鈴はみかんの缶詰が入ってるのが好きだ」

「すきー」

「よし、じゃあ二人とも夕ご飯を楽しみにしてろよ」

はーい、と玩具のスコップを手に、一石と鈴ちゃんがにこにこ笑う。

「さあ、一石、鈴、掘るわよ」

「まかせとけ」

「はーい」

堅司達一家は、さっそく総出で仲良く庭を掘り返しはじめた。

大さんもなにがはじまったのかと興味津々みたいで、庭に降りて堅司達の側でふんふんと掘り返された土の匂いを嗅いでいる。

庭仕事が嫌いな俺は、そそくさと台所に逃げて、とりあえず冷蔵庫にビールを大量に放り込む。

「先に三時のおやつだな」

夕食が餅米系なら軽いものがいいだろう。

「簡単に、シナモン風味の焼き林檎《りんご》でも作るか」

林檎の芯をくり抜き、砂糖とバター、そしてシナモンを入れて準備ＯＫ。

次に夕食用の具材を用意して、次々に刻んでいく。なんだかんだで総勢十名分だから、けっこうな量が必要だ。

黙々と作業しながら、時間を見はからって下ごしらえ済みの林檎をオーブンにポイ。良い香りがしはじめた頃に料理の手を止め、湯を沸かしてほうじ茶をポットにつくる。

おやつと湯飲みを載せたお盆とポットを手に縁側に向かった。

「あー、土掘りに飽きちゃったか」

縁側のすぐ側の庭では、一石と鈴ちゃんが大さんを相手に遊んでいた。

「大さん、勝負だっ！」

どうやらぶつかり稽古の真っ最中らしく、一石が全力で大さんにぶつかっていく。

当然勝てるわけもなく、大さんにぽよんと弾き飛ばされた一石が、土の上にころんと転がってケラケラ笑う。地面に転がるなんて大丈夫なのかとちょっと心配になったが、堅司達は特に気にした様子もない。ワイルドな子育てだな。

お兄ちゃんを真似て、「りんもー」と鈴ちゃんまで大さんによたよたとぶつかっていったが、さすがにこれは大さんがうまい具合に力を調節しているようで、ぽすっとお腹で受けとめて転がらないように尻尾でくるんでくれていた。

「……子供か。可愛いもんだ」

東京で暮らしていた頃は身近に子供がいなかったこともあって、自分がいずれ子供を持つと想像したこともなかった。

両親と子供──俺が幼い頃に失った家族の形は、どこか他人事で、実感がなかったから……。

でも、今は違う。

子供達の楽しげな笑い声に、いつか俺にも、とつい想像してしまう。

「縁結びの神様にでも頼ろうかな」

茶トラ模様の守り神様に、縁結びも頼んだら駄目だろうか？

──ふぬけたことを言ってるんじゃないよっ！

狡《ずる》いことを考えた途端、記憶の中の祖母の声が不意に脳裏に甦って、ぞぞぞっと背筋が寒くなった。

うん、これは自力でなんとかしなきゃ駄目かもしれない。

「おやつの用意ができたぞー」

お盆を縁側に置き、みんなに声をかける。

「はーい。一石、鈴、おやつの前に一緒に手を洗おうね」

仲良し一家はぞろぞろと庭の蛇口に移動して、水の冷たさにきゃいきゃい楽しげに大騒ぎしながら、丁寧に手を洗っている。

それを眺めながら、なにげなくその場で軽く伸びをすると、指先に風鈴が当たって、ちりんと涼しげな音を立てた。

「あー、風鈴仕舞うの忘れてたな」

あの風鈴の音を最初に聞いたのは夏だった。

あの頃は、東京で全てなくしてしまったとやさぐれて、厭世観に浸っていた。

だが今は違う。仕事はあるし、友もいる。祖母の欠片も俺の中にあるし、この家で出迎えてくれる犬さんもいる。

あの頃だって、きっとそれらは俺の側にあったのだ。

俺の目には見えていなかっただけで、手を伸ばせばきっとそこにあった。

「……ナッチにも、手を伸ばせばまだ届くかな」

思わず呟いた独り言に、いつの間にかすり寄ってきた犬さんが、ふっさふさのしまし尻尾をばっさばっさと振りながら、「なー」と応える。

さて、この「なー」は、『届くよ』と言っているのか、それとも『無理じゃない?』と言っているのか。どう解釈したらいいんだろう。

「届くよ……か?」

「なー」

そうだよ、と大さんがふっさふさのしましま尻尾を振る。

透明になれる上に、人の夢にちょっかいをかけることもできる不思議猫が応援してくれているんだ。ここはひとつ頑張ってみるか。

俺は、どっかんどっかんうるさい心臓の音に辟易しながら、厚手のカーディガンのポケットからスマホを取り出した。

別れて以来一度も開いていなかったナッチのＳＮＳを呼び出そうとして、ふと指を止める。

「こっちじゃないな」

俺はナッチの仕事を覗き見したいわけじゃない。

もう一度、ナッチに手を伸ばしたいのだ。

だから、トークアプリの画面を開いた。

二年前から途切れたままの会話、その続きに、今のナッチに一番聞きたい言葉を入力する。

――ナッチ、元気か？

それだけ送信して、慌てて画面を閉じた。

今はこれで精一杯。これ以上言葉を連ねても、意味がないような気がした。

「ねえ、おやつになにを作ってくれたの？」

ちょうどいいタイミングで、手を洗い終えた仲良し一家が縁側に戻ってきた。

「焼き林檎。シナモンたっぷりで甘酸っぱくて美味しいぞ」

座布団を並べて、座った順にお茶とおやつを配る。

「カッチ、ありがと」

「どーも」

「どういたしまして。鈴ちゃんにはこのお茶、ちょっと濃いし熱いな。水足して少し冷ますか……。あ、ストローもいるんだっけか」

子供達の世話を焼きながら、穏やかに日曜の午後が過ぎていく。

はじめたばかりの会社もナッチとの未来も、この先どうなっていくのか、今の俺にはさっぱりわからない。

不安も希望も山ほど抱え、なんとか一歩でも前に進めればいいと願うばかりだ。

でも万が一、なにかトラブルがあったとしても、きっとなんとかなるだろう。

今の俺には、内と外から支えてくれる人達がいて、なにがあっても寄り添って温めてくれる大さんがいる。

しくじっても、落ち込んでも、きっと何度でも立ち上がれるはずだ。

お茶をすすりながら、ぼんやり仲良し一家を眺めていると、ポケットからトークアプリの着信音が聞こえてきた。

途端に、心臓の音がまたどっかんどっかんうるさくなる。

これが竜也からの着信だったらがっかりだなと思いつつ、スマホを手に取り画面を開く。

着信はナッチからだった。

――元気だよ!! カッチは？

久しぶりのナッチからの返信も、俺と同じで簡潔だった。

でも、二年ぶりに会話が繋がった。

それが、なによりも嬉しい。

うっかり泣きそうになった俺は、慌ててスマホから大さんへと視線を移した。

「大さん、ナッチと連絡がついたぞ。これで、またナッチとの縁が繋がるかな？」

温かな日差しが差し込む縁側で寛《くつろ》ぐ大さんに聞いてみる。

「なー」

きっと大丈夫だよ、と、ふっさふさのしましま尻尾を揺らす大さんが言った……ような気がした。

本書は「小説家になろう」（https://syosetu.com）に掲載されていたものを改題・改稿のうえ書籍化したものです。

この物語はフィクションです。作中に同一の名称があった場合でも、実在する人物・団体等とは一切関係ありません。

宝島社
文庫

猫付き平屋でひとやすみ 田舎で人生やり直します
(ねこつきひらやでひとやすみ いなかでじんせいやりなおします)

2019年 8月20日　第1刷発行
2022年10月 4 日　第2刷発行

著 者　黒田ちか
発行人　蓮見清一
発行所　株式会社 宝島社
〒102-8388　東京都千代田区一番町25番地
電話:営業 03(3234)4621 ／編集 03(3239)0599
https://tkj.jp

印刷・製本　株式会社広済堂ネクスト

ISBN 978-4-8002-9745-7